最后的精灵

L'ultimo Elfo

[意] 希瓦娜·达玛利（Silvana De Mari）——著
景翔——译

CNS
湖南文艺出版社
HUNAN LITERATURE AND ART PUBLISHING HOUSE
博集天卷
CS-BOOKY

图书在版编目（CIP）数据

最后的精灵 /（意）希瓦娜·达玛利（Silvana De Mari）著；景翔译.
—长沙：湖南文艺出版社，2017.6
ISBN 978-7-5404-8078-3

Ⅰ.①最… Ⅱ.①希… ②景… Ⅲ.①长篇小说—意大利—现代 Ⅳ.①I546.45

中国版本图书馆CIP数据核字（2017）第095726号

著作权合同登记号：图字18-2016-144

L'ULTIMO ELFO by Silvana De Mari

上架建议：畅销·外国文学

ZUIHOU DE JINGLING
最后的精灵

著　　者：［意］希瓦娜·达玛利（Silvana De Mari）
译　　者：景　翔
出 版 人：曾赛丰
责任编辑：薛　健　刘诗哲
监　　制：蔡明菲　邢越超
策划编辑：马冬冬　刘宁远
特约编辑：田　宇
版权支持：文赛峰
营销支持：李　群　张锦涵　姚长杰
版式设计：李　洁
封面设计：利　锐
出版发行：湖南文艺出版社
（长沙市雨花区东二环一段 508 号　邮编：410014）
网　　址：www.hnwy.net
印　　刷：三河市兴博印务有限公司
经　　销：新华书店
开　　本：880mm × 1270mm　1/32
字　　数：250 千字
印　　张：10
版　　次：2017 年 6 月第 1 版
印　　次：2018 年 6 月第 3 次印刷
书　　号：ISBN 978-7-5404-8078-3
定　　价：39.80 元

质量监督电话：010-59096394
团购电话：010-59320018

献给

虽然失去自己的方向，

却为我指出前途的父亲

目 录
Contents

第一部

外婆说得对，只要梦想得够用力、够多，让自己充满信心，你的希望就能实现。

—— *L'ultimo Elfo*

最后的精灵 ——

第一章

雨已经下了好多天，烂泥都淹到了脚踝。要是雨再不停，就连青蛙也会被淹死在这个已经成了大池塘的世界。

小精灵再不赶快找到干燥的地方躲雨，一定会死掉。这个世界好冷，外婆的火炉边好暖和；可是那已经是好久好久以前的事了……小精灵想着想着心都痛了。

外婆说过，只要你梦想得够用心，梦想就会成真。可是外婆已经不再做梦了。有一天妈妈去了再也不能回来的地方，外婆就不再做梦了。而他又还太小，不能做梦。不过，也许并不是他小的缘故。

小精灵把眼睛闭上一会儿，尽量用心梦想。他感觉到皮肤变干，也感觉到熊熊火焰在燃烧，两脚暖和起来了，也好像刚吃了些东西。

小精灵张开了眼睛，脚却更冷，肚子也更饿了；一定是他梦想得不够用心。

他把戴在湿淋淋头发上湿淋淋的帽子正了正——所有精灵都戴着一样的黄色帽子。粗织的黄色斗篷很重，却什么也挡不住。更多的雨水从脖子灌进去，顺着衣服从背后一路流进裤子。精灵所有的衣服都是黄色的，粗糙、湿答答，又脏又破。

总有一天，他会有柔软得像麻雀翅膀、温暖得像鸭子绒毛、颜色如曙光、色彩如大海的衣裳。

总有一天，他会有双干干的脚。

总有一天，阴影会消散，冰霜会融化。

太阳会回来。

星星会再闪耀。

总有一天。

再一次，他又梦想起食物，他梦想着外婆做的扁面包；再一次，小精灵的心又因为渴望而疼痛起来。从他出生以来，外婆只做过一次扁面包，那是最后一次的新月宴，那时候就连精灵也可以分到半袋面粉。那时候还有月光照耀。

小精灵用一只手挡在眼睛上方，想看清楚雨幕后面的情形。光线渐渐暗了，天不久就要黑了，天黑之前必须找个地方住下。必须有个地方住，有点东西吃，否则再在烂泥里空着肚子过一晚，他大概撑不到明天。

他的两只大眼用力眯了起来，眼光在灰色的树影中搜寻，似乎有个比较暗的影子，在远处隐约可见。他的心狂跳起来，重新生出希望。他尽可能快地往前赶，疲倦的两腿的膝盖以下虚弱无力，两眼紧盯着那处黑影。雨下得更大了。一时间，他好怕那只不过是一丛黑一点的树影，接着他就认出了屋顶和墙壁。树林里出现了一栋用木头和石头盖成的小房子，外面爬满了攀藤植物。

那应该是牧羊人或烧炭人的小屋。

外婆说得对，只要梦想得够用力、够多，让自己充满信心，你的希望就能实现。

小精灵又再一次梦到温暖的火，脑子里充满了烟、热气和松子的香味，使他有几秒钟的暖和。可是狗的狂吠声惊醒了他，他四下看了看，他弄错了：这不是梦！烟、热气和松子的香味都是真的。他走到一堆属于人类的火堆边了。

白日梦会让人送命。

狗叫声在耳边爆发，小精灵开始逃跑，说不定逃得了，否则被人类抓住的话，到时候即使饥寒交迫却能平静归天都会变成不可能的梦想。一只脚被树根绊住，小精灵脸朝下扑倒在烂泥里，狗马上跳到他身上。一切都完了。

小精灵吓得几乎不敢呼吸。

过了好一阵子，那只狗在他脖子上吐气，压着他，可是牙齿并没有咬进他的身体。

“放开他！”一个很严厉的人类声音说道。

那只狗退开，小精灵恢复了呼吸，抬头望去，那个人类长得好高好高，头上有黄颜色的毛，卷得像绳子，脸上却没有毛。可是外婆说过，人类的脸上都有毛，叫作胡子，这是和我们精灵不同的地方。小精灵努力回想，终于想起来了。

“你一定是个女的人类。”他很得意地说。

“那叫‘女人’，笨蛋。”人类说。

“喔，对不起，对不起，‘女人笨蛋’，我学会了，我会更注意的，要把称呼说对，女人笨蛋。”小精灵很热烈地回应。人类的语言很麻烦，他学得还不太好。而且人类通常都好敏感，敏感又使人类变得很凶。这也是外婆说的人类和我们精灵不同的地方。

“小鬼，你想死得很难看吗？”“女人笨蛋”威胁着。

小精灵不懂，照外婆的说法，那是完全没有逻辑的问话，也是可以归类为“愚蠢”的话。这是人类和精灵族之间最根本的差别。尽管外婆已经警告过，但这个问题愚蠢到那样的程度，还是让他不知如何回答是好。

“不，我不想，女人笨蛋。”小精灵向她保证，“我不想死得很难看，我没有那样的计划。”他再次强调。

“你再说一次‘笨蛋’我就要放狗咬你。那是骂人的话啦。”女人很生气地解释道。

“喔，我现在明白了。”小精灵一边骗她，一边拼命想弄清楚她那些话的意思，这个女人为什么要被别人骂？

“你真是个精灵吗？”

小精灵点了点头，最好尽可能少说话。他担心地看了那只狗一眼，那只狗对他露了露牙齿。

“我不喜欢精灵。”女人说。

小精灵又点了点头，恐惧和寒冷加在一起让他颤抖起来。没有人类喜欢精灵的，外婆总是这样说。

“你想干什么？你为什么到这里来？”女人问道。

“冷……”小精灵的声音断断续续，他开始发抖，“这间小屋……”他的声音又断掉了。

“不要假装你会冻死的样子，你不是个精灵吗？你有法力，精灵是不怕冷不怕饿的，随时都可以让自己不冷不饿。”

小精灵想了好久才听懂她说什么，最后终于想通了。

“真的吗？”他开心地问道，“我真的可以做到吗？那我应该怎么做呢？”

“我怎么晓得？”女人不高兴地说，“你是精灵，我又不是，我们是坏人类，像我这么笨的才该挨饿受冻。”那个人类的声音里有种刺刺的不舒服的感觉。

恐惧流过小精灵全身，流过他干得像沙漠的喉咙，再回到脸上。他开始哭了起来，是没有泪水的啜泣，因为害怕而抽噎。

“你又怎么了？我也没对你怎样啊？”女人大声说。小精灵继续哭，心痛的哭声撕碎灵魂，包含了全世界的悲伤。

“你还是个孩子吧？”她问道。

“才出生不久。”小精灵证实道。他努力想找出一句听起来不会冒犯对方的话，接着加上一句，“人类大人。”

“你有没有什么法力呢？”女人问道，“跟我说实话。”

小精灵一直望着她，那女人说的话全没道理，“法力？”他问道。

“就是所有你能做的事。”

“喔，那个呀，呃，有很多呀。我想想看，呼吸啦，走路啦，看啦。我也能跑、说话……有东西的时候会吃……”小精灵的语气轻快起来。

那女人在小屋的门口坐了下来，低垂着头，好一阵子才站起来。

“要是我让你留在外头，那我一定会受不了我自己。你进来吧，你可以坐在火边。”

小精灵的两眼充满恐惧，往后退了一步。

“求求你，人类大人，不要……”

“你现在又怎么了？”

“不要用火，我一直很乖。求求你，人类大人，不要吃我。”

“吃你？你到底在说什么呀？”

“我想，还要撒上迷迭香。我外婆还活着的时候跟我说过，要是你不乖，人类就会把你撒上迷迭香，然后烤来吃掉……”

“你外婆跟你说这个？好极了！”

小精灵听到“好”这个字就兴奋起来，他知道这个字的意思，他觉得现在安全了。他的脸上容光焕发，露出微笑。

“是真的，一点也不错。外婆说：‘人类也吃人的，这是唯一能赞美他们的事。’”

他这回说对了，他总算说了句对的话，那个人类没有生气，她看了他好一阵子，然后大笑起来。

“今晚我有足够的东西可以吃，”女人安慰他，“所以你可以进来。”

小精灵慢慢走了进去，要是一直留在外面，他也会冻死的。反正也没什么可损失了。

炉子里用松果生的熊熊火焰，发出松子的香味。好几天以来，这还是他第一次待在一个干的地方。火上烤着一个真正的玉米，小精灵着迷地盯着看。

然后奇迹发生了。

女人拿出刀子，不但没有用来剥他的皮、切他的肉，反而把玉米切成两半，把一半给了小精灵。

小精灵对女人还有些疑心：也许她不那么坏，不过话说回来，也许她想先把他养胖一点，等弄到迷迭香才……不过还是把玉米吃了吧。他一粒一粒地吃着，尽量吃久一点。

等他吃完，天已经全黑了，他把玉米棒子啃得干干净净的，然后把那件粗糙又湿透了的斗篷裹在身上睡觉。在跳动的火焰旁边，小精灵像只小睡鼠般蜷成一团。

第二章

曙光灰蒙蒙，就像日常的曙光。一道道光线从小屋的木头缝里透进来，穿过余烬袅袅升起的黑烟。

小精灵醒来的时候，有种奇怪的感觉。一时间不明白那是什么感觉，接着他终于想通了：他不冷了，他不饿了，而且两脚也不湿了。

生活真的可以很美好。

而且女人也还没有吃掉他。

小精灵小心翼翼地爬了起来，身上裹着一件用真正羊毛织成的大围巾，那是粗织的灰色羊毛，比一般毛料多了好多洞，不过毕竟是真正羊毛的。是女人帮他盖上的，所以他才不冷。他不知道女人为什么这样不嫌麻烦，可能是怕万一他着凉了就没那么好吃了。

女人早醒了，正在拨着火，用一根小小的棍子，把一些碎炭夹进一个上面打了洞、里面放了稻草和枯木的铁球里。

这件事让小精灵觉得非常愚蠢，也就是说这像人类才会做的傻事。

他什么也没说，只把围巾还了回去。

“你留着吧。”女人喃喃说道，“你昨天晚上冻得直发抖。”

女人把冒着烟的铁球挂在一根杆子上，用一块鞣皮包起来，再背在肩上。

“我要去大利加城。”她突然说道，“那里在山里，在高原上，他们说水都从高原上流下去了，那里还有田和可以耕种的地。”

一片沉默。小精灵还在想着这番话的意思，也许他应该回应他也要去那里。

可是，丢脸的是，他不知道要去哪里，他只是离开了原先的地方，因为那个地方已经不存在了。或者应该说，那个地方还在，只是被十米高的水、泥巴和烂树叶淹没了。

“怎么了？猫吃了你的舌头了吗？”女人问道。

“这里并没有猫，阁下。”小精灵说。他终于想起来对人类的尊称，“那个东西叫狗，阁下……要是它吃了我的舌头，那我现在一定会满嘴都是血……”他开始很有耐心也很有礼貌地解释起来，可是女人打断了他的话。

“够了，够了，别再说了。”

女人看着他，吐了一口比平常要长很多的气，摇了摇头，“说不定智慧和法力要以后才会有，跟长智齿一样。”

“跟什么一样，大人？”小精灵听到“齿”这个字就紧张起来。如果能确定哪个礼貌称呼才是对的就好了！

“就是长在最后面的牙齿，等所有的牙长齐之后才会长的。”

女人让他看智齿在哪里，这件可怕的事让小精灵又哭了起来。

“你说过你不吃我的，殿下。”他抽噎着说。

女人又吐了一口长气。“对对，你说得对，我的确说过。”她回答道，“所以现在什么事也不会发生，我不能吃你的。”

她朝那只狗打响指，往门口走去。小精灵觉得很难过，女人虽然很疯狂，又喜怒无常，但至少是个伴，总比孤单一人好些。小精灵的心揪了起来，感觉所有的一切都充满悲伤，很像夜晚时降临的黑暗。

门很大，是用不太合适又接得不好的松木板做成的，不过有很结实的铜铰链。

“这个小屋想必是哪个猎人或者毛皮商人的。”女人说，“一定不是烧炭人的。”

那只狗很开心地跑到外面的雨中。

女人却留在门口，看着小屋里。她的眼光朝上看着石瓦，状况还很好。她又仔细看了看那些插在底下石缝里挡风的小木头。那些木头都很干燥，没有发霉，边上有点裂开。

“这不是废弃的小屋。”女人说道，“主人随时会回来。”

小精灵开始明白她话里的意思。

“他们会吃精灵吗？”

“他们绝对不会喜欢精灵的。如果我是你，我可不会留在这里问他们这个问题。”女人说。

小精灵冲出门去，跑得比狗还快。

一起上路之后，人类问道：“你有名字吗？”

“有。”小精灵大声地回答。女人哼了一声。“那个名字会是什么呢？”

小精灵开始回想起外婆教过的人类的语法。“不对，不是会是什么，‘会是’是指不确定的事物，所以你一定不能问‘会是什么’，大人，你要问‘是什么’……”

“那——你——的——名——字——叫——什——么？”女人大声喊。小精灵吓了好大一跳，眼看又要开始哭了。“没事，没事，我不会再大声叫了，我保证。你别哭，别哭，我不会再大叫，我也不会吃你。告诉我，你叫什么名字呢？”

“约许克仑斯凯乌尔科卓尔奈尔斯群克。”

“你能再说一遍吗？”女人问道。

“可以，我当然可以。”小精灵又得意地说了一遍。

女人叹了口气。“再说一遍。”

“约许克仑斯凯乌尔科卓尔奈尔斯群克。”

“有短一点的叫法吗？”

“当然有。”

停顿了一下，女人又像先前一样怪里怪气地叹了口长气。外婆以前就说过，跟人类讲话简直是酷刑。

“那简称是什么？”

“约许克仑斯凯乌尔科卓尔奈尔斯群克。”

“当然，当然，唉。”她突然显得好累，“我就叫你约许吧。”她最后喃喃地说：“我上辈子一定做了什么可怕的事，现在才会有恶报应。”

这事至少证明了一些道理，小精灵想着。难怪人类这么疯狂又愚笨，她至少问了八个问题才弄清楚我的名字。

“我叫莎琴娜。”

小精灵匆忙地跟在莎琴娜后头，为这番介绍感到很高兴。

“那这只狗叫什么？”他问道。

莎琴娜回答：“他①没有名字，他就叫‘狗’，没别的了。就是一个单音，而且我不用花什么力气就可以说完他的名字。”

小精灵觉得非常难过，一个生物居然没有名字，只用一个普通名词来称呼，就像一棵树，或是一把椅子。可是他体验过莎琴娜突发的脾气，所以决定还是把这个想法留在心里面就好。

---

① 小精灵对所有物种一视同仁，因此第三人称用“他”来表示。

不管怎样，他不会让这个生物没有名字，他会在心里帮他取个名字。可是他一定得非常小心，他不能随随便便就选个名字，那可是名字呀。取名字是种很大的责任。

雨一直下着。

因为烂泥的关系，他们走不快。

莎琴娜的腿比小精灵长得多，约许克仑斯凯乌尔科卓尔奈尔斯群克必须一路小跑才跟得上她，可把他累坏了。现在他已经完全不怕那只狗了，甚至敢摸他，还把身子靠在他身上，那只狗也没有表示反对。

“你还有那种长着黄黄小粒的东西吗？”小精灵拐弯抹角地问。

“我还有一根玉米，可是准备留到晚上再吃。”

“要是还没到晚上，我们就死在烂泥里的话，那，玉米谁吃呢？”

“你现在饿了吗？”

“是，我饿……喔，没有没有，现在不饿。”

“好极了，你学得很快喔。那再学学这件事：要是我们现在就吃掉那根玉米，那么今天晚上我们就没东西吃了，那会是很可怕的事哦。”

“说不定这个世界还没到晚上就没了，说不定我们还没到晚上就死了。”

“你给我闭嘴！好好走路，省点力气用来走路吧。”

“我已经尽量了。喔，不对，我正在想办法……嗯，不对，我要两件事一起做，一边走一边谈玉米的事。其实，边走边聊天的话就不会那么累啦。”

“闭——嘴！”莎琴娜的音调变了。

“可是……”

“闭嘴！”莎琴娜咬牙切齿地说，然后在小精灵身边跪了下来，让自己变矮些，免得被人看到。那只狗张牙露齿，莎琴娜两眼搜索小路四周的甘蔗丛和泥沼。

“我们今晚吃也可以，你别生气……”

“快跑！”莎琴娜大叫，站起来抓住小精灵的手就跑。

“快来。”她对那只狗叫道，狗也开始跟着他们一起跑。小精灵跌了一跤，爬起来又跌倒了下去，他开始哭了起来。

“别生气，你别生气，我们今天晚上再吃就好。”

“有人在跟踪我们啦。”莎琴娜边解释，还边跑边喘气，“你看到那边的小山坡没？我的腿比你长，我往那边跑，引他们来追我，你就在这个荆棘丛里躲好，把火藏好，拿去。我们过一会儿再到小山坡碰头。”

莎琴娜把挂着铁球的杆子交给小精灵，然后拼命往前跑，碰断了树枝，还发出沙哑的叫声。小精灵蹲坐在荆棘丛里，一动也不动，心跳得好厉害。

他不知道是谁在跟踪他们，也许是那间小屋的主人，也许他们认为不该让人这样闯进去，也许他们找到了迷迭香，想用来烤精灵吃。

他觉得好害怕。

两眼在大雨中搜寻着甘蔗丛，但是什么人也没看见。

恐惧渐渐消失，变成了悲伤。

他又孤孤单单一个人了，现在放眼望去，直到远远的地平线，除了自己再没别人。

小精灵想起了外婆，外婆一边紧搂着自己，一边煮沸锅里的栗子。

小精灵觉得好难过，渐渐又感到好绝望。

他又想起人类女人莎琴娜，她让他好害怕，可是她却给他玉米吃，那多好啊，总比他现在孤单一人好太多了。像现在这样，从这里直到远远的地平线，只有他一个！小精灵又开始哭了起来，哭得很轻，没有发出声音，只在心里面哭，就像落在身边的细雨一样轻柔。

他想如果再看到那只狗，自己要叫他“在身旁呼吸的那位”。可是莎琴娜说，狗要用短一点的名字，这个名字好像不够短。

第三章

莎琴娜到达小山的时候，天色已经变黑。

小精灵一看到她，心里就满满地涨了起来。

莎琴娜上气不接下气地跌坐在泥地上，狗也跟在她身边。

“是个猎人，”她喘着气说，“带了把弓，我总算给他来了个落跑。”

“喔，”小精灵感动地说，“那他会拿那个落跑干什么呢？”

“不是啦，”累坏的莎琴娜解释道，“意思是说我甩了他。”

小精灵骗她，“喔！我明白了。”接着问道，“弓是什么东西？”

狗叫了起来。

“管好你的狗。”一个声音响起。

突然间小精灵知道弓是什么了，是一根弯弯的木头，上面绷了一条线，紧得能把一根有铁尖头的小棍子射进莎琴娜的心脏。

猎人比莎琴娜还要高，脸上周围长满了毛……对了，他真的有胡子！他的衣服看起来很暖和，好像比用布料做的衣服暖和。皮带上挂了好几把短刀，还有一把手斧。他站在小精灵身后，莎琴娜以为把他甩掉了，他却从后面的树林里绕了过来。

两个人类互相瞪着对方，然后莎琴娜向狗吹了声口哨。

猎人把弓放了下来，“我只想要点火，我的火灭了，我只想再点燃我的火种，我看到你有火。”

莎琴娜仔细打量着他，“没别的事？”

“没别的事。”

他们两个又互相看了一阵子，然后莎琴娜点了点头。“把火给他。”她说，“喂，我在跟你说话呢，把火给他，你把火放在哪里了？”

“我藏在那边了。”小精灵说。

“真的？很好，想得很周到，你到底把火藏在哪里了？”

“那里，在水塘里，在水底下，这样就没人看得见了。”小精灵得意地说。

能赢得赞美真是件好事。他记得外婆把他抱在怀里，说他是全世界最好的小精灵时，他心里充满了快乐。就像当年还有春天的时候，春风吹散了乌云。

他高兴地跑下小山坡，向池塘跑去。雨已经停了，云层中间出现了一道浅蓝色的天，映照在水塘里。小精灵弯下身去，把挂着铁球的杆子拉了出来，一道道的水从铁球里流出。

猎人和莎琴娜都跟在小精灵后头，默默地看着。莎琴娜一屁股坐到地面的树干上，两手捂着脸。

“你把火熄灭掉了。”她的声音好像喉咙被掐住了。

“对，当然啊，这样才好藏起来嘛！”小精灵用手比画藏东西的样子，身上的围巾掉了下来，露出黄色衣裳。

“他是个精灵！”猎人大吃一惊。

“对，没错，他是个精灵。”莎琴娜用平淡的语气证实。

“你想给自己找麻烦吗？”

“不想，可是事情就这样发生了。”

“他有法力吗？”

“没有，他还小。”

“才出生不久。”小精灵补充说明。

猎人不想就此打住，转过身对小精灵说：“你会生火吗？”

“会吧！我想我会吧。我从来没生过火，可是每个人都会生火啊。”

莎琴娜抬起头来看着小精灵，吓坏了。

“那就生个火吧！”猎人说。

小精灵把手放在猎人从背包里取出的干铁球上，闭起了眼睛，火的样子充满了心里，暖和了鼻子，火在小精灵的记忆中燃烧起来。

等他睁开眼睛，火光就在铁球里跳动了。

莎琴娜几乎喘不过气来，“你……不用火石就能生火？”

“是呀！”

“你之前怎么没跟我说？”

“你没问我嘛！”

“我问过你有没有法力啊！”

“是呀，我回答你：‘有大法力——呼吸、吃饭、活着。’生火不算什么法力，只要想着温度升高，火就生起来了。每个人都知道怎么做。”

“我就不知道。”莎琴娜说。

“不……不知道？”小家伙大吃了一惊，“不可能啊，每个人都知道的……”

“要是我们知道怎么生火，为什么还要带着火种呢？”

“因为你们是人类，”小精灵一本正经地解释，“你们很笨。”

男人看着莎琴娜，满脸狐疑。“你是不是上辈子干了啥坏事正在遭报应？还是有什么特别的理由必须把一个精灵带在身边？尽管有你们做伴挺开心的，我还是必须在下个到达的村子和你们分手。别人可不会喜欢这家伙光是想想就能生火这档子事。”

“那有什么不好？应该比带着装火种的火球方便呀。”

“那你就能烧掉人或房子，而且万一房子里面还有一个、两个甚至十五个人在里面呢？”

这种可怕的说法让小精灵吓得闭上眼睛，痛苦地呻吟，心里看得见烧死的尸体，闻得到烧焦的肉味。小精灵怕得一直发抖，然后痛哭失声，可不是平常抽抽噎噎的悲鸣，而是放声号啕大哭，充满刺耳的哀号和心碎的啼叫。

男人大叫：“赶快叫他停下来！叫他别再哭了，真是受不了。”

女人回嘴骂道：“看你干的好事！没事没事，小乖，什么事都没有，一切都很好，那只是一种假设的说法而已。”

“假设的说法！”小家伙义愤填膺，但毕竟生效了，他不哭了，“假设的说法！你怎么敢、你怎么可以、怎么胆敢用那么多痛苦的话来做假设的说法？”说完又哭了起来。

猎人坐到一根树桩上，不停地喘气，就跟莎琴娜一个样儿。渐渐地，眼看云开了，好几个星期都没见过的星星出现了。

猎人终于又开口：“我有一只兔子，是今天早上打到的。你把火给我，我有兔子，雨又停了，我们不如扎营来吃点东西吧……哦，我、我叫蒙瑟。”

一阵静默，但只是短短的一刹那。

“莎琴娜。”女人终于报上自己的名字。

小精灵终于不哭了。“土（兔）子也像玉米一样有黄色小粒粒吗？”听到“吃”这个字，小精灵精神都来了，高兴地问道。

蒙瑟大声笑了起来。

“没有，可是兔子有好漂亮的毛皮，可以让你的两脚保持暖和，看！”他打开背包让小精灵看一眼。

小精灵把两手放在袋口，很开心地往里面瞧，究竟是什么东西能暖肚子，还能暖脚，就连什么都知道的外婆也从没提过这么好的宝贝，也许人类并不见得都——“啊——”又一声长长的尖叫响彻荒地。

又长又可怕的尖叫，仿佛装满了全世界的悲痛。

“那是具尸体！他被尖棍子打中了，现在死掉了！你们打算吃尸体吗？”

“怎么了？难道精灵吃活兔子吗？”蒙瑟大惑不解。

“精灵从来不吃有思想、会跑、会饿而且怕死的东西。外婆说人类会吃原先是活的东西，还加迷迭香。这里有迷迭香吗？我不想被吃掉……”小精灵又开始那让人心碎的哀号。

莎琴娜赶快用双手抱住小精灵的头。

蒙瑟问莎琴娜：“你上辈子到底做了什么可怕的事啊，把你老娘卖掉了吗？”

“我想你还是走吧，谢谢你愿意让我吃兔子肉，不过不用了。你已经拿到火了，那就再见吧！”

“你不会为了他放弃兔子肉吧？”

“我知道这不合常理，可是我受不了他的号哭，拜托拜托，你快走吧。”

“我办不到……”蒙瑟迟疑地说。

“为什么？”

“我不能把一个年轻女孩丢在荒山野地，你一个人就够危险了，何况还带着精灵。”

“谢谢你，你人真好。不过，到目前为止我都没啥问题，不用帮我，快拿着你的……”

“等等，他在干吗？”

莎琴娜转过头去，小精灵把兔子抓了出来，温柔地摸着，手指头碰到染血的毛时，动作就慢了下来。他双眼闭着，似乎在做梦，他已经不哭了。

“你到底在搞什么鬼？”蒙瑟问道。

“我在想。”小精灵回答。

“想？想什么？”

“想他，想这只土（兔）子的事。”

“是兔子。”蒙瑟纠正他。

“兔子。我在想他怎么呼吸、怎么跑，他……是的，他感觉到气味碰到鼻子，最后闻到的是潮湿的叶子和蘑菇，他没有闻到猎人的气味，只有湿湿的草和蘑菇。我在想他怎么呼吸……血在他身体里面流动……”

兔子抖动了，睁开眼睛，害怕地睁大了眼睛，很快地吸了几口气，然后全身一阵颤抖，跳到地面上开始跑了起来，避开猎人的脚，穿过狗的爪子，跳过女人坐着的树干，然后拐了最后一个弯，消失在林子里。

小精灵不知道“兔子”这个名字对狗算不算好名字，应该不算吧，虽然他们两个长得有点像，可是尾巴倒是长得完全不一样。

男人和女人愣了好一阵子，瞪着兔子消失的地方。小精灵看起来筋疲力尽，蹲在地上抖个不停，然后又慢慢地恢复。狗走过来躺在小精灵身边，小精灵一把抱住他。

现在天已经全黑了，只有星光映照在水塘上。

蒙瑟问道：“除了你妈以外，你还卖了几个弟弟吗？”

莎琴娜懒得理他，转身问小精灵：“你对人也能这样做吗？”

“人类、精灵和巨人，当然不行，你只能对小生物这样做，他们脑袋里没有多少东西，通常只有水的味道、天空的颜色之类的。最容易的是苍蝇和蚊子，只要碰碰他们，想想飞的样子，他们就能继续嗡嗡叫。”

蒙瑟说：“真的？还真了不起啊！在夏天能救蚊子命的人真是好伙伴。有人能让蚊子复活，又能让我的晚餐活过来，我这辈子还是第一次碰到，你真像是美梦成了真，要没有你，我怎么活下去呢？”

莎琴娜不搭理他，继续问小精灵：“你还能做别的什么吗？你能不能把玉米变多？我们只剩一根了，你能把一根变成三根，或是五根吗？”

人类还真是笨呢！“当然不可能，东西哪有可能变多？”

“那死兔子怎么可能活过来？”

“那当然可以，生物会死是因为失去精力，失去气力，火会熄也一样。让生物复活就像生火一样，只要转换一些精力，从我的脑袋里面转到脑袋外面来就可以了。”

蒙瑟转身对莎琴娜说：“走吧，走吧，这太危险了，把他丢在这里算了，我们一起走吧。”

“不行，他还……呃，他真的还只是个孩子。”

“是个傲慢自大的小鬼。”蒙瑟纠正她。

“才出生不久。”小精灵补充说明。

一阵沉默，莎琴娜还是摇了摇头。

蒙瑟说：“那好，各位女士，各位先生，真是幸会了，我甚至可以说这真的很好玩，我不想让这么多的快乐伤到我，所以我要走了，继续去当一个会打死蚊子、会吃兔子肉填饱肚子、会卖兔子皮来赚钱的可怕猎人。要是万一将来再碰头，我希望在被你们看到之前，就已经逃得够远了。”

小精灵似乎对这个发现很感兴趣。

“喔，真的吗？人类不喜欢快乐？难怪你们会花那么多的时间想让自己难过！原来不光是你们很笨的缘故。”

蒙瑟回答道：“才不是呢，人类都希望快乐，我刚说的叫作‘讽刺’。我之所以要走是因为你会让我不快乐，甚至还让我吃不到兔子肉。可是我没这样说，却说反话，人类有时候会这样说话，懂吗？”

小精灵骗他：“懂，当然懂。”人类还真的很蠢，既疯狂又愚蠢，没希望了。

“等等，”莎琴娜说，“我的玉米给你吧，都是我们不好，害你没兔子肉可吃。”她把最后一根玉米从背包里拿了出来，递过去。小家伙眼看着黄澄澄的玉米给了别人，两眼立刻失去神采，满脸忧愁，可是他连一口大气也不敢出。

“你只剩这一根了？”

“没错。”莎琴娜看起来一副刚埋了妈妈又埋了几个弟弟的表情。

蒙瑟想了一下，然后把背着的箭袋和弓拿下来，坐在小山坡一块平坦的石块上。

“唉，兔子已经没了，既然我今晚要睡在这里，我们就分着吃吧。”

天上乌云密布，可是并没有下雨，他们在干的地面扎营，烤好玉米，蒙瑟把玉米切成三份。大家都吃得很慢，一粒一粒吃着。然后小精灵开始摇晃着头，沉睡过去，睡着之前想到了要给狗取的名字，“跑在风中的”好像还不错。可是他知道这恐怕还是有点太长，人类不会喜欢的。

小精灵睡着后，蒙瑟用毛皮把他包起来，免得着凉，还把小精灵的帽兜戴好，遮住眼睛、耳朵和鼻子，然后从箭袋底下拿出个比较小的背包，从里面取出一只鹌鹑，一言不发地开始拔毛。莎琴娜也尽可能地帮忙，他们在小精灵下风处生火，把那只鸟放在火上烤。等不及烤好，还不至于太生时，他们就把鹌鹑吃掉。这回他们静静地吃着，而且吃得飞快，像两个贼似的，还一直不停地偷瞄那里蜷成一团睡着的小精灵。等两人吃完后，骨头也被狗啃得一干二净，蒙瑟再把羽毛收一收，然后偷偷走远些，挖了个洞埋掉。

然后，他们终于统统都睡着了。

第四章

曙光不像平常那样暗，天空再度停止下雨，偶尔还看得到窄窄的一线浅蓝出现在天际。

蒙瑟最先醒来，伸了个懒腰，深吸一口气，嗯，潮湿的叶子和蘑菇，很好闻的味道。他看了看还在睡的莎琴娜和小精灵，把自己的东西收拾好，将那根带了火种的杆子一起背在肩上，取回裹在小精灵身上的毛皮，然后上路。就在走下山坡时，他又回头看了看。那女人和小精灵两个蜷卧在火堆边，小精灵冷得直发抖，即使隔那么远都看得见。蒙瑟叹口气又折回去，又用毛皮把小精灵包起来，然后拨了拨火，最后终于上路了。走到半山腰时，再回头看了看火堆边的那两个人。他又走了半里路，然后再回过头去，火光已经融入了初升的阳光中，这是几个月以来，第一次看到太阳在地平线上露脸几分钟。即使在那么远的地方，他仍然可以看清楚那女人和小精灵。那男人停下脚步，对他们看了好久，然后慢慢地，一步一步又走了回来。

他坐在一块大石头上等着。

先醒来的是小精灵。

一阵好长的尖叫掠过荒野，声音装满全世界的悲痛。

小精灵为了那件用尸体毛皮做成的上衣尖叫好久，尖叫声持续不断；太阳出现了，消失了，又出现了；雨，又开始下了起来。

最后他们一起动身，忧闷不堪。小精灵没注意到一根树根，绊了一跤，于是又一路轻轻哼哭到中午。蒙瑟忍不住转身威胁小精灵，如果继续哭，就要用烤肉串把他穿起来烧烤，结果引起更响亮的号哭，并且一直持续到傍晚。

黑夜开始降临，小精灵觉得从来没这么饿过，饥饿来自肚子深处，再从冰冷的双脚一直传到头上。不知怎么的，还传到了冻坏了的两只耳朵上。小精灵极其详细地描述身体里所有的感觉，可是终究无法说出那究竟是什么，是一种空虚、一种匮乏，还是一种真正负面的存在？

然后他开始谈起所谓的苦难，说："也不知道那究竟是另一种负面的存在或者只是不快乐，或者更精确点，是没有好事……不对，没有好事通常是比不快乐更大的苦难。其实不快乐可能成为一种持久而几乎正常的状态，一般来说是如此。至于苦难，我有没有跟你们说过，那回有根木刺刺进了我右脚拇指底下？还是左脚？不对，是右脚……没错，我现在想起来了，那根刺刺进了趾甲，外婆用一根针，一根针喔，才把它挑了出来。然后还有一回，我跌破了手肘，真是好可怕、好可怕，是左边的手肘。现在我很确定，甚至还留下个疤……你们要不要看那道疤？你们真的不想看看吗？……”

正当小精灵说到他的第三次感冒，仔细描述有多少鼻涕在不同的时间如何从鼻子里流出来，还有鼻涕的颜色、浓度什么的时候，他们正好看到了一丛绿色植物，莎琴娜和蒙瑟马上指认那就是迷迭香。就在那一刻，小精灵天亮后第一次闭上了嘴。

然后他们经过了一片长着栗子树和松树的小树林，就在一座小山边。一转过去，大利加城就突然出现在眼前。这城位于小山谷的谷底，旁边有一条水满得快溢出来的小河，看起来好像童话里的地方，有好多房子，窗子里都点着灯，好像用来照亮那些保护外墙的尖头木桩。所有的窗子都倒映在黝黑的水面上，而且好像这样还嫌不够亮似的，另外还有火。城墙上有好多高塔，上面统统点着火，站着弓箭手。而且墙上还挂着火炬，每六尺就有一支，映照着一对对的戟，而所有的光都由护城河的水反射出来。吊桥收起，桥上也和城墙与高塔一样，装有削尖的木棍，全部朝外，让整座城看起来好像一只巨大的豪猪。

蒙瑟停下脚步，打量着这番光景。

“他们看起来不太友善。”

“不对，他们很友善。”小精灵反对，“等待朋友的时候都会点灯啊，既然有那么多蜡烛就会有玉米，这里一定是个好地方，一定会有桌子放了玉米、栗子，还有蜡烛！也许还有盘子，甚至有张真正的床，还有大壁炉。我们快点进去吧！”

“不行，我们就在这里睡觉，然后明天悄悄溜走，离这个地方愈远愈好。”

“为什么？”

蒙瑟回道：“因为他们那座友善的吊桥，火把点得像生日蛋糕，却像贝壳一样闭得紧紧的。看起来就像个很难进去，更难出来的地方。”

小精灵问道：“什么是贝壳？”

“那是一种海里的东西，海就是黑色山脉后面的那一大片水。”莎琴娜解释给他听。

“贝壳能吃吗？”

“当然不行！”蒙瑟假装大怒地说，“贝壳是活的，怎么能吃！他有生命，他会死掉，他会思想，甚至还会写诗呢！那里除了有吊桥和栅栏，加上你是个应该只能住在精灵集中营的精灵，我们要是带着你进去，不用等到天亮，我们两个就会被吊在那个高塔上，也不用问你会有什么下场。像你这种精灵，要是在精灵集中营以外的地方露脸，都会有很可怕的遭遇，你知道吗？真的很可怕呀。”

他们把行李放下，开始去捡枯枝和松果来生火。蒙瑟砍下两根大一点的树枝，架起来做个小棚子，像个兽窝，好让大家晚上可以过夜。莎琴娜找了苔藓、蕨类植物和干草铺在地上，这样睡起来会软一点。

莎琴娜说："对了，自古以来精灵就只能住在精灵集中营，我听说你们要是溜到营外会被处罚，那可不是闹着玩的，你又怎么会到处流浪呢？"

小精灵说："我住的精灵集中营被水淹没了。"这个回忆让他难过极了，两眼充满哀伤，变成模糊的灰色，原先的蓝色消失了，"全都淹在水底下了，所以外婆就叫我走。"

"去哪里？"

"我不知道，反正走就是了。"

"可是难道你外婆不会法术吗？嗯，比方说给水加热啦，让水消失，像夏天的小水潭一样啦，诸如此类的事？"

"一点点水就可以，像一碗水那么多就可以。如果水多到会淹掉整个世界，那就不行了。妈妈又去了那个回不来的地方，对我来说，妈妈是我的爱，对外婆来说，妈妈是她的女儿，所以外婆后来就没有法力了。当你有太多悲伤时，法力就会淹死在悲伤里，就像人淹死在水里一样。要是你用力梦想什么事，事情就会成真喔。可是如果你心里有悲伤，那么出来的也就都是悲伤了。你悲伤的时候，甚至连火都生不起来。我们还有火是因为炉子里一直都有火，要是火熄了，我们也就没有火了。因为外婆不再有那个力气，而我又太小。后来水来了，连炉子里的火也熄了，后来水来得愈来愈多，外婆就对我说：‘走吧。’

“‘到哪里去呢？’我问她。她说：‘除了这里哪里都可以。水涨得连岗哨都淹没了，他们不会拦住你，走吧。我太老了，可是你能走，走吧，不要回头。’

“所以我就走了，一步一步走在水里。可是我回了头，在精灵集中营里，小房子都没有门，连窗子也没有，只是一个开了口的洞，所以我看得到外婆坐在椅子上。水愈涨愈高，她坐在那里，水一直涨，最后看到的就只有水了。”

小精灵又开始哭了起来，一连串微弱的、几乎听不出来的呻吟。

蒙瑟和莎琴娜用火种生火，然后在小树丛下搜寻，找到一把香甜的栗子。他们把栗子烤好，几乎全给了小精灵。很奇怪地，他们两个都觉得不太饿。

小精灵慢慢吃着，一次吃一颗，想办法吃得更久一点，他的悲伤因为香香的栗子肉而消散了。

他在入睡之前，本来又想到一个给狗取的名字。狗的毛跟栗子一样；不过，狗会跑会叫，栗子只会默默地待在原地，既不会来舔你的脸，也不会摇尾巴，所以“栗子”这个名字也不好，他得再想个更好的。可是他还没想到就在火边睡着了，就在人类男人和人类女人中间，身上还裹着羊毛围巾。

第五章

他们被一群戟兵叫醒。

戟兵正在巡逻。

不光是大利加城，就连它的周围，如果不是居民、居民的亲戚、居民的客人，或者会受居民欢迎的人，谁都不能来。他们三个当然都不符合这些条件。

戟兵问他们三个以啥为生，来这里干吗，带了什么财物等。戟兵听到男人回答“小人们除了身上穿的衣裳以及三文铜钱，啥破铜烂铁也没有”后颇为生气，更别提本来就不大客气了。

于是戟兵开始详细地盘查起他们三个的健康状况，有没有长扁虱、跳蚤、头虱，有没有接触罹患过霍乱、麻风病、鼠疫、呕吐、拉肚子、高烧、任何疹子、溃疡、沙眼、寄生虫病的人。如果有就要当场处死，以防传染。他们的孩子很健康吗？如果是健康的，为什么做母亲的要一直用围巾把他包起来、紧抱在怀里？因为他累了，又小又会哭嘛。哦，我们倒是没有禁止又小又累的孩子哭啦。

接着再查问武器，有没有锐利的武器，可以投掷或射出的；有没有什么会燃烧、会造成瘀青、会刺穿、割破、烧灼的东西；有没有可以用来打猎、徒手搏斗、骑在马背或是驴背或任何四脚动物背上打仗的武器，不管是一对一的决斗，还是打群架、挖战壕的东西，攻城、反攻城、射靶子或消遣用的武器呢？有喔，一张弓、一把匕首、一只手斧、一把小钩镰刀，还有一把面包刀，全部没收！还有两个装火种的铁球，这可是会引火的武器。

他们砍了两根大树枝，那是大利加城的财产，还拔了四株蕨类植物来造帐篷，那就触犯"国法"了，对这种罪行有适当的审理程序。能不能在把狗关进笼子前，把狗管好？各种动物，不管豢养或野生，都是违禁品，显然这只狗这两个条件都符合。

他们在戟兵的押解下进入大利加城，那真是小精灵见过的最奇怪、最难以置信的地方。那里到处都是人类，大的、小的，男的、女的，有武器的、没有武器的，而且穿的衣服什么颜色都有。

还有好多声音，每个人好像都在卖东西。面包、玉米、大苹果，煮锅、生火用的木柴，做椅子的木材……到处都有很滑稽的怪鸟，在人群里走来走去，又大又肥，翅膀小得不能飞，一直反复不停地"咯咯"叫，小精灵听到人类叫那鸟"鸡"。

戟兵把他们押到广场中央，那里有个神龛似的东西，上面盖着好多红色和金色的布料，看起来像个巨大的怪摇篮。里面坐着一个人，全身裹着一件很长、绣了花的衣服，连他的头都遮住了，让他看起来像个刚出生的巨婴。

巨婴声称名叫“大利加城及周边地区之法官兼行政长官”，小精灵觉得这个名字也许不像“约许克仑斯凯乌尔科卓尔奈尔斯群克”那样漂亮，但也算是个好名字。

那位大利加城及周边地区之法官兼行政长官问了他们的年龄、姓名、职业跟技能，更重要的是，他们既然不是大利加城的居民、居民的亲戚、居民的客人，或至少会受居民欢迎的人，那他们到大利加城来做什么?

蒙瑟回答说他完全不在乎大利加城的居民、居民的亲戚、居民的客人、支持他们的居民，或其他不管什么样的人，他们只想尽快离开大利加城和其周边地区。

那位大利加城及周边地区之法官兼行政长官说，他们如果不爱大利加城，还有周边地区以及城里的居民，包括亲戚、客人、支持他们的人，那他们就该留在家里，或任何他们居住的地方，这样就可以省去那些戟兵找到他们加以盘查和逮捕的麻烦。而他大利加城及周边地区之法官兼行政长官也可以省去跟他们见面、审问、判刑、执行的时间，更不用说他们还犯了法，砍下两根大树枝，拔了四棵蕨类植物，这种野蛮行为严重伤害了这个城市。

围观的群众纷纷表示同意，就在这时候，天上开始下起雨来，气氛变得更糟。

法官宣判罚款三个铜板，正好就是他们身上所有的钱。“你看有多巧！”没收所有的武器和火种，于是他们只剩那条狗。

在他们退下的时候，莎琴娜喃喃道：“嗯，还不算太糟。”

“怎么说？”蒙瑟问道。就在这个时候，大利加城及周边地区之法官兼行政长官当天的第二个案子开审了。

被告是一个女人，她的车子轧死了一只鸡，女人把鸡抱在怀里，看得出来鸡的脖子断了。就在她经过莎琴娜身边时，一只小手从灰色羊毛围巾底下伸了出来，手指透过黄色衣袖在鸡的伤口附近的柔软羽毛上停了停。鸡的脖子慢慢恢复原状，然后眼睛慢慢睁了开来。

这下子天下大乱了！那只鸡跑掉了，人群中此起彼落地喊出“精灵”两个字，所有的人都冲来撞去，最后他们三个被戟兵团团围住，枪尖全部指向他们的喉咙。

莎琴娜说：“这，就是我所谓更糟的状况。”

鸡复活后，气氛变得愈来愈热烈，此时，大利加城及周边地区之法官兼行政长官注视着约许克仑斯凯乌尔科卓尔奈尔斯群克。

“你是个精灵。”法官严厉地说，语调庄重而平淡。每个字音都很清楚，像石头般重击着吓呆了的民众。

“他还是只小兽罢了。”蒙瑟说。

“只是个小家伙。”莎琴娜说。

“才出生不久。”小精灵心满意足地解释着，“我叫约许克仑斯凯乌尔科卓尔奈尔斯群克。”说完还微微鞠了一躬。

法官阴沉地说：“在法庭上不准乱打喷嚏、乱讲话！我大利加城及周边地区之法官兼行政长官不许你说谎。”说完最后这几个字的同时，法官用很严肃的姿态站了起来。

小精灵觉得很困惑，精灵从来不说不是脑子里面的话。呃，不错，偶尔会为了表示礼貌虽然听不懂也说懂了，因为把笨人当笨人对待是不礼貌的事，不过也仅止于此。

“而且我命令你对我用符合我身份地位的称呼。”法官继续说道。

什么是符合他身份地位的称呼呢？小精灵努力地思考。

“笨蛋！”小精灵大声说。

不对，这个不太像。

“蠢大人，不是，笨蛋。”这个好像也不对。

“安静！”法官对窃笑的群众大声喝止，“你，要叫我‘大利加城及周边地区之法官兼行政长官’！”

“没问题，没问题。”小精灵热切地回答，脸上露出灿烂的笑容。

“‘大利加城及周边地区之法官兼行政长官’是个很美的名字，我们可以给那只狗取这个名字！”他又得意地加了一句。

听到这话，群众真的再也憋不住了，一个老头儿几乎笑破了肚皮，还有一个戟兵一松手让戟扎到自己的脚。这下更让大家爆笑如雷，小精灵也不由自主地加入了。人类大笑的时候看起来真的很可爱呢。

唯一没有笑的是法官大人。“告诉我，”他转过身来对小精灵说，“你认得这个男人和这个女人吗？”

“认得。”小精灵肯定地说。

“除了带着精灵这种荒唐行为之外，居然还欺瞒我们，把精灵带到我们深爱的这个城市里来！除了上述这两种极为不妥当的行为之外，他们两个有没有再干些什么坏事？”

“……算有，有吧，那个男性人类吃尸体，我想还加了迷迭香，然后他把那些尸体的皮卖了赚钱。那女人卖过妈妈和几个哥哥，不对，是几个弟弟……嗯，不错，先是几个弟弟吧，我不记得了。”

现场一片寂静，接着一阵哗然，吵到谁也听不清楚什么。

“我不是跟你说过我会惹上麻烦吗？”莎琴娜无奈地对蒙瑟说，“你先前干吗不走你自己的路呢？”

“我想必是上辈子卖了我老爹。”他回道。

小精灵被拖走的时候，又看到了那只鸡，那只鸡蹲在窗台上，那里有个窝，里面有两个蛋。小精灵和鸡对望一下，彼此打了招呼。在那一瞬间，他们有了相同的心思，使他俩的精神永远结合在一起。

小精灵不知道“小鸡”或者“母鸡”是不是适合给狗取的好名字。他们的模样不同，但是鸡尾巴的颜色和狗尾巴啦、后爪啦倒是一样的。然后他想起来了，狗不会下蛋，而鸡在看到你难过的时候也不会舔你的脸，看来这个名字也不怎么适合。

第六章

他们被关在一个叫“监狱”的地方。

那里真的很不错。

那里全都是很硬的石头，还有大柱子撑住的拱门。这是卢立第三王朝时期的建筑，你可以看得出来，拱门不是圆的，而是由两个半圆形以准确的角度接合而成；而圆拱门是属于卢立第一王朝的；至于拉长了的拱门，就来自卢立第二王朝的鼎盛时期。

而且还可以睡在真正的稻草上，甚至还有一碗玉米和豆子，真的很好吃，真的很好，而且真的好多。小精灵分了一些玉米和豆子给一群很可爱、皮毛光滑的肥老鼠。食物的香气一散发，老鼠就从房间的各个角落跑出来，现在又在石板地上到处乱跑。

这地方简直就是天堂。

而且这里到处都没有雨水，除了莎琴娜的脸，好奇怪，她一个人在脸上一直下雨。

“你为什么一直滴水？”小精灵问莎琴娜。

蒙瑟替她回答：“那叫眼泪，我们都是这样哭的。”

“真的？那从她鼻子里流出来，她一直用袖子抹掉的又是什么东西呢？”

“这也是哭的一部分。”

“我们精灵难过的时候，就会哀号大叫，这样其他人就会感受到我们的悲伤，会想办法来减轻这种难过。”小精灵难掩自傲地说，“可是坐在地上，让水从眼睛和鼻子往下流，结果眼睛红了，只能用嘴巴呼吸，这不就像你故意让自己感冒一样吗？”

“你这样说也对啦。”蒙瑟敷衍地说。

“你为什么要哭呢？”小精灵问莎琴娜。

这回又是蒙瑟替她回答。

“因为他们明天早上就要把我们吊起来了。”

“真的？！那是什么意思？”

“别，”莎琴娜说，“蒙瑟，拜托一下，不要再说了，否则他也会开始哭的，我可不想再听他哭了。”

“好啦。你听着，小家伙，他们明天要吊我们，那很好玩哦，他们把我们吊起来，我们就可以低头看到所有的人，还有那些房子的屋顶，就好像鸟在天上飞一样。”

“喔，真的吗？那她为什么一直哭呢？”

“她哭是因为她怕高，她一到高的地方就会很不舒服，有时还会吐，明天对她来说会很可怕，真是噩梦一场。”

“喔，真的吗？”小精灵简直无话可说了，真有学不完的东西啊，“不要，不要，不要，不要，不要，不要，不要……要是会让莎琴娜不舒服，那就不要吊起来。”小家伙坚决地说，这种可以吊在屋顶上的事，想必很了不起，可是会让人不舒服的话……

“不要？”蒙瑟问道。

“不要。”

“那我们怎么办？他们已经决定要吊我们了。”

“我们可以走啊。”

“了不起，好主意。”蒙瑟一副真的很佩服的样子，“真是个好主意，你很会想啊，你有办法解决锁的问题吗？”

“我们可以打开呀！”小精灵很热切地说道。

“当然当然，聪明极了！那钥匙的问题怎么解决？”

“就是那种长长的，一转，咔嗒一声，门就开了的东西吗？”

“一点也没错，就是那种一转，咔嗒一声，门就会开了的长长的东西。”

“看到那边的转角没有？钥匙离那边不太远。如果你从铁栏杆中间看过去，就可以看到那个转角。”

原先躺着的蒙瑟突然坐起来。

原先两手抱着膝盖的莎琴娜也擦了把脸站了起来。

“你怎么知道的？”她问道。

“就在他们的脑袋里。”小精灵指着那些老鼠，“他们一天要走过那些钥匙好几遍，他们不知道钥匙是什么，可是脑袋里有钥匙的样子。”

“你有没有办法弄到钥匙呢？我不知道，比如让它们飞过来？”

“不行，当然不行。这是不可能的，地心引力是没办法违背的。”

“什么东西？”

“就是所有一切都会往下掉的原则。”小精灵解释，“你看！”他松开手里最后的两颗豆子，那些老鼠都冲了过来。

蒙瑟和莎琴娜又坐了下去。

“就是明天我们的身体会往下掉，而脖子会留在绳圈里的原理。”莎琴娜解释着，又开始哭了起来。

“我可以派这些漂亮的小动物去把那些钥匙拿来，那些钥匙就挂在板凳后面的墙上。这些漂亮的小动物去那里可容易得很。”

蒙瑟和莎琴娜又站了起来。

“真的吗？”两人异口同声问道。

“当然啊，当然没问题，他们现在是我的朋友了。”他很快乐地指着那些老鼠，“只要我用力想，一只漂亮的小动物把钥匙拿给我。这个想法就是一个印象，从我脑子里转到那个漂亮的小动物脑子里，然后他就会照着做。”

小精灵弯身向前，用小小的手指摸摸老鼠的头。老鼠高兴地一拥而出，穿过围着牢房的铁栏杆，在很大一声哐啷和一连串铿锵声之后，老鼠又出现了，拖来一大串钥匙。小精灵捡起钥匙，挑出一把，然后咔嗒一声，大锁就开了。

“行了。”

蒙瑟和莎琴娜冲了出去。

“现在我们该往哪里走呢？”莎琴娜问道。

“走这边，这全在那些漂亮的小动物脑袋里。往左走十米，再左转走到楼梯口，然后有一扇门。”小精灵再度直接选中该用的钥匙，“还有楼梯，又是一道门，好了。”再往下，楼梯，门，钥匙，咔嗒。

“走这边。”小精灵继续带路，“现在我们要由地道一直走到河边，这里好棒喔！看哪，这些是卢立第一王朝时期的圆拱门。”

“真了不起，我们下回再来好好欣赏，现在还是快走吧，如果我们不让他们吊起来，他们会不高兴的。”莎琴娜说。

“喔，你们看！”小精灵叫道。

“那些图案？”

“那不是图案，那是文字。”

“是图案，装饰用的。”蒙瑟坚持。

“不是，是文字，是第一王朝时期的古文，我会念，外婆教过我，她知道怎么念。‘此……处……建……此处建于河流经过之地下……’还好我认得，要是我们从这里走，就会被淹死了。往上绕过去，到了。看！最后一道门，最后一把钥匙，然后我们就出去了。咔嗒，好好听的声音喔，是钟声，对不对？那是不是钟声？”

“是士兵的盔甲声，我想他们真的火大了，他们想必真的生气了。”蒙瑟说。

“啊，你们看！”小精灵指着一根柱子，“在那个门槛上面的那些——”

“是门廊。”莎琴娜纠正他。

“在门廊上面的是拉长的拱门，是卢立第二王朝时期的，我还是头一次见到呢。”

“我真是太佩服了，我们可以走了吧？”蒙瑟问。

“这些是卢立第二王朝时期的古文……你可以看得出来，因为每个字的顶上都有那种小螺丝圈。”

“太有意思了！你两条腿就只能走这么快，还是可以再快一点呢？”蒙瑟问道。

“这种螺丝圈是永恒的象征……不对，是时间会轮回。这是一段预言！”小精灵惊叹道。

“真的，这真的太神奇了。你要不要我抱你？这样我们可以跑快一点。”蒙瑟问道。

“大……水……覆盖……大地……大水覆盖大地……”小精

灵念道。

“可是现在我们先走吧！他们真的很生气。我抱着你吧，这样我们一路跑的时候，你可以看得更舒服些。”蒙瑟说。

“咦，这里讲的是精灵的事！‘大水覆盖大地，太阳消失，黑暗与寒冰降临。最后的龙与最后的精灵打破循环，过去与未来相遇，新夏的太阳闪耀天空。’……哎，跑慢一点，还有别的，可是我看不清楚。说到什么伟大……有力的人……‘伟大而有力的最后的精灵会娶……女孩……有预知能力，名字中有早晨的光，她的……父母’……我看不清楚她是谁的女儿！”

“谁在乎啊！”蒙瑟没好气地说，喉咙里也快吐出最后一口气了，“反正不会是我们的女儿！她当然是某个国王或巫师的女儿。像我们这种老百姓永远也别想被人写到墙上。”

他们逃出了那栋房子，蒙瑟抱着小精灵，莎琴娜紧跟在旁边。道路很狭窄，又弯弯曲曲，幸好全部都是空的，只有男人、女人、小精灵——还有在后面追赶的士兵。

不能吊他们，士兵真的很生气，开始朝他们射弓箭。这样子很不好、不好、不好、不好、不好、不好……会很痛的。

小精灵开始觉得真是够了，那些人太容易生气了，我们只不过不想给吊起来而已嘛。

一名士兵出现在他们面前，举起弓箭瞄准。小精灵用尽全力希望没有发生这样的事，意象从他头脑里形成，飞进先前和他一起的那些生物头脑里。那只当时正穿过芦苇跑着的兔子，突然停住；而那只栖息在士兵头顶鸡窝里的鸡，从稻草中跳了起来，拼命舞动翅膀飞扑到士兵脸上，士兵踉跄、后退、倒地，就让出了路。

广场尽头的笼子里关着充公的动物，莎琴娜的狗用尽全力大声吠叫。幸运的是，笼子没有上锁，只有一个大钩子，莎琴娜很快地把钩子打开。

一条街，转个弯，又一条街，城墙，吊桥，就安全了。

不对，还没有，吊桥被拉了起来挡在面前。蒙瑟抱着小精灵由城墙边的阶梯冲上去，跑在他们前面的狗绊倒一个突然出现的士兵。等他们跑到城墙顶，蒙瑟一手抱住莎琴娜的腰，一手本来就抱着小精灵，爬上城垛，然后朝护城河冰冷的水跳下去，狗紧跟在后也跳了下去。

“也许吊起来一下也没那么可怕！”小精灵抗议着。

他们全掉进黑黑的水里。

小精灵想：用“地心引力”给狗做名字好不好？可是想一想，这名字也不太短，而且无法联想到那种软软的又知道怎么玩耍的东西。

第七章

水灌进他们的嘴巴和耳朵，小精灵觉得一切充满了寒冷和绝望。绝望和恐惧塞满脑袋的话，法力就会被淹没。

然后，突然间，他想到变成一条鱼，他想……该怎么说呢？想到鱼的样子，想到水中生物的重点是什么。

他想到有鳃的感觉，冷水带来的愉悦，感到自己滑动时的快乐，在波浪下飞行，就像鸟在云层下飞行一样。

他的肺里开始有了空气，而水的冰冷也变成一种愉悦的感觉。

他让自己在水面下滑行，躲避雨一般落进水里的尖头小棍子，那全是大利加城的弓箭手射出来的。他游到其他人身边，那只狗的情形还不错，可是蒙瑟和莎琴娜跟平常一样，做出很蠢的事来。莎琴娜一直想办法把头埋进水里，而蒙瑟却一直想办法把她的头抬出水面。小精灵一直想跟他们说，现在可不是玩打架游戏的时候，正确的方法应该要让头脑里只想着鱼的样子，集中精神在鳃上……可是蒙瑟根本不听他的话，而且还非常粗鲁无理地打断他。

幸好水流的方向很正确，离大利加城愈来愈远，愈来愈远，远离了骑兵和被吊起来，流向平原和小山丘。

地势渐渐平缓，河岸边都是石头，长了更多的芦苇，水不那么深了，水流也不那么急了，最后他们终于想办法游到岸边，爬上了岸。

莎琴娜的呼吸不太顺畅，呼出的气中有水的声音，好像一锅煮开的豆子。

蒙瑟一脸绝望，水和烂泥从头发流到脸上。小精灵敢发誓蒙瑟的眼睛和鼻子也在滴水呢。

“想想办法，”蒙瑟叫道，“要是你可以的话，拜托，赶快想想办法。你有办法的，对吧？她快死了。”

小精灵大吃一惊，伸出手去摸莎琴娜的脸。

小精灵感到水在响，莎琴娜的喉咙烫得好像有只尖头小棍子刺了进去。可是最可怕的是在她头脑里的感觉，那是最后几分钟，一切就要结束了。

小精灵用尽全力，专心地想着：吸空气进去，呼空气出来，还有潮湿的草、甘蔗及蘑菇的气味。

空气吸进去，味道很好，你的肺扩张开来；空气呼出来，你的头脑充满了空气的香味，而你知道这不是你最后的呼吸，而是之后又有一次，再有一次，然后还有一次。

莎琴娜咳出好多泥水，然后张开眼睛，呼吸着，小精灵也咳了，他们两个都在颤抖，脸色苍白。蒙瑟快乐地笑了，然后跑去找芦苇和干树枝。等到堆得够大之后，小精灵用手指一点，火焰就开始快乐地燃烧起来。他们又冷又累，不过蒙瑟继续找了木柴来，火继续燃烧。渐渐地，那种冰冷和潮湿就消失了。莎琴娜睡着了，蒙瑟在松鼠的窝里找到一些坚果，和小精灵分着吃了。

“我们虽然丢了武器，好在也没被吊起来。”蒙瑟说。

“好可惜，我们放弃了挂在绳子上在空中摆荡的机会，那一定很棒的！”

蒙瑟开始大笑起来。

“如果你真想要，我们也可以做得到。他们没有没收我的绳子，现在我来做给你看。这根树枝够结实了，我先绑在这里，再绑在这里，把绳子绞成双股绑起来。好了，你要试一下吗？抓牢了，现在我来推你。”

那太好玩了，上下、上下，甘蔗、河流、天空，然后是天空、河流、甘蔗。

远处有山丘，再过去是夕阳的光。小精灵从来没看过落日，因为一直都有云层，现在一切都是粉红色的，还有一些又长又细的云，亮得像金链子，最后的光线，照着一丛丛长在田地间的栗子树。

那真是你所能想象的最美好的事了，就像飞一样美妙。小精灵心中充满了快乐。

莎琴娜微笑着醒来。

小精灵发疯似的笑着，开心地对莎琴娜说："看，我被吊起来了。"

莎琴娜说："哦，这不是吊起来，这是'秋千'。"接着笑容消失了。

"吊起来是一件很可怕的事。"她继续说，"他们会用绳子套住你的脖子，然后你自己身体的重量会把绳子拉紧。绳子拉紧之后，你就吸不进空气，你就会死掉，就像刚才我被水呛住一样。"

小精灵吓得呆住了。

然后从那临时做成的秋千上掉了下来。

他害怕地睁大了双眼。

脸色一片灰白。

气喘不过来。

他蹲在地上，开始发出一连串断断续续的哀号。蒙瑟和莎琴娜的身体也变得冰冷不已。

蒙瑟愤怒地说："你为什么要告诉他呢？他本来很快乐的，他这辈子还是第一次那么快乐！"

"因为他将来会碰到别的人类，因为他下一个碰到的人，也会因为他是个精灵而想吊死他。我可不想让他快快乐乐地去死，还以为绞索是秋千。不快乐总比死掉好。”

莎琴娜抱起小精灵，紧紧抱着，哭叫声渐渐平息。天上开始亮起星星，蓝宝石般的天边，现出黑色的山影。

她把小精灵放在秋千上，轻轻推送。

“你愿意的话，可以再快乐起来，只是一定要记住，如果人类看到你，是有可能把你吊死的。”

“然后他们会加上迷迭香把我吃掉吗？”

“不会。”

“不加迷迭香？”

“人类不吃精灵的，绝对不会。”

“他们既然不吃我，为什么要把我吊死？这样不好、不好、不好、不好、不好，他们为什么要那样做？”

秋千轻轻摇动。

“因为人类恨精灵。”

“为什么？”

接下来一阵沉默，秋千轻轻摇动，狗打了个哈欠。

“因为那是你们的错。”

“什么是我们的错？”

“所有的一切。”

“所有的一切？”

“呃……所有出错的事，黑暗、大雨、淹没了地面的洪水、饥荒、我们的孩子会饿死，都是你们的错，还有村庄被洪水冲走。”

“是我们造的雨吗？怎么弄的？”小精灵很愤怒，“怎么弄的？”

“我怎么知道？说不定你们就靠想就下起雨来。”

“要是我想着下雨就能下大雨的话，我也可以想出大太阳来晒干我的脚。而且，”小精灵急切地说，“如果我们想下雨，那我们就笨死了，因为水和所有的悲惨事情伤害了你们，一样也会伤害我们。而且更惨，水愈涨愈高的时候，我外婆为什么不想太阳呢？我妈妈去了那个不会回来的地方，为什么不会想回来我们身边呢？”

小精灵又开始哭了起来，很小声地呜咽着。

唉，蒙瑟似乎也很困惑。“大家都说是你们的错……”

他转身向莎琴娜求助。

莎琴娜站在秋千旁，皱着眉头，但既不愤怒，也不悲伤。“我们讨厌你们精灵，也许是因为你们比我们聪明，你们很讨厌，可是很聪明。”她做了结论，“你们有法力，你们看到的东西更多，我们看到的是图案，你们看到的却是文字。我想我们是害怕，因为不知道你们什么时候会施法，我们以为你们一定很厉害，我们却一点法力也没有……”

小精灵停止了哭泣。

“既然谈到什么时候该做什么事，”莎琴娜继续说，“你怎么知道该选哪把钥匙来开哪个锁呢？”

小精灵一脸迷惑。

“什么叫该选哪把钥匙？”他很感兴趣地问。

这会儿轮到莎琴娜大惑不解了。

“唉，就是选对能和锁对上、插进锁孔里，然后把那个锁打开的钥匙。”

“插进锁孔里？”小精灵吃了一惊，“啊？真的吗？得把钥匙插进去？”

“然后……”

“正好合得上，就是说能插进那个洞，对吗？”小精灵用力回想，想到额头都皱了起来，然后他开心地笑了。“我明白了，”他叫道，“每个锁都有一把钥匙，你把钥匙插进去，如果是那个锁的钥匙，就会插进机关，一转，就会把横挡住门的铁片挪开！哇，真巧妙，真的太巧妙了！对人类来说，这实在是太聪明了！外婆总说你们最多只会在柱子上加个柱头，其实你们也可以很聪明！太好了！”

“谢谢！”蒙瑟礼貌地致意。

小精灵开心地在秋千上前后摆荡，对他新学到的知识感到很得意。

“可是如果你原先不知道钥匙的用法，又怎么会开锁呢？”莎琴娜问道。

“我把钥匙放在锁上，然后在脑子里想着开门，然后，门就开了。”

“你的意思是说，你会开锁，不用钥匙，不用老鼠，什么都不用吗？”莎琴娜问道。

小精灵懒懒地前后摇荡着，又皱起了眉头。“对呀！”他大笑起来，“好滑稽喔！我根本就会开锁嘛，还差点被人吊死。”

“真好笑，”蒙瑟说，“我都快笑破肚皮了。”

他的声音听起来好像吃玉米给噎到似的。

小精灵一面荡着秋千，一面想着逃走的过程，突然间他想起了一件事。“那个预言！”

“就是拱门上的那些图案吗？”

“对啊，那些像螺丝圈的字，是卢立第二王朝时期的文字，我现在想起来了……

大水覆盖大地，
太阳消失，
黑暗与寒冰降临。
最后的龙与最后的精灵打破循环，
过去与未来相遇，
新夏的太阳闪耀天空。

“然后说什么最后的精灵娶了什么人……”

第八章

“那是什么意思？”莎琴娜问道。

“我也不知道，我想可能是说……”

小精灵停了下来，那只狗跳了起来，向远处的什么东西吠着。

“喔，你看，一棵会动的树！”小精灵说道。

“那不是树，是个巨人。”莎琴娜低声说。

“真的？那是个巨人？我从来没见过巨人呢。”小精灵看起来非常高兴，“巨人后面的两团是什么？巨人宝宝吗？巨人也会生小孩吗？”

“在巨人后面的，是两个我见过最高大，也是武器最多的人。”蒙瑟一面回答，一面往后退。

可是要逃跑已经来不及了，后面两个大汉已经堵住了他们。

那两个大汉和蒙瑟的穿着有点像，衣服都是用破布和兽皮做成的，还挂着好几把短剑。可是真正可怕的是他们的斧头，小的黑色斧头就有手掌那么大，大的木柄斧头只要一挥，就可以把人头砍下来。更别提还有各式各样的木把双刀手斧，全都磨得很利。

两个大汉尽管高大，巨人却更加魁梧，在昏暗的光线中，整个身影遮住了大树、秋千和在秋千上摆荡的小精灵。狗的咆哮变成害怕的呜咽。

“你们别过来。”蒙瑟狠狠地说，“他是个精灵，是个真正的精灵哦。”他继续说，一面指着小精灵，“他的法力可以把你烧成灰烬，转得像个陀螺。他可以封住你的喉咙，让你不能呼吸，像被吊死一样。”

“那不是真的，不是真的，不是真的，不是真的，不是真的，不是真的，不对，不对，不对，不对，不对，不对，不对，不对。”小精灵抗议道。

蒙瑟为什么要说那么可怕、恐怖又恶心的话呢?

“说我们会做那些事全都是骗人的！我们不会伤害别人！我们不会伤害任何人！我们不能伤人，因为如果我们伤了什么人，我们所造成的伤害，原先在我们脑子外面的，就会跑到我们头脑里面去伤了自己。因为我们脑袋外的一切，全都会到脑袋里，而脑袋里的一切又都会到脑袋外。”

小精灵已经受够了让人家看不起，受够了别人说他和族人的坏话，他再也受不了了。

蒙瑟这下子哑口无言了。

两个大汉也哑口无言。

他们看看蒙瑟，再看看小精灵；然后又看看蒙瑟，再看看小精灵；然后继续再看看蒙瑟，再看看小精灵。

“好奇怪的家伙。”比较矮的大汉一脸困惑地对蒙瑟说，“你是不是上辈子做了什么坏事，现在得到报应，还是有什么其他原因，才带着一个精灵到处跑？”

“我想必是把我老爹卖了。”蒙瑟同意道。

“巨人吃精灵。”巨人口沫横飞地说着，走了过来。

狗呜咽着，愈来愈害怕，但还是勇敢地吠了两声。

“你不能吃他，他还是个小娃娃。”蒙瑟说。

“一个小小孩。”莎琴娜说。

“才出生不久。”小家伙自己解释着。

“巨人吃精灵。”巨人又说了一遍。

小精灵开始笑了起来。“对啊！当然嘛，还要加迷迭香，这就叫作‘讽刺’。”他笑容满面。

巨人呆住了，一直看着小精灵的笑脸，好像看着一只正在飞的驴子，或是月亮从天上掉下来被当成足球踢。

小精灵向巨人走去，巨人的脸上完全没有表情，像戴了个石像面具。小精灵已经习惯看到皱眉头、生气或担心的脸孔，因此看到像那样空白的表情反而觉得安心。

巨人的皮肤有鳞片，像蜥蜴的皮，根本就像动物，这让小精灵特别高兴，因为蜥蜴生活在阳光中，而阳光很美。巨人的脸也很像蜥蜴，而且和蜥蜴的皮一样。巨人的皮肤上布满一块块闪亮的绿色和紫色，而这两种又是小精灵最喜欢的颜色。当集中营还允许精灵家挂窗帘的时候，外婆的窗帘就是绿色和紫色的。

巨人下巴两边伸出翘上天，亮得像两弯新月的大獠牙，小精灵也丝毫不担心。因为他相信能够用来咬东西的牙都长在嘴巴里面，不会跑到嘴巴外面——那应该是装饰用的牙，除非用来挂甜甜圈，算是活动的架子吧，或者更欢乐些，是某种游戏需要的柱子，好让人套圈圈。

这个想法使他心里充满了快乐，快乐像壶里煮开了的水，这水冒着泡，也让周围所有的人都感受到了。

“你好漂亮哦。”小精灵对巨人说。他那充满柔情和欢乐的声音，在所有听到这话的人脑中回荡不已。

每个人都在这个时候感到喜悦，以及对生活产生无比的信心，原来都是因为有了像巨人这样美丽的生物。

“你好高大哦！你知道吗？你是我见过的第一个巨人呢！你呀……真了不起。不错，了不起，我外婆都没跟我说过巨人会这么漂亮。”

“哈……哈……漂亮？”巨人从最初的震惊中恢复过来。

巨人几乎停止了呼吸，一时之间，看来好像是在变换表情，或者说得更准确些，该说他正在努力做出个表情来。

“漂亮，不错，就连外婆也说她从来没见过，我是说没见过巨人。外婆以前都怎么说来着？说你所见到的第一个巨人，也将是你见过的最后一个巨人。谁知道这句话是什么意思？毫无疑问地，世界上没有很多巨人，所以要是你一辈子能见到一个，也就很不错了！那也就是说，运气好才见得到一个巨人！我真高兴，真高兴，我不是随便见到一个巨人，我见到的是一个漂亮的巨人，漂亮的！”

“呵……呵……漂亮？”巨人有气无力地说。

“听说你一直旅行、从不停止吗？听说你看过全世界？全世界，连小山丘也不错过。听说你见过大海？海洋真的存在吗？外婆说那是一大片一大片水，像田地一样，只是上面不长草，而是满满的水。当个巨人一定很棒吧？能够高高在上又这么美丽，一定是非常棒的事。”

“哼……哼……漂亮？”巨人咕哝几声。

“是啊，真是漂亮。能够认识你真是荣幸，我叫约许克仑斯凯乌尔科卓尔奈尔斯群克。”

“我很难过你打这么多喷嚏，你再说一次我很漂亮。”

“你很漂亮，非常漂亮，非常漂亮！”小精灵真的很着迷，声音愈来愈迷蒙，“能长得这么漂亮，真的好好。”

“精灵好吃，可是这个精灵说我哈……哈……哈……漂亮。”

“反正我不相信那些话，我知道你绝对不会吃我！你只是在说反话。”

莎琴娜脸色苍白，蒙瑟平常喜怒不形于色，但现在也一脸惨白。

他说：“我们还不如留在大利加城呢，至少在被吊死以前，还能有顿最后的晚餐。”

“你到底把你老爹卖了多少钱？”两个大汉中比较高的那个问蒙瑟。

“少得可怜吧。”蒙瑟很郁闷地回答。

小精灵向两名大汉走过去。

和随时准备佩戴甜甜圈或丢圈圈装备的巨人在一起的，一定是很和气仁慈的人。不像那个猎人蒙瑟，随身带着弓箭和小刀子，而且脾气还很坏。

“你们是樵夫吧？”小精灵问道。

“什么夫？”

“谁？我们？”两个大汉愈来愈紧张。

“伐木的木匠。”小精灵开心地用小手摸着大斧头、小手斧和刀子，还有磨利的刀刃，“你们把枯死的树砍下来，给活着的人做东西，摇篮啦，摇椅啦。我外婆有一张摇椅，那张摇椅和我的摇篮连在一起，所以摇动的时候，也就摇了我的摇篮。你们做摇椅吗？”

小精灵想到摇椅和玩具的时候，心里充满了柔情，渴望过着日常生活，还要有个家。再一次，他渴望未见过的妈妈和远离的外婆。

所有这些无限的柔情，都从他的心里满溢出来，流进他的声音里。

其他人都觉得好像蜂蜜从血脉中流过，他们希望能一直这样，让蜂蜜一直在血管中流动，他们想要永远有这种被爱的感觉。

“呃……”两个大汉还迷糊不清，“多多少少吧。”

“还有玩具呢？你们做玩具吗？娃娃啦、木偶啦什么的？”小精灵问道。

大汉一号问：“玩……玩具？”

大汉二号也问：“什么？我们？娃娃？”

小精灵问：“你们从来没做过摇椅，或者摇篮？”

大汉二号说：“嗯，没，没有，没有，还没做过，我从来没想过。”

小精灵建议：“可以做做看，这是个好主意，很好的主意。”

大汉一号同意：“嗯，是的，很好的主意。”

“你们从来没有砍过还没死的树吧？”

大汉二号说：“嗯，没，没有，从来没有。”

“我们先把他们弄死，”大汉一号证实说，“这样他们就不会痛了。”

“能当樵夫一定很好，当个农夫想必也是个好工作，你首先要有块地，然后要有锄头。能见到你们真好，他那样漂亮，你们这样好心。”

“好心？”大汉一号问道。

“哈……哈……漂亮？”巨人问道。

两个大汉彼此对望了一眼，然后耸了耸肩膀。

天色愈来愈黑，一阵毛毛雨落了下来。

那天晚上他们都聚在一起，围着小精灵生起来的一小堆火，上面是个临时的屋顶，是那两个“樵夫”用斧头砍下的枯枝搭成的。

狗和小精灵依偎在一起睡着了，像两个互相钩住的逗号。在他们旁边是三座山，依照顺序是小一点的大汉，大一点的大汉，最后是比其他两个大汉大上一倍的巨人。

蒙瑟和莎琴娜睡在火堆的另一边。

两名大汉打着鼾，巨人说着梦话：“哈……哈……哈……哈……哈……哈……哈……”

“他会笑上一整夜吗？”蒙瑟担心地问道。

“他要是不笑的话，我们才该担心。”莎琴娜说，“我是你的话，就不会抱怨了。”

蒙瑟闭上嘴。

巨人的笑声和另外两个大汉的鼾声混在一起。

莎琴娜在睡梦中翻了个身，几乎全压在蒙瑟身上，蒙瑟一动也不动地挨到天亮，就怕惊醒了她。

小精灵蜷伏在狗的爪子中间，想着“小巨人”是不是给狗取的好名字。听起来不错，可是狗嘴两边都没有可以挂甜甜圈的东西。

然后他睡着了，梦到了大海。

第九章

天亮了，满是金色和红色的光，黑夜和最后的星星消失。天空晴朗，一座黛绿色的小山在阳光下闪亮，其中点缀着小小的山谷，仍然弥漫着晨雾。

有只小鸟在叫。

第一个醒来的是巨人，接着是小精灵，一睁开眼就不停地说着巨人有多漂亮，多有力气，还有多么巨大。

小精灵夸赞巨人脖子下那一块紫色的毛有多壮观；现在布满了露珠，在天光中闪亮。然后他夸赞巨人的眼睛，看起来像是仲夏夜里的半个月亮，还有圆圆的红鼻子，看起来像孟冬夜里的满月。然后他又很大方地称赞说，现在已经醒来的那两个大汉很好心，因为他们把枯死的树和快死的树做成摇篮、桌子和玩具。巨人和两个“樵夫”都感动得眼中闪着泪光。

其中一名大汉把背包拿出来，请大家吃早饭。

大吃一惊的蒙瑟不解地望着他，好像看到他亲爹的鬼魂。背包里有六根玉米，恰好每个人可以有一整根，另外还有一块烟熏火腿。

小精灵悲哀地望着那块火腿，发出一小声呻吟，和他为兔子的号啕大哭比起来，算是相当节制了，因为这只猪已经死了很久，不会感到痛苦，也不再恐惧死亡了。

"那我们可以吃吗？"蒙瑟满怀希望地问着。

"绝不可以。"小精灵回答。他向巨人和两个大汉说："你们不会吃以前活过的东西吧？你们……你们这么漂亮和这么好心的人。"

"嗯——谁，我们？"

"嗯——不会，我们当然不会。"

"谁知道这东西怎么会跑到我们背包里去的。"

"我们漂亮，又好心，绝对不吃你不喜欢的东西。"

蒙瑟愈来愈迷惑又担心，这番在小精灵看来完全正常的对话，却让他觉得毛骨悚然。

玉米在火上烤着的时候，小精灵挖了个小坑，埋葬了火腿。他把土填回之后，还装饰了一番，因为没有花，所以就放上一枝红浆果。整个过程，蒙瑟一直盯着那块火腿，脸上的表情好像正在埋他的亲兄弟；说不定他以前认得这只猪，因为回忆而感伤。

原以为每人都可以获得一根玉米的想法不过是妄想，巨人吃了三根，两个大汉一人一根，蒙瑟、莎琴娜和小精灵分吃第六根玉米。可是即便如此，也还算一顿大餐。

最后当太阳升到高空，真正的阳光照耀着真正的蓝天时，两群人互相道别。

蒙瑟、莎琴娜和小精灵在明亮的阳光里继续向前走，那只狗跟在后面。到了一块小小的林间空地，他们发现树上钉了一块告示，上面写着要小心两个危险的强盗和一个有史以来最难看的巨人，还有悬赏。小精灵说他们运气真好，没有碰到这些坏人，反而见到两个樵夫和全宇宙最漂亮的巨人。真不知道这附近到底有多少巨人。

“有谁能告诉我，到底是怎么回事？为什么我们还能健健康康地活着？”蒙瑟问道。

莎琴娜微微一笑，“小精灵心里所想的都会跑出来，进入听话人的心里。”她解释道，“好比小精灵绝望的时候，我们也难以忍受；他害怕的时候，我们就感到恐慌。但就算这样，我们的脑子还是会想着自己的事。可是对，嗯，对头脑简单的人来说，小精灵所说的话就像洪水，整个灌进他们的脑袋，他说‘漂亮’和‘好心’，他们就……我该怎么说呢？就做到小精灵认为的了。”

“头脑简单？”蒙瑟问道。

“头脑简单。”她点点头。

“头脑简单。”蒙瑟又重复一遍，然后停了下来，伸手一拍额头，“啊，我们把那条绳子给忘了，还挂在树上当秋千呢！你们在这里等我，我跑去拿来。”

莎琴娜、小精灵和狗在林间空地坐了下来，晒太阳真是舒服极了。

蒙瑟跑得像风一样快，到达扎营的地方，可是火腿的坟墓已经被挖开了，里面什么也没了。就算是简单的头脑，也还是有个限度。能想到把火腿挖出来的可不止他一个。

他解下绳子，卷了起来，塞进背包，沿路往回走。

他一面走，一面想着他们说了一半的话：那则预言究竟是怎么回事？

他回到林间空地的伙伴身边，问了这件事。

小精灵回想了一阵子，背诵道：“大水覆盖大地，太阳消失，黑暗与寒冰降临。最后的龙与最后的精灵打破循环，过去与未来相遇，新夏的太阳闪耀天空。”

“这是什么意思呢？”

“我不知道。”

“你外婆没有跟你说过下雨的事吗？”

“她当然跟我说过下雨的事。”

“那她怎么说呢？”

“她说‘今天又下雨了’，或者是‘遮一下，在下雨呢’，或者是‘毯子都要发霉了’。有一回她说‘屋顶在漏水’，又有一次她说‘青蛙都要住在这里了’。后来在我第三次感冒的时候，我有没有跟你们说过我第三次感冒的事？那一次鼻涕塞住了鼻子，后来——”

“不是这些啦！我是说你外婆有没有说过，在过去几年里为什么会这么冷，又为什么会下那么多的雨？她有没有告诉你，雨很快就会停或还有多久才会停？或者我们有没有什么办法可以让雨停下来呢？这一类的事情。”

“喔，这个呀！没有，她什么也没说过。”

“确定吗？”

“对呀。”

“那，好吧。”莎琴娜说，“你对龙又知道多少？”

“他们很大，有翅膀，会飞，天生就很难相处，尤其被人类屠杀之后。他们守着这个世界的古老秘密，而且他们认得古文，不像我认得的一些人类。我就不说他们是谁了，他们还以为古文是图案。”

“我们得找到最后的龙，和最后的……”蒙瑟突然停了下来，好像想起了什么。他看了看小精灵，没有继续往下说。

“最后的精灵。”小精灵帮他把那句话说完，“可怜的家伙，那个最后的精灵。做最后的精灵一定很可怕，意思是只有你一个，还知道不会再有别的精灵了，那真是可怕，可怕。我想到都替他难过，那也就是说，我说不定还会见到另外一个精灵呢。等我见到那个精灵的时候，他就不会是最后一个了，因为有我们两个，那一定会很好……的……”小精灵停了下来，脸上现出阴影，“可是，有我在，他就不可能会是最后一个……”沉默，长长的一阵沉默。

“我就是那个最后的精灵——”沉默，漫长的沉默。突然间阳光消失，起雾了，一只鸟发出咿呀的叫声。莎琴娜弯下身来，把小精灵抱在怀里，把他抱得紧紧的，仿佛从来没有这样抱过似的。

“那只是一则预言，我们不知道指的是哪个年代，说不定在一千年以后，有可能根本不是真的。说真的，预言常常都是假的……”

小精灵脸色灰白，蓝绿色的眼睛光芒尽失。

“说不定是两千年以后，”蒙瑟同意，“也许永远也不会发生。”

他也弯下身，伸手搂着小精灵。

他们就那样站在雾里，成为一体，毛毛雨开始落下，他们却都没有动。

狗也挤了过来，四个伙伴在雨中紧紧靠在一起。

第一个动的是莎琴娜。“我们可以到树下躲雨。”

小精灵说：“这附近有一座塔。”他看来筋疲力尽，双眼无神，“我听到水声，我们离一条溪流很近，离大利加城不远，河就在我们后面。我知道我们在哪里了，这里附近有一座废弃的塔，塔顶上还长了一棵树。”

“你怎么知道的？”

“我听到水声，而且我看过那张图，我知道我们在哪里。”

“什么图？你在说什么？”

“等一下再告诉你们，我们先找地方躲雨。”

他们辛苦地经过有刺的树丛，找到了那条小溪。溪水清澈，两岸长满柔软的青草。离他们从树丛出来的地方不远，有一小片空地，地上耸立着一座半坍塌的塔，塔顶果然长了一棵巨大的橡树。

他们躲进塔里，塔正中的那个房间没有损坏，甚至还有一堆木头，几乎全是干的，小精灵用来生了火。

蒙瑟到溪边把水壶装满，甚至还抓到一条鳟鱼。他向小精灵解释说，他们别无选择，不是那条鱼死就是他们统统饿死。

小精灵点了点头，那只狗紧跟在他旁边，很暖和，很安静。

他为了不让自己替鱼难过，就用心去想个名字给狗，“意志忠诚的”可能是个不错的名字，虽然有点长。那个永远不会抛弃你、永远不会离开你、永远会在你身旁的——他们全都死了，不再活着，除了他，再也没有任何精灵留下来，他，是最后一个……

第十章

男人和女人蹲在角落里各吃了半条鳟鱼，自觉像坏人，小精灵则在相对的角落里受苦。蒙瑟找到几个香菇给他，可是他不想吃，只拜托他们出去把吃剩的鱼骨头埋起来，要埋得远一点，还要弄个漂亮的坟墓……他俩觉得自己是天字第一号大白痴，也是十恶不赦的坏人，于是就照着小精灵的话去做。

他们回来后，小精灵从角落里走出来，从黄色衣服里拿出一个破旧的绣花口袋。他把口袋翻出来，依照顺序掉出漆成天蓝色和深蓝色条纹相间的木头陀螺，一本封面是蓝色天鹅绒、绣着银线花纹的破旧小书，里面全是精灵文字，还有一张卷起来的羊皮纸，外面绑了条淡蓝色的细绳。

“蓝色是精灵的颜色。”小精灵解释着，“可是不许我们用，我们其实很讨厌黄色。”

蒙瑟点了点头。

小精灵解开了绳子，把那张羊皮纸打开。

“你们知道这是什么吗？”他问道。

“一张羊皮纸。”蒙瑟说。

“没错，可是你知道这些记号是什么吗？”

“图画？”男人猜。

“是字？”女人猜。

“是一张地图！外婆叫我走的时候，让我带着这本诗集，还有这张地图。诗集是我妈妈的，地图是我爸爸的。爸爸是旅行家，所以才会死掉。精灵只准住在精灵集中营，不准到外面任何地方。他准备回家，回到我们住的集中营，巡逻的哨兵抓到了他，将他处死，所以我从没见过爸爸……这是他的地图，他画的就是我们走过的地方，还有我们必须要走的路。可是……你们不知道怎么看地图吗？很容易的，地点都是用精灵文和人类的文字写的。”

沉默，小精灵脑袋里有了个可怕的疑虑。

“你们不认得字！你们完全不认得字！不但是古文，连我们现在说的人类文字也不认得。”

沉默，蒙瑟耸了耸肩膀，莎琴娜点了点头。

这太可怕了。

小精灵为这两个可怜的伙伴感到难过，迷失在被文字遗忘的世界实在太可怕了。

小精灵向伙伴解说地图，一边是黑山，黑山之外就是大海，左下角是一大堆房子，建在河边、用城墙围着的就是大利加城，那条河叫杜冈河，他们目前所在的这条小河没有名字，旁边画了顶上有橡树的塔，就是他们现在住的塔。不远的地方，这条小溪流进杜冈河，也就是大利加城旁边的河。然后，再过去，流过了阿士垂德，这是图上最后一个村落，河水一直流向黑山。杜冈河穿过了黑山，沿着很深的山谷，在图上画得很清楚喔，甚至都看得到小路上方凸出的岩石。岩石上有一道黑烟柱，下面用卢立第三王朝时期的文字标示“此处有龙”。

你得顺着小溪到那条河，再跟着河走才找得到龙。

他是最后的精灵。

他必须做这件事。

莎琴娜问：“你怎么能这么确定呢？”

“因为我的名字，我的名字在里面，我的名字叫作约许克仑斯凯乌尔科卓尔奈尔斯群克。奈尔斯群克就是精灵语‘最后’的意思。”

“也许根本不是这个意思，说不定只是跟其他的一样，只是一些声音而已，没有真正的意思，我的名字叫莎琴娜，那是长在我们村子里墙上的一朵花的名字，可是我又不是花。”

“那你名字其他的部分又是什么意思呢？”蒙瑟问小精灵。

“大而有力。”小精灵回答。

“那想必只是一大堆声音而已。”蒙瑟同意莎琴娜的说法。

“约许克是绝对顶级的。”

“什么？”

“意思是‘最’，仑斯凯是‘大’，乌尔科卓尔是‘有力’。最大、最有力、最后的，在他之后就再也没有了……”

小精灵现在看起来和先前不太一样，大眼睛闪着绿色和蓝色的光，精灵的神采从里面焕发出来，让他的脸发着光。他看起来长高了些。

“我们明天出发，”小精灵平静地说，“我们必须去找最后的龙，他和我必须打破常规循环。我不知道什么常规循环，我也不知道那是什么意思，无论如何，在那以后，太阳就会重新回来。”

然后小精灵抬起眼来，四下看了看。他们四周全是那座老塔的墙壁，“我爸爸来过这里。”他的声音充满感情，两眼望着那些古老的石头，伸手摸着石头，“我爸爸摸过这些石头。”他又看了看那张地图，“地图上这里有个好奇怪的记号，好像指着我们底下有什么。”

他看看地面，看到那堆木头下面，有一扇通往地窖的门。

他们三个一起打开了那扇沉重的门，有座梯子向下通往小小的地窖，在那里他们找到一把剑、一把斧头和一张弓，全都镶了银，而这些银呈现的无疑是精灵文字。在弓的旁边还有三支箭，也镶了银，满布螺旋状的神秘文字。

“你爸爸叫什么名字？”蒙瑟终于从惊骇中恢复。

“戈诺班马耶尔古德。”

“那是什么意思？”

“能找到路还能指示别人的。”

放那三支箭的盒子里，还有一个蓝色天鹅绒的袋子，里面有三个金币。

“你爸爸留给你很好的遗产。”蒙瑟做出结论。

小精灵觉得自己不再是个孤儿了，这是很奇怪的感觉，好像孤独原先是一面玻璃墙，这下子开始有了裂缝和破洞。

他是那遭到毁灭族群里的最后一个，现在得不到的亲情，却一点一点从过去来到他的心里。

他用手把这些东西摸了又摸，那些是做来给他的，是留给他的。

在做这些东西的时候，有人很爱他。

他希望死亡是一个爸爸可以从那里看到他的地方。

第十一章

天亮时雾散了，他们慢慢地沿着小溪向前走。几个小时后，天空开始下起小雨，但他们没有放慢脚步。

将近中午的时候，他们看到了那条河，原先的满地荆棘，变成许多甜板栗树。这表示大伙儿可以走得更快，还可以吃得饱饱的。他们摘下栗子就吃，没有浪费时间烹煮。

河水变宽了，天也亮了起来。雨停了，他们到了一处河湾，看到三栋小房子，建在玉米田和葡萄园旁边，这里应该就是阿士垂德，地图上画的最后一个村庄。那里有草原和一丛栗子树，后面有小山坡，黑山离那里不远，房舍之间有很多架子，挂着十来条鳟鱼，正用大铜锅熏着。果园里，树上结满苹果。就在弯曲的河道中间，有三艘用粗大缆绳绑住的小船，正在水流中上下起伏。十几只很漂亮的绵羊和山羊，分别站在葡萄园里、草原上以及栗子树之间。每间房子都有烟囱，袅袅炊烟冒了出来。

“在大雨下个不停之前，整个世界想必就像这样富裕而美丽。”莎琴娜说。

大约有十来个男人和女人，加上数不清的孩子住在那里，全都聚过来迎接他们。那些人穿着既没有纺过也没有染色的粗羊毛编织的衣裳。他们望着小精灵的黄色衣服，还有蒙瑟拿着的精灵弓，既不害怕，也没有敌意。

蒙瑟首先开口，很有礼貌地向大家请安，说了他自己的名字，还问能不能向他们买点食物、一艘船和一些衣服。

那些人没有马上回答，低声地讨论了很久，然后那个看来年纪最长、留着短短白胡子的高大男人，问他们要用什么来付钱。

蒙瑟回答：“一个真正的金币。”

接下来是一场更漫长的讨价还价，没什么办法，那个老头要三个金币，蒙瑟只好答应。

最后，交易谈妥了，他们所选的那艘船很小，但很坚固。蒙瑟在船上放了一皮囊羊奶、一大袋苹果、一小袋玉米，还有两个更小的袋子装着熏鲑鱼、熏鳟鱼和葡萄干。然后他帮小精灵买了一件上衣、一条裤子和一件靛青色斗篷，这样就可以丢掉那些又粗又丑的黄色破衣服了。

小精灵看到那些衣服，脸上容光焕发。

“另外那个精灵也穿蓝衣服，”那个老人说，“就是几年前经过我们这里的那个，也就是他把那个和谐与富足之锅，以三个金币的代价卖给了我们。”

“卖了什么给你们？”

“和谐与富足之锅。”老人解释道，一面指着那个正在冒烟的铜锅。那是一个很奇怪的锅子，有两个底，里面放着炭和木头，烧出烟来。“只要锅子一直冒烟，我们就不会受到贫穷与不和谐的侵袭。现在的雨都是该下才下，自从那个精灵来过之后，争吵也停止了，以前每天至少有三场吵架，而且结果都很糟。我们都很会用武器打架呢！咦？那三枚金币就是这三枚金币。其中一个有点椭圆，另外一个边上有个印子。这个小精灵是他的儿子，对吧？唉，能和你们做生意真是荣幸，不单是我们又把村子里的金币收回来，而且如果你们也是散布和谐与富足的人，能够帮助你们就太好了。”

“你不觉得让我们保留一个金币，将来对我们的帮助会更大吗？”蒙瑟问道。

“我相信你们一定能够聪明地照顾好自己。”老人回答，“另外那个精灵在离开之前，教过我们要如何做生意及谈判交涉，他真的是个了不起的精灵。”

搭那艘船真是太棒了，他们只要躺在船上，水流就会带着他们往正确的方向前去。那艘船非常舒服，上面有木棚子可以遮雨，还有个铁火盆可以生火烤玉米、暖和双脚。河岸有的地方是岩石，有的地方是窄窄的浅滩，可是始终空无一人。有生以来，一直陪着他们的饥饿终于离开了，小精灵甚至答应其他三个吃肉的可以吃几口熏鱼。

高山离他们一天比一天近，现在他们大部分时间都在山峰的阴影下。小精灵一直没有说话，靠在火盆旁，手里紧抓着那本诗集。

有一天早上蒙瑟说："你爸爸想必有很了不起的法力。"

"外婆说爸爸没有法力，每个精灵的法力都不一样，有的多一些，有的少一些。外婆说我爸爸是她见过的最没法力的精灵，她说他唯一会的法力就是生火，而且还要在他身体健康、风向又对的时候才能办到。可是我外婆不用火就能把水煮开，而且还会用草药来治病。"

"那你爸爸怎么有办法让那个村子富足、和谐呢？他又怎么能让雨不乱下呢？"

"我也不知道，这种事完全没道理。"

现在他们四周都被阴影包围住，那条河继续平静地从巨大峡谷的中央流过。

头顶上的天空变成一条和河水平行的窄缝，夹在两边高耸的岩壁之间，高高的岩壁陡直地插进河里。

在他们上面极高的地方，在两边岩壁的高处，可以看到一堆岩石，那可能是一座山峰，也可能是个建筑物，只是上面笼罩着巨大的黑烟柱。绝不会错，底下刻着大大的字：

此处有龙

水流变急了，幸好小船上有一支桨，蒙瑟想办法让船靠近岸边，把绳子丢出，套住一块突出的岩石，将船系住、绳子拉紧。小船突然转进角落里，船头卡在一丛矮树中。矮树丛后面是块小小的河滩，大约一两尺长，这是整个峡谷里唯一能上岸的地方。河滩过去后就是一道又窄又陡的阶梯，它是在苍白岩石上开凿出来的。

小精灵拿出地图来看。

“我已经弄清楚上面那个记号是什么了，是瀑布，我听得到。我们不能再回头了，往前面走是瀑布，我们只能爬这些阶梯了。”

他们开始往上爬，那些阶梯又窄又陡，有些地方还坍塌了，还有一些地方长了青苔，又湿又滑。走了几个钟头后，太阳出来了。他们现在已经爬得够高，能看见那道瀑布——一大片垂直的水幕，映照出彩虹的颜色。

他们愈走愈累，休息的次数愈来愈多，等他们爬到阶梯顶上的时候，已经下午了。黑山外是一片广大的平原，平原过去则是一道长长的蓝色连到天边，那是大海！他们看到了海！小精灵再次抬头挺胸，疲累消失了。

他看到了海，像爸爸当年一样，头顶上方就是那一行字：

此处有龙

然后路拐个弯，到了一块巨大的石头前。现在他们才看清楚，那是一块中间挖空成一个房子的巨大岩石。岩石顶端消失在一层厚而低的云层之中。他做到了！他到达了。

蒙瑟弯弓搭箭，莎琴娜抓紧了小斧头，就连那只狗看来也很不安，紧张地到处嗅着。

小精灵走到石头顶上，那里有一扇巨大的门，四周门框上写着字，都是卢立第一王朝时期的文字。

“上面写的是什么？”蒙瑟问道。

小精灵开始解读那些文字，觉得既害怕又兴奋，他的宿命即将展开，他的命运就在眼前。

“‘Proi……betur proibetur spu……tare，proibetur sputare。’不准吐痰。”

“不准吐痰？不会吧！你确定？”蒙瑟问道。

“确定。”小精灵也很纳闷。

“等一下，我们走过了半个世界，爬上那些该死的阶梯，爬得肺都快要炸了——”

“那些阶梯没那么糟呀。”小精灵抗议。

“你觉得没那么糟，是因为我背着你！我爬了那么多、那么多阶梯，就只为了上来看一个告示，说不准吐痰？这里不是该有什么循环啦、未来啦、新夏的太阳啦什么的吗？好好看看，是不是还有别的？上面还有好多字，不是吗？”

“不准吐痰、奔跑、弄碎东西或大声说话。”小精灵说道，“还有，进门前先洗手。”他又加了一句。就在这个时候，大门打开了，出现了一条龙。

第十二章

那条龙看起来老大不高兴。

他很老，要解读龙的表情并不容易，尤其是条很老的龙，万一你又是第一次见到龙。不过看得出他很不高兴。

木门非常巨大，有六七个巨人叠在一起那么高，打开的时候发出很大的声音。里面有个大厅，厅里垂吊着一根根钟乳石，地面则有石笋，上下几乎碰到一块儿，形成一片复杂的光影网络。龙躺在中间，光线从上面照下来，透过好几十扇小窗子，窗上镶嵌着薄薄的琥珀，使得周遭的一切都反射出金色光辉。

“汝等倒霉的陌生人，到底碰到什么恶鬼？为何大呼小叫扰我安宁？”龙的声音出乎意外地响起，让大家吃了一惊，然后彼此对望，想要决定由哪个来回答比较好。

蒙瑟鼓足了勇气，首先发言：“呃……高贵的大人，我是个人类，他是个精灵……”

“世上不是什么都十全十美的，”龙评论着，显然这个消息没引起他的兴趣，“不是所有生物都能像龙一样，是自然界最棒的。”他做出结论。

蒙瑟一时被这段打岔弄糊涂了，深吸了几口气，再次开口说道：“他，我是说那个小精灵，他的名字叫作约许克仑斯凯乌尔科卓尔奈尔斯群克。”

这件事似乎也没让龙觉得有什么了不起。龙说：“告示上说得很清楚，不许吐痰。”

“我没吐痰，那就是他的名字，他爸爸的名字叫作戈诺班马耶尔古德。”

“每个人都有自己的名字。”龙又说。

他愈来愈不耐烦。

又一阵很尴尬的沉默，宿命似乎并不明确，而且命运显然已经在路上不见了。

小精灵重起话头：“我们看到一则关于您的预言，笨，不对，大人。”

“是谁写下了这则预言？”龙问道。

“卢立第二王朝的人，写在大利加城里。”

“说真话，这实在是很困难的艺术，人类永远不太会运用。会相信刻在墙上的字的，着实痴愚。现在，诸位，请勿再打扰我。我这话的意思就是请你们离开。”

大门关上，声音震耳欲聋，还有几块石头从顶上滚落下来，大家只好赶快躲到一旁。

“他到底在说些什么鬼话啊？”蒙瑟问道。

“他说那则预言很愚蠢，还要我们走开。”小精灵有气无力地说。接着他跌坐在一块大石头上，那只狗马上过去舔他的脸。

蒙瑟也呆住了，蹲在地上，把头埋在两手之中。

“龙为什么那么确定那则预言是写在墙上的？”莎琴娜问道。现在只有她一个人还站着，“预言通常不都是写在羊皮纸、木板、盾牌或圣像上的吗？”

莎琴娜弯下腰去，捡起一块石头，用尽全力往门上丢去。

她用尽全力大叫道：“喂，你给我开门，不然我们就把门打破。”

“你疯了吗？你想找死啊？”蒙瑟问道。

“不是的，正好相反，我一点也不想死。现在卡在山顶上，来的路是无法回流的河，另外那头又是可怕的大瀑布。如果有路，一定在那个叫什么名字的家伙住的地方，所以值得一试，否则我们只能一辈子困在这里，让乌鸦来吃我们的肉。到了这里就没有退路了，我们既然在这里，就得面对这条龙。”

她又转向那扇门，这回她用蒙瑟的手斧去打门，木屑四溅，“喂！”她又叫道，“我在跟你说话！”

门又开了，这回门只打开一道缝。

“汝等胆敢……”龙开口。

“你明明知道那则预言，对吧？”

“我确定我听说过，”龙承认，“可是那并不重要。”

“你害怕了吧？”莎琴娜问道，“我们这趟来吓到你了吧？会给你带来危险吧？有什么我们不知道的事会发生吧？这很奇怪嘛，你竟然没更奇怪……”

“更好奇。”小精灵纠正她。

莎琴娜瞪了他一眼。

“这很奇怪，你并不感到好奇。还有，神话里都说龙很好客，你居然连请我们进去的客套话都没有说。”

“我都这么大把年纪了，”龙自我辩护，“而且我的脚骨头好痛……”

“别怕。”莎琴娜说。

“别怕？”蒙瑟嗤之以鼻，“怕谁？怕我们吗？他只要打个喷嚏我们就成了焦炭。”

“你难道还不明白？他老了、累了又很孤单，他现在已经没有法力了，现在是龙怕我们！你怎么什么也不懂呢？”莎琴娜真的火大了。

“别怕。”她又对老龙重复了一遍。

长长一阵沉默，唯一的声音来自远方的瀑布。

然后龙开始哭了起来，起先是一长串的啜泣，然后变成像小狗害怕时的呜咽声。

“我现在开始明白龙是怎么绝种的了。”蒙瑟不屑地说。他差点没闪过莎琴娜朝他踢来的一脚，然后这回门整个洞开了。

大厅非常巨大，在好多根钟乳石和石笋之间，不知有多少蜘蛛网反射着透过窗子射进来的琥珀色光，使一切看起来充满魔幻色彩。房间里弥漫着浓烟，非常闷热。繁茂的金色豆藤爬满了地板，爬上墙壁，最远那头有无数开口，通往其他厅堂，也都同样布满了一层又一层柔软的蜘蛛网。一股股烟缭绕在豆藤之间。

“这烟是从哪里来的？”小精灵问道。

龙愈哭愈大声，尖锐的哭叫声使得一些钟乳石开始震动起来。蒙瑟担心地四下张望，而莎琴娜从进了洞穴以来，也第一次有了害怕的表情。结果是小狗解决了问题，他走到龙的面前，一面舔着，一面轻轻地哼了起来，就是狗安慰人的模样。龙停止了哭声，慢慢地抬起他的大头，对着那只狗的双眼看了好久，狗摇着尾巴。龙平静下来，呼吸变得正常，钟乳石也不再震动了。

值得信赖、忠心耿耿，只要有需要，他就在你身旁，“志忠”，这绝对是个好狗名。

小精灵开始走来走去，四处观看，一切都很不寻常。龙非常巨大，身上的鳞片结构复杂而华丽，形成粉红与金色的螺旋状线条。虽然有些鳞片已经磨损，有的变成灰色，还掉了好多片，旧伤愈合后变成长长的、壕沟般的疤痕，宽得连人的手掌都伸得进去。脚上有爪子，以前想必很锐利，现在已经变钝了，龙的头搁在一对前爪上，只要一动，全身就一阵颤抖。

他的确是只老龙了。

活力已经消失了的可怜家伙。

莎琴娜说得对。

小精灵继续四处走着，走到了这个金色洞穴最深的地方。

他在那里所看到的东西让他几乎喘不过气来。地底下有个巨大的火山口，突然冲出一阵热气，快得像闪电，直冲向洞穴顶的大洞，就从那里冒出去，在外面形成了烟柱。这是一座火山，外婆跟他说过的！

小精灵记得那天下午，外婆和他说到世界炽热的中心，说到火山和地震。她在破屋的泥地上画图给他看，因为已经很久没有羊皮纸了。她告诉小精灵这个炽热的世界中心如何把热量给了火山。她用一根蜡烛的火焰烧开半瓶水，让他看热怎么让软木塞发出砰的一声轻响，再从瓶口弹出，还冒着热气。他当时笑得腰都快断了，外婆也大笑，然后拿出她为“特别的场合”保留的三颗栗子。说人笑的时候就是很特别的场合，这个说法很棒。因为从那以后，他们就再也没有栗子，外婆也再没笑过，再没什么值得庆祝的了。

小精灵从回忆中回过神来，看着眼前那道从地底升起的烟柱，古老的地下河流碰到地热，变成水汽，一直往上升，最后从地面冒出，形成一道烟柱，所以山顶才会一直有巨大的云朵环绕。事实上，云从地心来，只不过通过山到达天空，得到了自由，四面散开，最后连星星都遮住了。好多好多的云，而且还愈来愈多、愈来愈密，已经把星星遮住了好几年。愈来愈多的云，愈来愈多的雨。

“这是座火山，对吧？”小精灵好像突然恢复了说话的能力，“一座冒热气的火山。水汽是从地心来的，从这里出来，升上去，遮蔽了天空，变成了云，又变成了雨。”

他看看其他人，他的脸上容光焕发，他终于明白了！

“所以世界才变得这么暗，而且还一直下雨！”他开心地说明着，“你只要把那边那块大石头移过来，堵住这个洞，所有的一切就会回到原来的状态，不会到处都是烂泥巴。而且这块石头正好还可以堵住火山口，它的形状和洞口一模一样。”

小精灵继续观察，绕着巨大的火山口和那块巨石。

“没错，这个正好吻合，连岩石的边缘也一样！”

小精灵转身对龙说：“那块大石头本来堵在火山口，是你挪开的？是你打开了火山！”小精灵充满愤怒，“你怎么会做出这么愚蠢的事呢？结果造成了好多年的泥巴和大雨！害得世界多年来都是泥巴和大雨！”

“避开龙的嘴巴！”蒙瑟对其他人说，“你们应该知道只要他一吐火，我们就会给烤焦了吧？”

可是那条龙似乎没有杀害他们的意思，显然龙只有年轻的时候才可怕；现在这条龙看起来非常非常老，又非常疲倦，还很绝望。

他又开始哼哼唧唧地哭了起来，震动了好几根钟乳石；小狗也呜咽着，表示安慰。

莎琴娜保持镇定，走到龙的身边，甚至还摸了摸他的脚爪。“别难过，别难过，我们现在就把所有问题解决掉。别害怕，可是你一定要跟我们说清楚，我们才会了解这是怎么回事。来，把事情从头说起吧。”

哭泣声渐渐变小了，钟乳石也不再震动，龙吸了好几次鼻子，然后开始说起自己的故事。

第十三章

“当我是小孩的时候，我就听说了这个地方。”龙开始说。

“是小龙的时候啦。”蒙瑟纠正。

“刚生下来不久。”小精灵补充。

“那时候我还有个名字，现在我已经忘了。因为已经过了好几百年，有好几百年没人叫过我的名字。我到这里来，是因为这里有个世界最珍贵的宝藏。”龙继续说。

“真的？”蒙瑟说，“宝藏？在哪里？”

“就在我们周围。”

蒙瑟四下张望，却只看到钟乳石和蜘蛛网。

“卢立第二王朝的蜘蛛很值钱吗？”他失望地问道。

龙说：“好好欣赏一下吧。”接着鼓起两颊轻吹一口气，堆积几百年的尘土和蜘蛛网被吹开了，露出好几百万本书。

“这里是卢立第二王朝最大的图书馆。那是个崇尚知识的时代，大家都把这里当成圣殿——要保持安静，不准吐痰，手要洗干净，脚上的泥巴要先清理掉。为了要确保人人遵守规矩，龙都会在这里，所以才会有告示写着‘此处有龙’，这是收藏知识最重要的地方。后来人不会写字了，忘了怎么看书，全世界都愈来愈野蛮，连这个地方都不记得了，很多人根本不相信有过这个地方。但是我靠着我的翅膀，终于找到这里。等我到了这里的时候，我真是快乐极了，全世界所有的书都在这里等我阅读！每次回想起来，泪水还会一直涌出我的眼眶呢。

“等到我年纪大了，力气没了，我的火点不着，翅膀也张不开了，甚至记不起自己名字的时候，我就在这里住了下来。

“我太累了，年纪太大，飞不动了。

“唯一能让我不至于饿死的，是一把金色的豆子，是我从远处带来的，那里阳光明亮，雨水充足。为了不饿死，我不得不种更多的豆子。而在这山顶上，也需要更多的热量和更多的水。

“这座山是火山，我移开了那块大石头，就有很多的热量和很大的热气来温暖我的骨头和我的豆子，这样我的骨头就不会痛，豆子也可以长得很好。

“不久，我就开始害怕所有那些升到天上的热气会让天变黑，让大地变冷。可是要把洞口一直塞住的话，我就会冻僵又没有东西吃，挨饿受冻死去……”

“可是，你却造成了世界的饥饿和痛苦！”小精灵叫道。蒙瑟连忙从龙的鼻孔前把小精灵抱开。

龙又开始哀号起来，但很低沉而微弱。

“我们碰到的每一个，为什么都会把时间花在痛哭上？”蒙瑟问莎琴娜。

“不是每一个，”莎琴娜瞪他，“只有那些不会花时间想吊死我们的人。”

“你能把那块大石头摆回原处吗？”小精灵坚决而有礼貌地问龙。

“让我又冷又衰弱地饿死吗？”

“不是。”小精灵勇敢地说，他变得更加坚决，“我不会让你死掉的。我发誓我会永远陪着你，喂你吃东西。我会用大把大把的枯枝生火为你取暖，我会到树林里去捡枯枝。要是不长豆子，我就种玉米。我不会让你挨饿，我以精灵的名誉发誓。”

好长一阵沉默。约许克仑斯凯乌尔科卓尔奈尔斯群克镇定而认真，似乎又长高了一些。

龙先开口：“我很老，又很虚弱，我现在不能飞了，也不能喷火。要是你骗我，我也没有别的办法，只能空着肚子冻死。”

龙把长长的口鼻伸出去躺在地上。

闭起了双眼。

又是一阵长长的沉默。

小精灵走到龙的面前，伸出一只手放到龙的额头上。指尖抚过又大又粗的鳞片，无限的疲累，小精灵经由手指在脑子里深深地感觉到，那种全然而绝对的疲惫。

“我会保护你。”小精灵说，“可是，先把大石头放回原位吧。”

龙点了点头，鼻子顶住大石头的正中心，用尽全力推过去。

速度很慢很慢，每次一小步，但到了黄昏时，火山口被堵住了。

蒙瑟和小精灵也帮忙推，莎琴娜则烤着豆子和玉米，一种温暖幸福的味道包围着他们。那只狗躺在软得如天鹅绒般的豆叶上，平静地打盹儿。

小精灵又开口了，这辈子他第一次觉得自己强而有力，他知道该做什么，为什么要做，该怎么做。

“我会留下来陪你，给你找东西吃。”他承诺，“你喜欢玉米吗？喜欢。好极了，我口袋里就有一些。我们先吃豆子，把剩下的玉米剥下玉米粒，种在外面的田里，玉米没有热和水汽也会生长的。然后我们可以边看书边等，你等着瞧吧，一定会很棒的。

“我想这就是我们必须打破的循环，水变成水蒸气，再变成云，然后变成雨，最后变成水，现在这个循环已经打破了。我会陪在你身边，不会让你饿死或冻死。”

龙看起来一副很陶醉的样子，快乐地点了点头。

他想再看看玉米，再听听怎么种玉米，然后龙又流了些眼泪，但这回是喜极而泣，接着又说出这天以来最奇怪的一番话。

他说另外有个精灵，很高的那个，之前经过这里，也曾经要龙把火山口封起来，因为他认为那正是造成黑暗和大雨的原因，而且他也说愿意为龙解决饥饿的问题。但过了一天之后，那个精灵改变了想法，告诉龙说如果他愿意，可以继续让火山口开着，因为那样对豆子有好处，而且有热气的烟柱子升起，可以让他儿子容易找到路，还说他儿子迟早会经过这里，来完成他的宿命。

小精灵几乎无法呼吸。

爸爸来过这里。

爸爸来过这里，原本有机会阻止黑暗，让雨量正常，让世界有正常的日照，让世界的饥荒和痛苦结束，但是爸爸没有这样做。

这太可怕，太恶心，太卑鄙，无法想象，难以启齿……

“好恐怖。”莎琴娜说。

“真冷血。”蒙瑟同意道。

小精灵体验了最难过的感受，为自己的长辈感到羞愧。

他整个脸孔都皱了起来。

眼中的光芒消失了，心里充满痛苦，将他的法力淹没，现在就连一只蚊子也救不活了。

“为什么呢？”莎琴娜问道。

“有大太阳的时候，你怎么能把一锅子好天气卖三个金币呢？他爸爸因为下雨而获利，精灵一向很会做生意，不是吗？”蒙瑟回答道，语气愤怒而冰冷。他在洞穴里来回踱步，朝火堆踢了一脚，把豆子和玉米踢得四处飞散。小狗不再摇尾巴，害怕地呜咽着。

“这么多年的痛苦，这么多年的饥荒、黑暗、绝望，都只因为一条笨龙和一个精灵，他……他……”蒙瑟抓着脑袋，想要找出一句够恶毒的话来骂，最后终于找到了最坏的一句，“就因为有个精灵做了只有精灵才会做的事！”

小精灵轻轻叹了口气，可是这回只有小狗过来安慰他。

“这里有路出去吗？”蒙瑟用唐突又疲累的口气向龙问道，“我是说不会被瀑布淹死，给没有翅膀的人走的路。”他又加上一句。

的确有，就在空地的那一头，有一条旧路蜿蜒向南，穿过黑山，和那条河及瀑布相反，最后消失在黑山北边的浓密树林里。莎琴娜和蒙瑟准备上路，狗要跟他们一起去，小精灵则留了下来。

等他们走到外面的时候，天已经黑了，但道路还很清楚，因为天空布满最亮的星星，还有一轮满月，因此他们决定马上出发。

路开始的地方正好和来时的路相反，起初看不清楚，因为藏在杉树林里，有些地方又长满了一丛丛雏菊，但仍然可以辨识，因为以前铺过石板，现在还有一部分残留。

那些石板很小，呈六角形，彼此契合得就像蜂巢的结构。藏在雏菊丛中的还有一些小柱子，过去想必是让人好扶着上下的栏杆。那条路不时放宽成一块小阶地，可供休息。他们一路往下走，杉树少了，松树多了，然后是巨大的栗子树，还有一些橡树。

即使在这么晚的时候，夜色还很亮，莎琴娜停下来采栗子，把栗子一个个放进背包里，小心不被刺扎着。她采了几十粒，但再怎么小心，两手还是扎满了小刺，她哭了起来。

“唉，这还是比吊死好一点。”蒙瑟喃喃道。

莎琴娜没有哭很久，她又站了起来，转过身去，开始往山坡上走。

“我要回去找小家伙。”她很坚决，语气很轻柔、平静，但很坚决，是那种说什么也不会改变的语气，“那不是他的错。”她继续说，“他没做错什么，事实上，他还要牺牲一辈子去陪那条龙，好让太阳再照耀，他拯救了这个世界，而我们甚至没有跟他道谢！也许他爸爸是个坏蛋，但那又怎样呢？那并不表示小精灵也是坏蛋！而且烂泥的时代也不是他爸爸造成的，他只是没有加以阻止而已。这是两回事，他不想牺牲自己的一生来陪这条龙好拯救气候，也许是他做不到，也许是他病了，也许他还有别的非做不可的事，也许要赶回儿子身边，警告他什么，我们怎么知道呢？我们怎么能评断他？所有的人都把一切怪罪在精灵身上，这样是不对的。他并没有制造黑暗，他只是没有拯救我们……”

蒙瑟默默地跟着她，偶尔不赞同地哼一声，然而尽管已经很疲倦，他的脚步不但一点也没有慢下来，反而还尽量加快。等到月亮西沉时，他们又回到了杉树林里。云层遮住了星光，四周一片漆黑，要爬山根本是不可能的事，他们两人和狗在阶地上蹲了下来，就这样过了后半夜。

当第一缕曙光出现时，他们就站了起来，尽快往上爬，那种急切是因为他们做了不公平的事，他们没能控制住自己的脾气而发错了地方，因为他们伤害了一个孩子，一个才出生不久的小精灵。

他们终于抵达图书馆。太阳正明亮地照耀着，远方的瀑布映照出彩虹的颜色。洞穴的大门开着，龙正睡在洞穴的金色光辉中，图书馆里打扫得很整洁，所有的羊皮纸书籍都闪亮、整齐而干净。

小精灵坐在一间内室里，到处是羊皮纸书，布满银色球形和圈圈的精灵文字。他快乐得像只刚刚学飞的小鹰，四周围绕着在高高低低轨道上滚动的球体。这些轨道有斜的，也有椭圆的，环绕着中央一个自转的球体。

“这些是我爸爸写的。”小精灵把图形和文字拿给他们看，“可是这些是我做的。”他得意地说，一面扶着在空中转动的球，“我用了一块旧的龙皮，哦，龙跟蛇一样会蜕皮，来做这些圆球。现在我让它们像星球一样转动，只要它们够小，只要它们继续转，就可以留在空中，不受地心引力影响。”

接下来是一大段冗长又复杂的说明，那里有好多好多羊皮纸，写了星球的运动，存放在旁边的几个小房间里，可是那条龙从来没走到那里去。根据房间之间的空地大小来看，只要不是放在中央大厅的东西，对那条龙来讲，就跟外面的新鲜空气一样难以取得。龙从来没有学过天体的运转，但是小精灵的爸爸学过。那个会找到路而且指示别人的戈诺班马耶尔古德能拿书给龙看，龙因此也学会了。小精灵的父亲留下很清楚的说明，所以小精灵在一夜之间就学会了。

结论是天气发生变化就是天气发生变化，不能怪谁。现在那些坏天气都走了，因为已经到了该让一切恢复正常的时候，也不能归功于谁。这跟火山一点关系也没有，因为那道白色的烟柱的力道并不足以把这一带变成一个大泥塘！小精灵用了一大堆毫无意义的字眼来解说，什么气象学啦、地轴变化等。他又提了一次地心引力定律，虽然没有东西掉下来，也没有人要被吊死。

整件事的重点是这么多年的大雨和烂泥，是因为碰巧有块很大的石头在空中经过，只是谁也看不到。现在雨和泥都变少了，是因为那块大石头移走了，而这样就让“地轴的角度”回到正常的位置，气候也就恢复正常了。简而言之，就是气候回到平常一样，有点阳光，有点雨，不时有个美好的日子，有微风可以放风筝或栽种谷物。

蒙瑟和莎琴娜无法理解多少，但他们没有插嘴去问什么叫星球、地轴或气象学，他们很有礼貌地听小精灵说明，而且同意从他们开始一起旅行，这么长时间以来天气真的第一次开始变好，蓝天、太阳、星星都重新出现，好几次还看到落日跟曙光，这些也是这么多年来第一次出现在云层和大雨之间。

“既然天气变化是自然的，那你爸爸卖给人家的好天气锅又是怎么回事？”

“那不过是个普通的烟熏锅，大雨会先从最靠近黑山的地方停下来，因为黑山挡住了从西边来的风，我父亲早就预料到了。”

“用人类的话来说，把一个烟熏锅卖三个金币就叫作‘诈骗’。”蒙瑟差点没躲过莎琴娜踢来的一脚。

“用精灵的话来说，那叫作‘天才’。”小精灵开心地说，“不单因为我爸爸借此留下了引导我来这里的路，也因为他把那锅子卖得那么贵，所以为他们带来和谐。那些村民相信高超的法力，除了带来好天气，还会带来安宁，让彼此不再争吵打架，这可比几个金币值钱多了。做生意最关键的是，哪怕你花了很多的钱去买了不值钱的东西，那还是个生意。我猜那个村子里的长老也很清楚这一点！”

在好长一阵沉默之后，蒙瑟开始大笑起来，笑了好久又好开心。莎琴娜则哭了起来，把小精灵抱在怀里好久好久，久到相信自己会永远记得小精灵为止。

“也许我们将来会再见。”小精灵全心全意地希望如此，但现在他们不得不分离，他们得去过自己的生活，包括照顾田地、草原和他们养的鹅，说不定还要生孩子，当然不会照顾书本和金色的豆子。小精灵已经发过誓要永远陪着龙，但他心里充满了悲伤，原先在空中转动的球体全都轻轻地掉落到了地上。

“早晚一定会再见的。”莎琴娜说。

他们彼此拥抱了好久，太阳愈升愈高，图书馆里满是金色光芒，豆子在那些古老的书架之间宛如宝石般闪耀。

“我想帮狗取个名字。”小精灵说。

莎琴娜把他抱得更紧。

“当然可以。”

小精灵心情激动，胸口骄傲地挺了起来。

“志忠！”他得意地说。

“志忠？”蒙瑟问道，“志忠？狗的名字不都是什么小黑、小白或小花的，叫狗志忠好蠢好奇怪，他会是第一只也会是最后一只叫……哎哟。”

话还没说完，小腿挨的一脚让他闭了嘴。

“这名字很有意义，”莎琴娜说，“也很好听。”

他们又拥抱了一阵子，然后再一阵子，然后又抱了更久更久。

这时候，龙醒了，打了六七个哈欠，然后听说可以重新打开火山，让自己酸痛的老骨头在金色的豆子中保暖，爱多久就多久。

老龙非常高兴，摇着尾巴，因此打掉了三根钟乳石和一个书架。那份高兴也牵动了龙的记忆，就像用长柄勺搅了汤似的，有东西漫溢出来，不是他的名字，他已经完全忘记了，是别的东西。他想起在那个大门底下有个盒子，里面装着一些看起来像豆子的东西，可是拿来吃的话牙会崩了，那叫什么来着……“就是那种用来做权杖和皇冠的东西，你们知道怎么用吗？”龙问道。他们知道？喔，好极了。那也许他们可以帮龙一个大忙，把那盒东西拿走，又不能吃，摆在那里看了就碍眼。

蒙瑟和莎琴娜最后再看了小精灵一眼，终于挥手道了再见。

大伙儿一起走下那条长路，蒙瑟常伸出手扶莎琴娜走过困难的地方，但就算没碰到很滑的路或难爬的坡，也一直拉着她的手，而她也没把手缩回来。志忠则很满足地跟在后面。

“如果你愿意，我们可以用龙给的金子买一小块地，快乐地生活。”蒙瑟说。

莎琴娜没有吭声。

“弄个葡萄园，种点稻子，还有一点玉米。”他继续说。

莎琴娜停下脚步。

“还要养几只鸡。”她说。

蒙瑟微微一笑，捏了一下她的手，默默地继续向前。

几乎到了路尽头，蒙瑟又说话了。

“你知道，今天早上第一道曙光亮起，照在你身上的时候，呃，那真是……呃，嗯……我们，我们可以……我想……你知道，天空是粉红色的时候有多美，我是说黎明的时候。假设……假设我们生个女儿，我们就叫她萝莎芭，意思是粉红晨曦……”

“这个名字很美，”莎琴娜羞涩地笑着同意，接着轻轻说，“我是说如果，如果生个女儿，可以叫她萝莎芭。”

他躲开了差点踢到小腿的一脚。

她开始大笑起来。

然后他们拥抱在一起，在彼此的怀里过了好久，感受彼此的温暖。

他们在阳光闪耀的蓝天下拥抱了好久，因为其实打从第一次见到彼此，他们就很想这样做了。

第二部

我们的命运应该是我们希望要怎么样的，而不是刻在石头上的。我们的命运就是我们的生命，不该是别人的梦想。

—— *L'ultimo Elfo*

最后的精灵 ——

第十四章

萝碧坐在树桩上，抬头望着晴朗的天空，然后看看谷底的树木。树叶已经开始变黄，草原上早秋最后的一片花朵在初升的阳光下闪烁。萝碧的妈妈以前都叫那些黄花“国王的纽扣”，而那些蓝色的花像铃铛，还有一些长得像小球，要是用嘴吹，所有的小羽毛都会飞走，花就消失了。

秋天要来了，冬天也就不远了。先是秋天，再是冬天，这是规则。

秋天啊，有一些板栗，难得有顿玉米粥、几个苹果，一双冷脚，还有流鼻涕的鼻子。

冬天啊，没有板栗，难得有顿玉米粥，没有苹果，一双冻僵的脚，鼻涕多得在你呼吸的时候都会流下来害你咳嗽。你可以用柴火取暖，可不是说可以烧柴火，不行，那是不可以的，而是说你可以用斧头去劈柴火，一块木头劈完换一块，再换一块，最后背部和手臂都酸痛，手上全起了水泡，可是至少有一阵子不会因为寒冷而冻死。但是寒冷马上又回来，最后只剩手上的水泡。

要是你撑过来了，春天到了，你就得到农场去喂养动物、修理篱笆、放牛。

那可是件好事，因为有时候你能偷到一个蛋或是一点牛奶，可是你一定得很机灵才行。农场都在大利加境内，偷了大利加的财物，哪怕只是一个蛋，也要打二十棍。他们不会数数，可是二十就是数着小孩的每一根手指和脚趾打一顿。卡拉少了一根手指头，因为砍柴的时候，斧头没瞄准。所以他们打她的时候就会少打一棍。

到了夏天，你还得为了你的鲜血和虱子、蚊子对抗。但是有好多吃的东西可以偷，每个人都可以弄到一点东西而不被逮到，就连最笨的、刚来的、还会哭的小孩都办得到。

萝碧很聪明，她从来没被逮到过，至少去年没有。两年前，她刚到这个孤儿之家的时候，被逮到过三次，因为她那时候还小，像所有的小小孩一样，很笨。要做个好贼一定要集中注意力，要是脑子里一直想着爸妈和自家的房子，注意力就不够了。就算你不想爸妈，也会想着那艘绿色和粉红色的小木船或是破布娃娃，让泪水涌出眼睛……现在没事了，现在她能集中注意力，再也没人可以逮到她。

突然间，她脑子里都是妈妈的苹果，回忆让她几乎能闻到味道。妈妈把苹果切成一片一片，放在柴房里风干，萝碧偷吃的时候，妈妈就假装生气，追着她绕着柴房跑，逮到之后就到处亲她，两个人都笑得像疯了一样。萝碧坐在炉火边，一面吃苹果干配温牛奶，一面把布娃娃抱在怀里，外面的雪花一阵一阵地落下来，整个世界像被太阳照透的大雁翅膀般雪白。到了晚上，爸爸带回真正好吃的东西。爸爸是个农夫，也是个猎人、牧羊人，种苹果，也养猪、养牛，还是木匠，修屋顶、造木屋，更是个渔夫，总是会带好东西回家来当晚餐。冬天是鳟鱼，因为很容易抓到，在结满冰的河面上打个洞，等一阵子就有了，加迷迭香的烤鱼的回忆让她的心和胃都抽搐起来。萝碧摇摇头抛开回忆，要是现在被逮到，可不会有人亲她。她忍住泪水。小孩子才会哭，她已经不是小孩子了。

太阳出来了，照亮了她，空气也暖和起来。在这块空地的那头，有两棵很大的胡桃树，初秋的胡桃很棒，尤其是长在树上的，因为正新鲜。用指甲剥掉苦涩的皮，底下就是果肉。胡桃树再过去点有黑莓，那当然比不上胡桃，但也算能吃的。可是岗哨亭里的警卫都看得到那丛黑莓。不错，这个时候那些警卫说不定都还在睡觉，可是实在不值得冒险去偷那样水水的东西，在肚子里一下子就消化了，恐怕快得连挨打的痛都还没消就没了。

萝碧闭上眼睛，在她的眼皮后面，有个梦形成了。每当她一个人安静地坐着，闭上眼睛就会梦到。梦中有一条龙，龙背上有个王子。王子的发色浅得像白银，龙很大，有两只巨大的绿色翅膀，遮蔽了天空。王子穿了一件白上衣，在天上飞过，王子微笑着，巨龙飞向萝碧，他们是来接她的，要把她从这里救出去，永远不再回来。那是一个自己形成的梦，起先模模糊糊的，像绿色上面有些灰白的影子，但一天一天过去，这个梦愈来愈清楚，仿佛王子和龙将由雾里穿出，一天一天离她愈来愈近。

萝碧甩开了这个梦，这太愚蠢了，现在早就没有龙了，龙是一种残暴而且邪恶的动物，好几百年前就被消灭光了。人世间的王子想必也都消失了，要不然就是去了别的国家，因为关于他们的记忆已经失落了。

萝碧睁开眼睛，一群鹧鸪在初秋的金光中从眼前飞起，好多对翅膀扑棱着，一时间，整个天空都是深深的青绿色。那群鸟是从空地上大丛的山楂树里飞起的，不论是从孤儿之家还是从岗哨亭都看不到那边。爸爸是个猎人，如果他还活着，就会拿出弓箭，而她和妈妈就能吃到撒上迷迭香的烤鹧鸪了。爸爸名叫蒙瑟，有一头和她一样的黑发，个子高大得像棵橡树。妈妈会把鹧鸪的羽毛拔下，再缝到她的衣服上，弄得既好看又暖和，妈妈的名字叫作莎琴娜。妈妈有一头暗金色的头发，她做的油炸苹果饼是整个山谷里最好吃的。萝碧尽量把那件用灰色粗布做的肮脏斗篷拉得盖住脚踝，让双脚暖和点，可是斗篷太短了。

萝碧站了起来，她没有父亲的弓箭，但青绿色的鹧鸪表示那里有吃的——他们会在初秋下蛋，那时候他们都会长得很肥美，因为整个夏天吃饱了蝴蝶、蠕虫和甲虫。当你没别的更好的东西可吃时，你也可以吃蝴蝶、蠕虫和甲虫。鸟蛋是世界上挺棒的东西，肚子里有个蛋，不但能止饿，连寒冷和恐惧都会消失呢。

萝碧紧张地四下张望，她是第一个醒来的，其他人都还在睡觉。她听到宿舍里其他孩子翻身的声音，像平常一样呻吟和咳嗽，也听到规律的鼾声从小屋里传来，那是管理员史隆和费莉西，姓海纳斯的夫妻，他们睡在一栋真正的房子里，生着真正的火。萝碧面前的山谷在阳光下展开，远处的山看起来很蓝，山顶上积着初雪，士兵的岗哨亭很远，看不见野地的那头。照海纳斯夫妇的说法，那些士兵是来保护孤儿之家的孩子，以防备万一有坏人来做什么坏事。大概会来偷孩子身上的虱子吧，这里唯一也是最多的就是那东西。事实上，如果没有士兵站在岗哨亭里，就连最小和最愚蠢的孩子，也不会留在这个可怕的烂房子里。谁想要跟着两个海纳斯家的人，以及他们的棍棒在一起？或者和蠕虫抢玉米粥，做工做到站不起来直到累死，冻死或给蚊子活活吃掉？当然还要看是什么季节了。

萝碧确定每个人都在睡觉，没人看到才会行动，就算你在野地里、不属于任何人的胡桃树上，或是在长着刺黑莓丛的鹧鸪窝里找到蛋，你也必须交出去。要是你自己吃掉，那就算偷东西，犯了偷东西和自私的罪。自私是重罪，萝碧最好的朋友是艾欧蜜，她的父母就很自私，自私哦，费莉西每次说起来就像在吐口水似的。自私只因为他们想少付税金，而且用的理由很可笑，说他们的孩子会饿死，还说用来缴荒谬税金的豆子和谷子，都是从他们的田里收割的，是他们辛苦工作流汗种植的，是他们的东西，不是大利加的东西。自私哦，至于她自己的爸妈呢……萝碧情愿不去想自己的父母，她抛开了这个想法，至少今天早上不要想，在发现鹧鸪在那里筑巢后就不要想。

她慢慢地向前走，不能走一条直线，这样的话，万一有人看到她，才会以为她只是出来散步。她没把握饿得半死的小女孩一大清早在野地里散步不会让人感到奇怪，不过史隆和费莉西并不是世界上最聪明的人，而且她可以说是被噩梦惊醒，想用散步把梦境忘掉。噩梦可是常常有的。

草愈来愈高，萝碧两手着地爬了进去，一路爬到树丛边。鸟巢就在鼻子的高度，差点被她给撞上，里面有两颗蛋，足以撑两顿不挨饿。两个蛋都很小，蛋壳上有细致的棕色斑点，在最白的地方呈现金色，萝碧把一颗蛋握在手里，感受到贴在肌肤上的那种温暖与光滑。她把眼睛闭起一阵子，以前妈妈抱紧她时，对她说过，我们快乐的时候，曾经爱我们但已经不在了的人，都会从阴间回到我们身边。现在，说不定她的爸妈就跟她在一起。

萝碧又睁开了眼睛，对着无比珍贵的宝贝——那两个鹧鸪蛋看了一眼，然后坐下来准备大吃一顿，拿在手上的那个一口就吃掉——用树枝轻敲蛋的前端，弄个小洞，吸着，先是蛋白，然后是最棒的部分——蛋黄。她慢慢地吸着，一点一滴地享受着生活中的快乐。

麻烦的是另外一件事，她最先的想法是马上吃掉，吃到肚子里就不会再失去了，没有人能从那里偷走。可是同时吃两个蛋太多了，肚子已经习惯半空状态，不能一次装太多东西，否则会肚子痛，还会吐出来。况且不管放多少进去，半天之后肚子就又饿了，最好还是一次只吃一点。萝碧把第二个蛋用一大坨泥土包好，再用一把草裹在外面，藏在斗篷下，不是那个放工具的大口袋，而是另一个秘密的口袋，就藏在那件肮脏的灰衣服底下，是她自己做的。用树上的刺当针，还有从储存袋上偷来的一根绳子当线。那口袋只能算个褶子，但可以藏点东西。

一整天都不会饿了。萝碧呼吸着清晨的空气，今天将是美好的一天。

第十五章

晨光灿烂，光线穿过陈旧的琥珀窗子，图书馆整个变成了金色。

精灵男孩约许醒了，伸直长长的手臂。

龙还在睡，一条条琥珀反光因巨大的鼾声而震动，使得映在墙上的光也微微颤动着，像池塘里的涟漪。约许下了床，抖开夜里覆盖在身上、用他们微弱的体温为他保暖的数百只蓝色和金色的蝴蝶。

他在爬满古老拱门、垂挂着果实的攀缘植物边站了一阵子，想着早餐该吃些什么。甜甜的草莓配上酸酸的橘子？不行，当早餐不大好，最好还是无花果的淡淡甜味配上既新鲜又甜美的圆熟红葡萄，嗯，这样绝对好得多，就算从颜色搭配来看也好些。浅粉红和深绿色很相衬，放在琥珀色的盘子里，更是优雅的对比。

能在一本旧书里找到如何栽种出用来培育水果的攀缘植物，

真是运气！约许叹了口气，一切都太完美了，令人愉悦的完美，无可否认的完美，难以避免的完美，理所当然的完美，教人受不了的完美。

龙像一座发出鼾声的大山，庞大的身躯占满整个房间，发灰的粉红色鳞片不断地形成复杂的旋涡和螺旋状花纹，尾巴像码头上的一捆绳子般卷着。精灵男孩由龙身边走过，走向关住洞穴的那扇古老雕花木门，轻轻地将门打开，但还是发出了一点声响，不过龙继续熟睡。

外面正刮着风，远处的地平线连着翻起白色浪花的黑色大海，海鸥在飞翔，约许闻到扑面而来的海水气味，他坐下来看着海鸥，风吹乱了头发。在他后面，黑山高耸入云，海的气息和松树的味道混在一起。约许闭上眼睛，梦想着摸到海水，感受浪花打在脸上，尝到咸味。他梦到浪花打散，他航行在海上，爬过高山，经过城市，涉过溪流，他梦到一步一步走去看世界是怎么形成的，感觉到土地踩在脚下……

龙的声音刺穿了晨光："汝这坏崽，着实残忍！洞开我门，冻吾龙体。吾既老又病，痛骨缠身，风湿难愈。呜呜呜……风拂我头，痛彻心扉啊！小小年纪，恁地健忘？我这娇贵身躯，何以承受？这风，这风，可是打从地狱吹来欲夺我小命的寒风啊……"

约许睁开眼睛叹了口气。三年前他有一次提到想从阶梯下去，到海边去看海，来回大概只要半天的时间，龙就哀号了十一天之久。除了害怕被抛弃而痛哭外，龙还说自己长了静脉瘤，更麻烦的是两只耳朵都有毛病，也就是说随时会感到晕眩，始终好不了，而在起风的日子更严重，而且龙一旦感到晕眩，胃就好像要从喉咙和右耳跑出来，有时候也会从左耳啦，不过通常都是右耳……

约许又叹了口气。

他小时候曾经发誓要照顾这条龙，永远照顾他。

约许很有礼貌地问龙饿不饿。

龙非常悲苦地长叹一声，“饿？饿？我饿吗？难道你这坏孩子忘了龙有口臭、胃痛、肚子胀气、反胃，第一、第二和第六根肋骨之间会疼痛，更甭提还会打嗝呢。这样难受怎么还会饿呢？有这种想法真是太没良心也太奇怪了。”

“那你不想吃早餐喽？”约许问道。这回的哀号更使得琥珀窗子狂震不已，映在墙上的光闪得像大海里翻腾的浪。这个精灵男孩怎么这么残忍、这么恶毒，胆敢要他不吃早餐？每天只要有十二分之二的时间没吃东西，他的胃和食道之间就会不停地抽搐，好像有很多小气泡在那里，更不用说在第五、第十一还有第三十六根肋骨的左边……

约许反驳龙只有二十四根肋骨，龙于是又开始抱怨没人爱没人关心而大哭特哭了起来。

约许坐到地上，双手紧紧抱住龙的头，心中回想起誓言——将永远照顾这条龙。于是接着站了起来，把一片粉红色的甜瓜和几粒粉红色的葡萄放在一层粉红色的草莓上面，希望龙笑纳。哀号突然停止，粉红色向来很有用。风仍由打开的门斜吹进来，不过只是阵微风；悬挂在天花板下的芦笛晃动起来，发出一阵美妙的声音。

一切都那么美好。

吃过早餐，龙又去睡了，鼾声淹没了乐音。

终于有机会看书了，十三年来，小精灵一直关在图书馆里，和他在一起的是数不清的蝴蝶，以及一条称得上全世界最无聊的龙，更别提事实上这个可怜的生物，心智正随着体力日渐消失。

至少约许还能读书，整个人类和精灵的知识，古代各国的历史，伟大君王的姓名，巨人毁灭性的入侵，药草学、天文学和物理学，全都收藏在这个图书馆里。一本又一本，一个书架又一个书架，小精灵一路看书、研究、排序、编制目录，一个房间又一个房间，一个钟乳石洞又一个钟乳石洞，世界上大概再没有谁，无论精灵或人类，能拥有他这么丰富的知识，甚至是在久远而快乐的黄金时代，来到图书馆的人多到必须规定不准随地吐痰什么的。就连那个时候，这个图书馆也不像现在这样井然有序。现在唯一剩下还没读的书，就只有放在最南边那个小房间的最后一个书架，那是离龙酣睡的大厅最远的一间。

约许走向那个小房间，一路惊起一群群蝴蝶，穿过垂挂着花朵的攀缘植物。在那个书架上有一本历史书，是伟大的艾尔杜因不知第几本传记，还有一本动物学，内容大概全都是想象出来的，比如有种非常高而瘦的牛，脖子非常长，身上布满黄色和棕色的斑纹；还有一种奇怪的灰色动物，大小和马差不多，却有一根好长的鼻子，可以伸到那一对巨大的耳朵后面去搔痒！书柜上也有常见的精灵天文学及人类星象学，还有一捆非常老旧的羊皮纸，因为长了霉菌都粘成一大块，没办法打开。在担任图书馆员的这十三年里，约许已经成为处理旧羊皮纸的高手。这得花很多时间，要用水蒸气，还有甜杏仁油。这些倒是一应俱全，水蒸气来自火山，溪边种满甜杏树。而且约许的时间多到有时不知道该做什么，只要有事做，都是好事。

所有能看的书都看完了，所有能研究的都研究过了，所有能得到的也都已经得到了，约许不知道还能做些什么才能不被怀旧的情绪淹没。他常常很小心，不要让心思飘向蒙瑟和莎琴娜，谁知道他俩是不是还活着？如果还活着，他们一定结婚了！也许还生了孩子，也许他们跟孩子们说过小精灵的事；也许他们在等孩子们长大，才能动身来找他；也许他们不能跟任何人提起见过真正的精灵，而且回到这里也太危险了；也许他再也不会有他俩的消息了。

他一定不能够再想他们，这样太痛苦了。

约许开始工作，先把羊皮纸浸泡进甜杏仁油，再把整捆发霉的羊皮纸绑在一根棍子上头，吊在火山口上，现在只剩等待了。

他坐了下来，用双手抓住棍子。棍子很粗，原先是蒙瑟的，上面布满坑坑洼洼的痕迹。约许闭上眼睛，沉浸在回忆里，他对母亲有一丝记忆，一个微笑，一点声响。外婆却深深印在脑海里，她所有的悲伤，以及所有她教过的事情。再后来就是那两个人类，莎琴娜和蒙瑟，他们的快乐，他们的勇气……

约许因为这些回忆而微笑，但紧接着心里就充满了感伤，微笑消失了，像酷寒来袭留下的最后一根小草。他满心渴望友谊和柔情，另外还有一种微弱、难以捉摸的感觉，他不知道那到底是什么。只能说是种不确定的感觉，难以形容……是从那天早上才开始的，他不知道会变成怎样，所有的一切和相反的一切，都有可能发生。

他和蒙瑟与莎琴娜在一起的那些日子里，充满了恐惧、希望、绝望、饥饿、快乐与喜悦。

而现在，所有的这些日子，从早到晚，年复一年，季复一季，无尽的季节交替，始终都一样，全都充满了花瓣、粉红色与完美。

一天天过去，对不完美的希望变成遥不可及的幻影，即便烂泥、大雨和饥饿也让他充满了渴望。表面上，他思念莎琴娜与蒙瑟，那两个捡到他、救了他、爱他的女人与男人。可是，等他再细细思量，才发现自己怀念的应该是那种不完美。

他思念蒙瑟和莎琴娜。

他怀念自由自在的日子。

龙问：“你在忙些什么？”

约许回答：“没什么。”

“那……可以过来这里坐坐吗？那我就不会觉得太孤单。我们可以一起念本好书，以前读过也没关系，比如一个漂亮公主许配给一个英俊的王子，可是王子从小就不见了，大家都错把另外一个人当成他……”

约许发现龙的脑子在经过了第二个千禧年之后，就产生了戏剧性的空洞，龙不记得自己的名字，在所有的问题上，约许觉得这点最严重。可是后来，约许发现一件更奇怪的事，龙特别喜欢爱情故事，还不是所有的爱情故事，而是最愚蠢的那些。

“我这里忙完后，马上去陪你。”约许承诺。水蒸气已经把霉斑弄软了，约许轻轻地把羊皮纸慢慢展开来，他的动作很温柔，免得弄破了。先用甜杏仁油浸泡过，然后就可以轻易地把粘在一起的纸张一张张分开来。

书名马上就看到了。

失去了耐性的龙又问他在做什么，约许边回答就边看到了书名，是用卢立第三王朝的文字写的——《龙学》，是一本关于龙的书！这还是第一次看到这种书，在整个图书馆里共有五十二万三千八百二十六本书，没有一本是关于龙的书。五十二万三千八百二十六本书从天文学到炼金术，再到气象学、地理学，还有如何钓鱼，怎么做蓝莓酒，其中包括一千一百零五本是烹调蘑菇的食谱，一万八千四百三十六本是爱情故事，全都可以竞选千年来最愚蠢的书籍，可是，没有一本是与龙有关的书。

然后他明白了，这个图书馆里谈到龙的书，以前想必有几十本，甚至有几百本，可是不知什么原因，这条龙不想让别人看到，就把那些书全部销毁了。龙又开始轻声抱怨，不该把他丢在一边，说他的胃抽筋，而且从左边第五根肋骨那边一直痒到第一百五十七节脊椎骨……接着就睡着了，轻微的鼾声响彻整个图书馆。

那本书开头就写道：“龙的学名Dragosaurus Igniforus，有一百五十六节脊椎骨。”约许阅读卢立第三王朝的文字很慢，但还是能看得懂。

第十六章

萝碧溜进宿舍，那是个大房间，以前用来关羊。晨光从木板缝透进来，房里没有窗子，一块旧羊皮充当大门，里面始终弥漫着霉味、没洗澡的体臭，还有羊的味道。其实羊膻味还算是其中最好闻的。地上铺了一层薄薄的干草，就在熟睡的孩子和光秃秃的地面之间，灰尘在初升旭日的阳光中飞舞。萝碧找到自己睡觉的地方，就在艾欧蜜和北边的墙面之间，木头的墙壁过分潮湿，也过分腐朽。她把在晚上用来当毯子的斗篷盖在身上，手指摸着藏起的第二颗蛋，快乐地闭上了眼睛。那个王子和那条龙的画面马上浮现，但这回她没有刻意不去想它。

她沉浸在幻想中，起床的铃声虽然早在意料之中，她还是被吓了一跳。被吓到的可不止她一个人，孩子们从睡梦中惊醒是很平常的事。不管早餐有多难吃，只要想到可以吃早餐，加上海纳斯夫妇没有包容小孩迟到的耐心，所以大家动作都很快，甚至快到上气不接下气。所有的斗篷全都叠好，摆放在硬土地面上，根据早上点名的顺序，准确地摆在固定的位置，干草也都堆到房间角落。孩子们排好队，照着睡觉的顺序站好。这一切都在沉默中完成，很匆忙，就怕来不及。门口的羊皮掀到一边，海纳斯夫妇走进宿舍，最后才赶到的孩子，冲到固定的位置，害怕中彼此撞成一团。费莉西总是面带微笑，她很美，更准确点说，她曾经很美，但她现在还以为自己很美，其实早就不了。她的个子很小，有张鹅蛋脸，辫子在脖子后面盘成很复杂的发型，插满镶了绿宝石的银发簪。她今天穿了粉红色的上衣，上面绣着深粉红花纹，还有一串串玻璃珠子，裙子的颜色比上衣要深些，绣花的颜色也更深一些，脖子上有好大一圈的蕾丝花边，像是一圈波浪最后打了个大结。

史隆的年纪比老婆大得多，说不定以前长了副聪明面孔，也可能以前说过或做过什么聪明的事，可是全都被时光湮灭了。

费莉西说：“早安，亲爱的孩子们。”

史隆则微微点了一下头。

“早安，费莉西夫人、史隆老爷。”孩子们齐声说。

其中有个小孩因为正在咳嗽没能把整句话说完，费莉西狠狠地皱起了眉头，那个孩子马上尽量忍住咳嗽。

“又是个美好日子的清晨，你们又将在这一天体会到你们大恩人的仁慈、慷慨和温情，我们的大恩人，我们所有人的恩人，我们的领袖，他保护我们，我们爱——”

“大利加城及周边地区之法官兼行政长官。”孩子们又齐声回应。这一次那个小孩又因为咳嗽没把话说完，小孩站在萝碧后面，但她不敢回头去看到底是谁。在费莉西那张内容丰富多变的违规清单上，“对话”期间转身是“无礼行为”，视当时情形而定，要挨一至六棍。萝碧觉得一直咳嗽的孩子好像是艾欧蜜，但不确定。

“我们都——”费莉西继续说道。

“感恩。”孩子们把话接完。

“感谢我们敬爱的——”

“大利加城及周边地区之法官兼行政长官。我们深爱大利加，那是世上唯一值得生和死的地方——”

尤其是死，住在这里已经成为真正的考验，若想活下去，就必须日日增强运气和技巧。

咳嗽的声音再次打断了费莉西，这回萝碧确定了，这个孩子正是艾欧蜜。

“要是没有他，你们就会——”费莉西不高兴地继续说。

萝碧想起了爸爸妈妈。要不是那个大利加城及周边地区之法官兼行政长官，她的家人到现在还活着，她会睡在自己家里温暖的毛毯下，早上醒来有牛奶、面包和苹果及一点点蜂蜜当早餐，有时甚至还有一点乳酪。

“到处流浪，生活绝望，”大家齐声回答，“成为一些坏家长的孩子。”

过得快乐，肚子也饱饱，萝碧心想自己一定会这样。还有艾欧蜜，还有所有父母死于苦难的孩子。在那个大利加城及周边地区之法官兼行政长官到了这里，重新安排所有人的生活之前，在这样一个长满了果树，有养鸡场、葡萄园，草原上都是牛群和野花的地方，难得有人真正挨饿，就算在大雨不停的年代，也就是到处都是烂泥的黑暗时代，这里也没闹过饥荒。哪像现在，饥饿是每天的生活，是正常、固定的状态。每年夏天一车又一车的五谷蔬果由乡间送进了大利加城，说不定他们在那里用这些食物来铺地呢，因为他们根本吃不了那么多。

“或是更糟的，”费莉西继续说道。

这个时候所有的孩子都沉默了。

“成为自私父母的孩子。”艾欧蜜的声音独自说道，但又被咳嗽吞没了最后几个字。

萝碧屏住呼吸，现在轮到她一个人说了，“或自私地保护精灵。”她很快地接了话，希望今天这一切都会很快地告一段落。然而她失望了，今天会拖得很久，而且要讲究最小的细节。费莉西走到她面前，笑容变得更温柔了。

“一点也不错，”她开口说道，“你的父母很——”

“自私。”萝碧喃喃地说，希望只谈不那么严重的罪行，因为她父母居然会有护着一个精灵的想法，实在太可怕了。

“大声点，宝贝，大声点。”

“自——私。”萝碧清楚地说道。

“意思是说？”

“他们守着财产。”萝碧又想到了财产。妈妈的苹果干，爸爸的鸭子，屋子后面的果园，爸妈天亮之前就开始工作，到了夜晚才停工，结果是储藏室里摆满了收成，还有菜园里一行行的包心菜，然后，士兵就来了。

“一点也没错，我最亲爱的孩子们。”费莉西解释道，而史隆一直不停地点着头，“这是一件很可怕，很——可——怕的事，不和别人分享你自己的财产，只守着自己的财产。”

费莉西很不高兴地停了下来，萝碧的两眼盯在费莉西的鞋子上，紫红色的天鹅绒用金色的线缝合，缝线交会的地方缝着一颗小珍珠，低下头来很难不看到费莉西的鞋子。有一回，萝碧竟然胆敢在和费莉西说话的时候没有看着地，当时的情形还深深印记在她心里。

“这漂亮的鞋子不是我的。”费莉西冷冷地咬牙说道，“是因为我代表大利加城工作，这只是暂时借穿在我这个微小而卑贱的人脚上。”她一个字一个字清清楚楚地解释着，好像正对着一群智障的孩子说话。

费莉西叹了口气，看着这群孩子，萝碧也四下看了看，这实在没什么好看的，他们全都光着脚，穿着烂泥似的粗布衣服，头发又脏又乱，垂在又脏又瘦的脸上。有一次，萝碧替艾欧蜜梳头，马上被指责行为“古怪而不当”，两个人被罚多工作一个小时，还不准吃晚餐。

艾欧蜜又开始咳嗽，费莉西难过地看着她，好像为这不负责任的打断说话感到难过。

“你今天打断了我好几次，艾欧蜜。”她温柔地说着，走到女孩面前。

艾欧蜜想忍住咳嗽却差点呛到。“不准吃早餐。”费莉西失望地叹了口气说道。

然后费莉西转过身来命令两个大一点的男孩，法可和佛佩斯，可以分给每人一个苹果和一小把玉米粒，艾欧蜜的那一份就由其他人分了。费莉西又说等一下会陪着孩子们到草原收割最后一批干草，捡些柴火。艾欧蜜勉强等到海纳斯夫妇走了，眼泪才夺眶而出。孩子们全挤到外面，排成整齐的一行，只有萝碧留在原处，还有蹲在宿舍角落里哭泣的艾欧蜜。

萝碧想到吞进肚子里的那颗蛋，就这一天来说，她已经打败了饥饿。

她看着艾欧蜜既小又绝望、脸埋在两只小手里的身影。

当其他人往外面走，走向阳光时，萝碧还留在阴影里，从暗袋里把鹧鸪蛋拿出来，剥掉外面的泥土，然后走到艾欧蜜身边，把蛋塞进她手里。“哭声不要马上停下来，”她低声吩咐，“把蛋壳也吃掉，免得被别人发现。”

萝碧接着排进队伍里，等着分给她的苹果，她拿到一个皮皱皱、有点烂的小苹果，玉米粒也比平常少。可是她在吃早餐的时候听到艾欧蜜的哭声，愈来愈成为开心的假哭。嗯，今天真的会是很棒的一天。

第十七章

龙要精灵男孩约许把公主和豆子的故事从头讲起，其实经过这么多年，龙早就该倒背如流了。公主在洪水中失踪，到了豆田里，被坏心农夫的妻子抚养长大，所以公主见到皇后的时候，并不知道皇后是自己的母亲。就在这时候，约许停下来，让龙有时间先哭个够，然后再继续说下去。公主以为自己很穷，就对坏王子说，他的钱财就自己留着用吧。到了这里又要停下来，等龙把铺满一地的粉红花瓣洒满泪水。然后是快乐的母女相认，采豆姑娘和皇后，也就是她的母亲，互相扑进对方的怀里，完。

一点声音也没有。

因为哭得太累，龙很快就睡着了，轻轻的鼾声震动了花瓣和蝴蝶，规律得宛如一波波海浪。

“龙有一百五十六节脊椎骨，二十四根肋骨，四个肺，两颗心，在悬雍垂和甲状腺之间有火腺，会分泌醇糖转化酶，能将葡萄糖转换成酒精。只要有任何情绪使龙的体温升高，酒精就会燃烧，大量的火焰就会随着吐气喷出。新生的小龙不会控制喷火，饮用泡有蛋白色乌头、紫色洋地黄和山金车鲜花的水可以减弱喷火。但这种泡花的饮料必须稀释，否则有中毒致命之虞，更重要的是，只要吸入……”

这一段有关“吸入”什么会使龙熄火的文字被霉菌吃掉了，在打开羊皮纸的时候，完全消失了。不过看起来不是什么重要的资料，他的龙从来没喷过什么火，最多只有一点小火星。也许不是所有的龙都会喷火，总是有例外吧。

“如果吸入胡椒薄荷，口气会大有改善。”

他能在哪里种胡椒薄荷呢？种一畦还是两畦地？也许要种上三畦才够。

“龙的灵魂也是纯火，”书上继续写道，“龙的勇气举世无双，慷慨无可匹敌，知识浩瀚如海，智慧可与天齐，唯一能与心智相提并论的，只有他们对自由与飞翔无边无际的热爱。”

约许非常纳闷地再看看书名，没错啊，这书讲的是龙。但在他看来，连一点风都怕得很的龙，实在不像书上说的具有举世无双的勇气。至于“知识浩瀚如海”，实在和为了傻兮兮童话里失踪的公主而哭到睡着格格不入；更别提连自己的名字都忘了。

果然所有的事物都有例外。

“只有一个词可以形容龙——壮丽。”

唉，世上一切都是见仁见智，这本书的作者大概是个多愁善感的人，或者热爱聆听龙族发牢骚、怨天尤人。要不然就是这本龙理论里提到的是除了这条龙之外的其他的龙。

说不定图书馆里还有其他谈龙的书，全被这条龙给销毁了。可能因为怕自己和别的龙比较会相形失色。说不定当他还是个小孩、小兽，刚出生不久的时候，其他小龙欺负过他，取笑他喜欢看失踪公主的故事，在火山口摆放花圈，或在闪电和云层间玩捉迷藏。

约许的心软了下来，在一个都是壮丽天才的世界里，自己却很无趣，让人受不了又愚蠢，处境一定很艰难。

第二页不像第一页那么容易打开，好几个地方的字迹都很模糊，看不清楚。

“所有的龙走到生命尽头，都会生下一颗蛋。”

卢立第三王朝的文字不是约许的强项，他把这一页重读了三遍才确定，所有的龙在去世之前都会生下一颗蛋。可是，龙到底是公的还是母的？他的这条龙呢？他一直理所当然地认定他是公的。

“像某些海鱼一样，龙生下来是公的，后来变成母的。”

真有意思，可是书上没有写出那种海鱼的学名或俗称，以一本书来说，还真是编辑得很粗疏呢。

“孵蛋期长达十三年三个月又八天，或九天。”

孵蛋要花十三年加上三个月又八天半？“孵蛋期间，龙失去了火、勇气和想要飞翔的欲望，一切都淹没在一种突发性的欲望当中，只想要有个温暖的地方可以安静地守着。

“龙所拥有的知识将变成一个空洞，将一切吞噬，首先是数学，然后是地理、天文学、星象学、预言学、历史、生物学，以及抓蝴蝶的艺术，一切都被那个大洞吞噬掉。接下来丧失的是文法，龙会说一些语意不明的句子，思路也变得像脑残的人。到了最后的十三年会忘记了自己的名字，那是最重要的知识，因为一个人的名字就是他的灵魂，龙更是如此，他们都是在力量最强的时候选取自己的名字，除非那个名字是养育他们长大的人所取的。”

约许用力吞了口口水，觉得就好像突然掉进了冰窖一般。

“孵蛋需要相当大的热量，以前龙多得遍地都是，就像我们现在的马蝇和蚱蜢。在孵蛋的时候，会找另外一条龙来给他说故事，说的都是些多愁善感和感情丰富的故事，因为只有这个办法才能提升体温，才能好好孵蛋。正在孵蛋的龙所找来的朋友，除了用失踪的孩子或是被绑架的公主之类的故事，来让孵蛋的龙分心和提高热量外，还有一个重要的任务——养育小龙。因为老龙在小龙孵化后，只能再活几个小时，要用这段时间来做最后的飞行，感受风在翅膀上的力量，接着离开那里，这样刚生出来的小龙就不会目睹母亲的死亡。”

死亡？他的龙就要死了？约许的心宛如挨了一刀。

“因为这个原因，孵蛋的龙特别无聊，很会折腾人，也很无趣，而且让人受不了。这也是对他小婴儿未来师父最好的耐心考验，因为将来全靠他爱护那条小龙，更重要的，要教小龙飞行，只有学会飞行之后，新生的龙才算长大。”

龙为什么没有告诉他？为什么一直把约许蒙在鼓里？

毫无疑问地，龙把所有关于龙的书给毁了，这样就不会让他发现真相。

“正在孵蛋的龙什么都怕。”

是因为害怕才把他蒙在鼓里吗？怕被抛弃？怕精灵会丢掉他宝贵的蛋？

“但是现在龙都消失了，龙愈来愈难找到安静的地方，既有东西可吃，又不需移动，甚至连最短距离的飞行也用不到，否则蛋会冷掉、会死掉。龙也需要听故事提升足够的体温来孵蛋，但是，就算龙找到了这一切，也还需要有人认养他的小孤儿，所以龙才会愈来愈少，将来只会更少。孵蛋的龙知道，无论如何都不能让别人知道这些条件，因为养育小龙是很可怕的……（霉烂了）没有人能受得了这样的苦工，而且因为……”

而且因为什么？上面的文字全都烂光了。

约许的胃因为害怕和难过而抽筋了，此外还感到内疚，他应该对龙再好一点的。不错，那条龙很蠢、很累人、很霸道而且让人受不了，可那都是因为他正在孵蛋啊！

多可怕又漫长的孵蛋期，既久又疲累，伤了精神，损了心智，毁了勇气，是龙一生最后的任务，然后死亡就会降临。

死亡。

小精灵丢下那卷羊皮纸，纸张窸窸窣窣地掉在地上，他没时间再做别的事了！一阵可怕的撞击声响起，洞穴的墙壁都抖动了。

紧接着是很奇怪的、再三重复的窸窣声音，就像羊皮纸掉在地上，声音更大也更深沉，好像巨大的翅膀在空中扇动。

最后一声可怕的尖叫，震碎了半数以上窗框上的琥珀。

约许飞奔到大厅，在大厅正中央有一颗巨大的蛋，蛋壳上有金色和绿色交织的螺旋花纹，和龙皮肤上的花纹一样。蛋壳已经裂开了一边，里面露出一只和老龙相似的龙宝宝。龙宝宝露出绝望的表情，浑身金色和绿色，眼睛上面有簇深绿色的毛，眼睛很大，很圆，很宽，充满焦虑。北边书架上八百四十六本包括解析几何和如何腌制蓝莓与甜椒的书全都在冒烟，显然刚才的尖叫伴随着喷火。约许发现，当初把同类书籍放在同一个架子上，显然不是个好主意。现在解析几何已经全部消失了，人类必须从头再发明了。除非他能花一点时间，比方说五六十年，至少写下一部分初稿，再加上百里香腌制蓝莓和甜椒的食谱也永远失传了，不过运气好的话，也许有人会再发明出来。

撞击声加上墙壁的震动，那扇巨大的门打开了，两扇门扉洞开，海风刮了进来，把花瓣、蝴蝶、三百年来累积的灰尘统统吹成一道道小旋风。

在天上，老龙挥动巨大的翅膀，遮蔽了天空，太阳已经升到高处，阳光透过他翅膀上的花纹照射下来，一对金色的眼睛凝视着精灵的蓝眼睛，那对眼睛里饱含着全世界的柔情与所有的尊严，所有的爱，所有的力量与骄傲。

还有，所有的壮丽。

壮丽。

壮丽。

壮丽。

壮丽。

壮丽。

“艾尔伯洛！”龙大喊，同时一道火焰喷出，照亮了天空，整个天上染成一片橘红。

约许知道那就是老龙的名字，他点了点头，然后深深一鞠躬。

火的痕迹留在天空，一分为二，老龙的翅膀向下冲往地平线狂涛巨浪与天空相接之处。

波浪分了开来，缓缓地接纳了那对在地平线与大群海鸥下方撑了很久的巨大翅膀。

约许的双眼一直凝视着阳光下展现波光的最后一点。

约许的心沉了下去，悲痛像把刀插进了灵魂，而在那里又遇到其他悲痛，一直在那里的那些悲痛：去了再也不能回来的地方的妈妈，一动也不动地留在不断上涨的水中的外婆……

约许多希望老龙能再回来，他会一再念走丢了的公主和豆子的故事给他听。约许全心全意希望听到老龙骂他，把小精灵当成世界上最坏的坏蛋，只因为他想去爬大门外的橡树，或者聆听老龙唠叨各种病痛，胃炎、鼻窦炎、风疹块，或者第三十二节或第十六节还是第一百四十八节尾椎骨抽搐。

一声可怕的尖叫突然在约许的身后响起。

小龙在哭。

现在物理学只剩一小摊灰烬在地上打转，人类必须重新发现杠杆原理、热力学，如果一切顺利，大概至少要再等一千年。

就在约许拼命想该做什么，又该怎么做的时候，他想起了大利加城的建城人、光之王者艾尔杜因说过的一句话："当我们遇上灾难的时候，我们没有时间去想我们有多难过或多绝望，所以就别想了。"

第一件要做的事应该是赶快把小龙从蛋壳里拉出来。蛋壳有七厘米厚，约许想打破它，可是跟徒手去打岩石没两样。他小心地伸出一只手，尽量不去吓到小龙。

但他的动作还不够快。

又是一声尖叫外加一道火焰，幸好，夹在蘑菇食谱和机器制作的书籍当中有一本治疗烧烫伤的手册。

约许又试了一次，这回改用左手，因为右手已经像个小面包了，就跟第三个房间南边第四个架子上那本《如何在四旬斋日烹调蘑菇》书里的插图一样。他的动作比先前更慢，免得脸也变成《避免在四旬斋日烧焦的蘑菇》书里的插图一样，那本则是放在第三个房间南边第三个架子上。

这回约许抓住了小龙的头，一圈圈翠绿色的小鳞片和软得像天鹅绒深绿带金色珍珠光的皮肤交错，摸起来好光滑、柔软而且温暖。但透过他的手，约许感受到小龙极大的恐惧，龙宝宝巨大的脑袋里有着深沉的焦虑。害怕，是比饥饿更痛苦，比黑暗更可怕的东西。

约许冒着被那种盲目没来由的恐惧击倒的危险，同时回想起自己一个人在下个不停的大雨里，天地间只有孤身一人的往日情景。

害怕孤独。

怕没人爱。

他知道他必须做什么了，他用尽所有的力气，想象自己和小龙在一起；想象自己坐在一望无际、开满小小雏菊的草原上，把小龙抱在怀里；想象自己和小龙互相拥抱一起睡觉，一起共享甜杏仁和豆子，一人一半，然后小龙又把头枕在约许怀里，躺在一望无际、开满雏菊的野地里。

小龙平静下来，脸上绝望的表情消失了，双眼眸光清亮。

“没问题的，小家伙，一切都不会有问题的。”

小，这个字只是个说法。龙宝宝实在大得可以，可是当时想不到适当的字眼。他毕竟是个小家伙，那对水汪汪的大眼睛闪着绿色和金色的光，就像山中阳光照射下的湖泊。

“小家伙，可爱的小家伙，你是我可爱的小东西，你是我可爱的小娃娃，我的小宝宝，小小仔，小东西，可爱的小龙，小小的小龙，可爱的小娃娃。”

龙开心起来，从出生以来第一次笑了，然后小龙摆了摆尾巴，巨大的蛋壳变成许多小碎片，好像翠绿和金色的烟花爆了开来。

“艾尔伯洛！”这就是他的名字，“艾尔伯洛！”精灵男孩得意地重复了一遍。

小龙兴奋无比，快乐地跳上跳下，尾巴致命地一扫，打断一根古老的石笋，好几块圆石头从天花板上掉了下来，接着是一声快乐的尖叫。幸好约许闪得够快才拯救了自己的脸，可是头发却有好几绺被烧成黑灰，和烧剩下的那本《子午线上》一起掉在地上。人类在未来几百年里将不知道时间，即使像绿色彗星和月食之类简单的小事，都将成为艰巨的挑战。

约许坐在地上，小龙微笑着，张着没牙的嘴，两眼更加清亮。小龙把头枕在约许的怀里，马上就睡着了，他简直累坏了。

总算安静了。

约许的右手好像着了火般，前额也一样，都被小龙喷的火焰烧伤了。

他想要按照事情的紧急顺序来安排该做的事——应该把所有的书和羊皮纸都塞进中间的那个房间，好避开小龙和恶劣的天气。另外一件事也很急——得找一些山金车花、乌头和洋地黄，想办法让小龙吸一点点，好让他能，怎么说呢？比较好控制。约许想起来了，山金车花也能用来治疗烧烫伤，这可得到处都种上一些才好。

约许为了不惊动睡在怀里的小龙，用很慢的动作，把还能动的左手伸了出去，在一片用雏菊做成的地毯上，拿回了那本关于龙的书，那可是目前整个图书馆里最重要的一本书了。

书上并没有记载和龙有关的实用资讯，例如龙宝宝高兴的时候能够使梦想成真，关于这点，书上就没提到。

不过，也许写过，只是被霉菌吃掉了。

第十八章

他们从清早开始工作。摘葡萄是全世界最棒的工作，监工不可能数清楚一棵树到底结了多少串葡萄，而一串葡萄又有多少粒，他们只要一直不停地唱歌，表示嘴里没有东西，但也不可能听得出少了哪一个的歌声。他们唱着：

我们都爱大法官，
我们也信任他，
我们都非常感激，
因为法官的爱——

歌声缭绕葡萄园，孩子们学会轮流偷吃，一次一个，就是离费莉西最远的那个。费莉西一直在一行行树间走来走去，史隆则在山坡下的无花果树荫下呼呼大睡。他睡觉的时候张着大嘴，口水都从花白的胡子上流了下来，看起来甚至不像清醒时那么蠢。

也不用怕法可和佛佩斯，因为他们也正忙着尽量能吃多少就吃多少。

太阳晒在一行行的葡萄树上，那年夏天雨水很少，葡萄长得再好不过了。远方的黑山峰顶初雪闪亮，听说黑山的另一边就是大海，那是一条好大好大的河，无边无际，一直延伸到地平线和天空相接的地方。萝碧想到爸爸以前一直跟她说，有一天会带她去看大海。

艾欧蜜就在萝碧旁边，就连她看起来也很开心，在偷吃葡萄之间扯开嗓子唱着："因为法官的爱……"

然后艾欧蜜非常突然地伸手捂住嘴巴，差点把正在摘的那串葡萄失手掉下去。萝碧看到艾欧蜜脸上闪过好几种不同的情绪，先是全世界最大的惊吓，然后是全世界最大的悲哀，接着是全世界最大的恐惧。萝碧回头望去，看到有个身影蹲在葡萄树之间，她马上知道是艾欧蜜的父亲或母亲，也许是他们两个，来带他们的女儿回去。而那个小女孩吓坏了，因为害怕万一是费莉西或是史隆，或是哪个被抛弃的孩子看到她俩。

你会进这个孤儿之家，可能因为你真的是个孤儿，也就是说父母双亡，或者是个弃儿，也就是说父母去过自己的生活，把孩子留给海纳斯夫妇照顾。

这样就形成了两个不同的党派，无可避免地彼此仇视。被抛弃的孩子已经习惯被抛弃的生活，从小小年纪就已经受到饥饿和残忍对待的煎熬，饥饿和残忍的对待挑上了他们，成为他们人格和一般生活中最基本的部分，结果就无可避免地仇视任何有过柔情与钟爱记忆的人。他们和费莉西与史隆相处很久了，几乎也能让费莉西和史隆因为难得出现的一丝丝感情而喜欢他们。这些被抛弃的孩子证明了海纳斯夫妇所给的那么一点点善意，就能让他们存活下去。从某种意义来说，弃儿等于是孤儿之家装饰门面的花朵。

而那些弃儿都有个秘密，那就是梦想有一天，会有个国王或王后来找他们，来敲孤儿之家的门，寻找他们因某个可怕的灾祸而失踪的孩子，也许是被大地震吞没、大洪水卷走，或被可恶的食人魔、巨人、精灵、狼人拐走又丢弃。

一天又一天，从没有人来敲过门。事实上，根本没有门可以让国王、王后或任何人来敲，那里只有一张羊皮。会进来的只有海纳斯夫妇，或是什么“暂时性的师傅”，也就是来雇童工的人，他们和费莉西谈价钱，史隆只管坐在一棵柳树下，由一个小一点的孩子替他扇扇子赶苍蝇。

但对弃儿来说，总还有这种机会在脑海深处等着，即使是年纪最大的那些弃儿，大部分连最基本的纯真和信任都没了，也都还怀有那种梦想：说不定哪天就会有个国王和王后，坐着装满美食的金马车，出现在那张羊皮门外……

至于真正的孤儿，则是在毫无心理准备的情况下来到孤儿之家，落入海纳斯夫妇手里。既无心理准备又充满回忆和渴望过往时光，最麻烦的是他们还得应付海纳斯夫妇，这对夫妇最基本的任务就包括扫除孩子们小脑袋里对任何人和事物的情感，只能爱大利加城。

但是发现爸妈被海纳斯夫妇取代，面包和乳酪被有虫的玉米粒取代，藏在饥饿和恐惧，处在孤独和羞辱之中，这些孩子脸上往往呈现绝望、痛苦与恨意。

很多孩子之所以失去父母，不是得自永难翻身的穷困、传染病或饥荒，而是拜那位法官兼行政长官之赐。需要动用吊死这种神圣的惩罚时，他一点也不会手软，这可是为了子民好。这更加强了孩子们脸上的恨意，以及海纳斯夫妇的得意，他们更需要加重处罚，减少配给，增添工作，好让孩子们感激！

法官宣判的刑罚包括吊死和放逐。遭到放逐的人必须丢下子女，因为孩子是大利加地区的财产。

艾欧蜜的父母就遭到放逐，如果他们敢回来把女儿带走，那就犯了绑架幼童的罪，必须处死。

萝碧像个军事指挥官一样计划了一场“战役”，很快标定了几个人的重要位置，费莉西和弃儿那一派里最可怕的代表人物主要是法可和佛佩斯，还有卡拉——那个少掉一根手指头的小女孩，她恨死了艾欧蜜。法可和佛佩斯都离得很远，在葡萄园的另一边；费莉西大约位于萝碧和艾欧蜜及那个躲着的人影之间一半路的地方，可是她正盯着小山上面，因为有个小一点的孩子摔了一跤，可能受伤了，更糟的是，摔跤时可能打翻了装葡萄的篮子。最危险的对象是卡拉，她离那蹲着的人影很近，幸好她也在分心看着那跌跤的小孩，不过这种局面持续不了多久。萝碧着急地想了一下，然后发疯似的跑了起来，尽量远离那个蹲着的人影。“蛇！救命啊，有蛇！”她尽量大声地喊叫。

“马上停下来，回去工作，你这个笨蛋！”费莉西叫道，“只不过是条草蛇吧。”

来不及了，整个葡萄园里的人都恐慌起来，说不定只是找到了借口，可以不唱歌而吃更多的葡萄。有人害怕地大叫，四散逃逸，彼此撞成一团。萝碧继续往前跑，假装吓坏了，一面挥舞双手，发出害怕的叫喊，结果真的绊了一跤，直接撞上收集摘下葡萄的巨大篮子。大篮子摇晃了一阵子，然后就倒在地上，开始朝山下滚去，里面的葡萄掉出来一些，不过并不多。事实上当它最后撞上一块岩石，飞了起来，掉在史隆头上时，整个大篮子几乎还是满的。当场一片混乱，每个人都在大喊大叫，费莉西赶快去搭救老公，可是那一大篮的葡萄压在史隆身上，压得他动弹不得。法可和佛佩斯赶过去帮忙，他们两个一起拉一边，费莉西拉着另外一边，史隆在篮子里乱吼乱叫，葡萄汁沾得到处都是。混乱中，有些孩子公然大笑，萝碧瞥见艾欧蜜消失在葡萄树之间，投入一个黑影的怀抱之中。

她不见了。

可是现在有麻烦的是萝碧，她拼命想着该怎么脱困，可是脑子里始终一片空白。史隆终于从大篮子里挣脱出来，满身都是葡萄汁，就像收成时的大木桶。他站起身，朝萝碧走来。

“你……你……”他大叫着，一面用手指着萝碧，“你……你……”他呛住了。

萝碧一点也不想知道接下来会怎样，她不知道自己逃跑的机会有多少，恐怕一点也没有，因为法可和佛佩斯挡住了去路。

她不知道自己会挨上多少棍子，又有多少次不准排队去领玉米粒和烂苹果。她第一次真正感到害怕，说不定她的小命撑不到明年春天了。萝碧一动也不动，完全绝望，连最小最小的一丝希望也离她远去了。

就在这个时候，整个世界变成了绿色。

萝碧抬头看，天上有个翠绿色、非常巨大的东西，阳光从上面透了下来。

萝碧第一个念头是：一条龙的翅膀遮住了太阳。

第十九章

约许醒来，伸了个懒腰，右手和额头的烧伤已经痊愈，但背上的伤还没好，而且走路时还会一跛一跛的，因为最后一根被小龙尾巴扫落的钟乳石打中了他的脚踝。不只两个脚踝痛，全身也僵直，浑身上下都疼痛不已。

寒冷使他手脚麻木，膝盖也不听使唤，他觉得自己好像一只在冰河里冬眠的螯虾。

在阿士垂德，也就是地图上标示的最后一个村落里，蒙瑟为他买过温暖而舒服的灰色和蓝色的羊毛衣，可是约许会长大，衣服却不会，而且还不止这样，衣服破了，裂了，有些地方根本磨损得不见了。

他记起那些好时光，能睡在恰到好处的温度下，身上盖着一层蝴蝶保暖，而他在那时候居然还会抱怨！现在不完美和不安全的地方可多了。事实上，全都多得漫出来，他得付出很多很多，才能得到少数几个可以预期而无趣的日子。

小龙还在梦乡，一阵小雨落在昨晚过夜的松林里。最好别再住在图书馆里，不单为了拯救一点人类的知识，也因为小龙是个很容易满足、随时都很快乐的家伙，尾巴也永远摆个不停，而被尾巴扫落的钟乳石却可能是致命的武器。

约许走到空地上散步，高山和冰河相接的地方长着山金车，他曾想尽一切办法委婉地向小龙解释为什么要种一片山金车，希望小龙能够像梦到雏菊时一样快乐；山金车就可以在约许脚下茂盛地生长。但他所得到的反应却是一声尖叫，还有一道不可避免的致命火焰；直到现在想起来肩膀还会炙痛。显然要梦想成真，只有当小龙心满意足的时候——那得灌注好多快乐和大量关爱才能达成。小龙正在长牙，中间的几颗已经相当大了，后槽牙也已经出现，牙肉发痒使得小龙只有咬东西才不会心烦。看到被咬得残破不堪甚至粉碎的书本，约许不知未来还有多少代的知识因此遭受浩劫。他感觉自己简直就像和一只七百五十公斤重的大老鼠住在一起！

约许勉强跛行到山金车那边，其实种得不多，但够治好背和肩膀的烧伤。如果要灭了小龙的火，或者至少减弱火焰的威力，还需要加上洋地黄和乌头。可是书上没有注明用量，只建议用几朵花，否则会有毒，会致命。问题是多少是太少，多少又是太多呢？

他无法解决这个问题，只好忍受烧伤，他能做的只有避免刺激小龙。

约许敷好烧伤的地方，站起身来。后面就是黑山积雪的峰顶，雪白地竖立在蓝天之前，山谷在下方展开。

他放眼四下张望，因为一只小狐狸突然出现吓到小龙，使得红枫树林还在冒烟，幸好旁边就有水塘，可以用来灭火。约许跛着脚走回松林，要是小龙发现自己落单，恐怕又会出现许多大树火炬。

小龙还在松树间睡觉，约许坐下来抚摩他，手指缓缓地摸过软软的翠绿色皮肤。“一只小龙重七百五十公斤。”书上这样说。

七百五十公斤重的麻烦和灾祸，七百五十公斤重的小鳞片和热情。

小龙醒了，伸伸懒腰，打了个大哈欠，空地边的百年老松顿时化为灰烬。

然后小龙看到约许，又高兴得笑了起来，约许勉强及时闪开——现在他已经有猫一般的灵敏身手了，但他身后的一丛迷迭香又烧了起来。约许继续抚摩小龙摇晃的尾巴，彼此紧紧相拥，靠在那丛迷迭香附近。树丛燃烧温暖了空气，在晨雾中闪着金光，小龙快乐地望着约许，精灵男孩在龙的鼻尖上亲了一下，真像有了个小弟弟，一个七百五十公斤重的初生小弟弟。

约许打开绣了花的背包，拿出羊皮纸书，还有小龙吃的金豆子。小龙最爱吃金豆子，开心地坐下来，一粒一粒地吃着，像所有的小龙一样，吃得很慢很慢。

“小龙学会飞行后就长大了，只有到了这个时候，无限的智慧才会开始增长，然后才会认字、写字以及控制喷火……”

是“然后”不是“同时”，是之后的结果，是学会飞行之后才会发生。在第一次飞行之后，小龙才算长大，上面还有一张图说明这个概念，解释飞行的感觉，还有飞行时如何使胸部和背部的肌肉活动，因此才能让小龙的头脑成熟。

所以小龙的师父必须教他飞行，这件事做到之前，最聪明的办法就是随身携带几朵山金车花。

问题是怎么教呢？学习要靠模仿，可是约许又不会飞，最接近飞行的经验，只不过是有天下午荡过秋千。约许第一个计划很简单，他把手放在小龙巨大的头上，然后尽全力集中精神想着一群飞鸟。结果没有用，小龙只抖了几下（结果造成约许右臂一处烧伤，八棵橘子树全毁），接着还到处乱跳，好像相信自己跟鸟一样轻，只有半公斤重，跳上大树时，还连根拔起三棵粉红色葡萄柚树。

就在约许差点因为到处奔跑而犯心脏病之前，艾尔伯洛发现了一只小青蛙，起先吓到了，因为那是小龙这辈子见过的第一只青蛙，因此喷出的火焰烧掉了旁边一丛野莓，接着就开心地玩了起来，学青蛙到处乱跳。

因为没能成功，约许试着制作一对翅膀来改进计划，他要爬到岩石上，滑翔到地面。问题是他读到航空器制作手册已经是好久以前的事，而他又不能重看，因为那本书已经在小龙打第二个喷嚏时烧掉了。至于有关热气球和风筝的书，更是早在小龙打第一个喷嚏时就毁了。

约许做的翅膀虽然很像书上画的，却显然不够大，而他做舷外支架的布和尾翼的角度又错了。第一次试飞时，他就很惨地摔在长满龙胆根的草原上，落在一大堆粉红葡萄柚的枝叶间。小龙的表情从不解变成害怕，山边有好一阵子都听得到艾尔伯洛绝望的哀号。

约许的手指和目光掠过那些古老的羊皮纸，现在他已经背得滚瓜烂熟了。他把山金车花和新雪捧在手里，涂在所有疼痛的地方，包括烧伤、割伤、碰伤、拉伤、扭伤、刮伤，还有淤血的地方。突然，他惊跳起来，原先还有最后一页没能揭开，现在终于可以打开了。

和迷迭香的烟混在一起时，山金车花和雪产生了消除羊皮纸霉菌的作用，这是很有意思的发现，本来可以把这点加进《修护及保存古羊皮手册》书中，可惜小龙已经把那本书啃光了。

在新揭开的那一页上，只有少数几行字。

“有一种新的生物，是由精灵和人类结合而产生的，他们不像只爱科学书籍和事物制作方法说明手册的精灵，也不像什么书本也不爱的人类。因为在帝国灭亡、野蛮人兴起后，人类就变成无知的野人，像野熊，甚至还不如。”

约许念了一遍，然后再看一遍，又念一遍，然后再三反复看到完全确定为止。毫无疑问地，每个词，每个字，每个笔画都印在他的脑子里，像烙铁烙在皮肤上。

艾尔伯洛吃完金豆子，过来要约许抱抱。

约许一向认定自己是最后的精灵，是个孤独的精灵男孩，将是孤独的青年精灵、孤独的成年精灵、孤独的老年精灵，最后死在书本之间，永远是孤单的精灵，顶多有条龙陪着。

可是事情并非如此，他可以娶一个人类女孩。这个想法立刻填满约许整颗心，一个人类的女孩——也就是说，简而言之，会有人类的性格，以及非精灵可能有的深颜色头发，不一定是蓝色的眼睛，会有蛀牙，会吃死的动物，会用手打死蚊子。想到这些，约许开始觉得肚子怪怪的，不再只是心里有感觉。

但从另一方面来说，要是图书馆没有被火和掉下来的钟乳石毁掉，他的小龙也能在这里孵蛋，有个住的地方，有吃不完的水果和要多少有多少的、让人作呕的愚蠢爱情小说。

约许想起在大利加城看到的预言，上面说到那个最有力量、最后的精灵，那个最有力量和最后的精灵，会见到最后的龙。最后的龙？在这里所谓的最后一个，就是说每次只会有一个，还是说这一个不会再生蛋，没有了他，这一族就灭绝了？

他也想起上面写了命中注定要娶一个名字和晨曦有关的女孩，是谁的女儿？那一对……后面还有几个字，可是当时他来不及看完。卢立第二王朝的文字不太容易分辨，况且边看边被人背着往前跑。要是能看到最后几个字就好了，就是在“那一对”后面的那几个字，背着他的蒙瑟如果跑慢一点就好了！那他就有时间看完，现在就不会对他的命运有疑问了。不过，当时要是再慢一点，他们可能就被抓起来吊死了。

他真希望至少能了解为什么大利加城的人对精灵那样痛恨！他是个精灵，没错，可是他在大利加城所施的法力也不过是让一只鸡活过来罢了。那是一只非常漂亮的母鸡，有温暖的棕色羽毛。

一定是他必须娶什么人……一个名字和晨曦有关的女孩。

他还必须教小龙飞行，他非教小龙飞行不可。

他有个想法还没试过，可能有用。

约许动身朝积雪的峰顶走去，艾尔伯洛紧跟在后。小龙有一身厚厚的翠绿色鳞片，所以一点都不觉得冷，约许却在寒风中颤抖，他集中所有的精神来让自己感到温暖，免得被冻死。草木愈来愈稀少，积雪愈来愈厚，在下面的山谷里，过去几天下的几场小雪积在草上；这里的雪却是积在先前的积雪上。

那是一个很理想的地方，约许从山谷里看到的——一块巨大的岩石向外伸在空中，二十米下方有个山嘴子，再往下就是峡谷，在好几千米深的峭壁之下，周围的山峰都高得像几十座高塔一个个叠在一起那么高。底下的山谷开阔，好些地方有树林，也有空地，再往下就是十分壮丽的大海。

这个地方再完美不过了，他的想法是和小龙一起玩，让他跟着走到岩石上。这时候，约许转身藏在深处的石头底下，那里有一个好像特别为这个目的挖出来的洞。艾尔伯洛为了要跟着他，就会跌到空中，一旦到了空中，就会伸开翅膀，滑翔到二十米下的山嘴子上，那是一块很大的山嘴子，不必担心小龙会掉进峡谷，真是个简单又高明的计划。

约许开始奔跑，挥舞着手臂大声欢笑，叫着小龙。艾尔伯洛快乐地回应，小小的快乐火焰把这里那里的雪融化了一片又一片，也让空气暖和起来。

就是现在，约许飞奔起来，身后的地面因为那小东西沉重的脚步而震动。约许跑到岩石边，转身躲到下面的岩洞里，紧张地蹲着。艾尔伯洛来不及刹住，冲到岩石外，发现自己在半空中，惊慌失措却没有伸开翅膀，重重地掉落在二十米之下的山嘴子上。

小龙躺在那里一动也不动，因为这是他有生以来第一次受伤，而且伤得很重，连保护龙不受任何侵害的鳞甲也割伤了，染满了血。小龙没有哭，他缓缓地抬起头来找约许，最糟糕的就是那对眼睛，睁得大大地盯着约许。

七百五十公斤的惊慌，七百五十公斤的难过、痛苦和失望，即使是小兽未发育健全的脑袋也明白，刚才发生的事是约许故意的！约许怎能这样做？他为什么要做这种事呢？

然后小龙低下头去，这回他哭了起来，微微地哽咽，甚至没有火焰，好像连体内的火也都熄灭了。

约许感到非常难过，头垂到胸口，一点办法也没有。

他感到巨大的孤寂像一件铁斗篷罩住了自己，使他无法呼吸。

他曾经独自一人在烂泥和大雨中跋涉，一个男人和一个女人帮助过他，可是他们是人类，而他是精灵，彼此之间永远有一道陌生而不能化解的高墙。

十多年来他一直和一条只专心孵蛋而不太注意他的老龙在一起，现在他又什么伴儿也没有了，他多需要有人安慰他，抱着他说："你很好，孩子，你一直尽力做了所有能做的一切，力所能及的一切。现在不要担心，事情总会解决的。"

他这辈子从没听过有人对他说："别担心，事情总会解决的。"

他想要有人叫他，跟他说晚餐准备好了。

他想要有人晚上帮他盖被子。

他想要有人来，高大而又聪明的人来帮助小龙，知道该说什么、该做什么的人。

可是这里什么人也没有，只有他，还有一条绝望的小龙。

他必须自己解决这个问题，他回想起自己曾经把一只兔子和一只母鸡救活，他也帮助过莎琴娜排出肺里的水。

他必须去找小龙，消除他伤口的疼痛，治愈伤口。他不能治自己的伤，但别人的伤可以。

他必须去安慰小龙，他必须教小龙飞行，他做得到的。小龙实在太小了，他应该多等几个月再尝试，到时候小龙就会明白一切。对嘛！想必是这个缘故，他只是选错了时机。约许忍住双肩的疼痛，抬起头，打起精神准备去救小龙，脚却意外地踩到了一根枯枝，扭伤了已经淤青的脚踝，而且脚下一滑失去平衡，他从岩石上摔了下去，掉下——十米，砰的一声掉在小龙身上。原先安静的呜咽变成惊恐的叫喊，吓坏了的艾尔伯洛惊跳起来，把约许整个弹了出去，抛物线形成完整的半圆形，就像卢立第一王朝时期的拱门。

约许挂在山嘴子的尖端，差点就掉入空中。

他勉强抓住一丛树莓，整个人吊在半空中，下面是几千米深的峡谷。

“救我！”他对小龙叫道，“救我！”他用尽全身的力气又喊了一遍，“你的尾巴，把你的尾巴垂到我这边来。”

小家伙瞪着他，一动也不动地吓坏了，整个呆在那里。

七百五十公斤的呆若木鸡。

“你的尾巴，”约许大叫，“快把尾巴垂下来给我！”

他摔下来时伤到手，除此之外，原先的烧伤也没痊愈，更别提还加上树莓的刺。

约许用尽全力想撑住，但是两手开始打滑。

“我要死了，别让我死，你的尾巴，你做得到的，你这个该死的大家伙，救我！”

七百五十公斤无助的无用东西。

约许抓不住了。

他摔进半空中。

他尽量让自己想点什么，如果救不了自己，那么至少在最后摔到地面的时候少受点苦。约许不知道再过多久就要死了，会不会很痛，他想要想着妈妈，现在他们快见面了，这个想法却无法让他得到安慰，他唯一能想到的就是要不顾一切地活下去。

整个世界突然变成了绿色，天空、太阳、他能看到的一部分自己的身体、山峰顶上的白雪……所有的一切，渐渐都被巨大的绿色翅膀笼罩住，阳光透过翅膀洒了下来。

小龙在飞！他在约许的上方伸开了翅膀。艾尔伯洛只是在模仿我——约许想到，因为学我而飞了起来，他马上就会发出叫声，结果我不是摔死而是被活活烧死。

但是，约许看到了艾尔伯洛的双眼，七百五十公斤的决心，七百五十公斤的勇气，小龙要来救他。小龙掉下来的时候，伤得很重，他已经明白掉下去会受伤，现在要来挡住约许，不让他掉落地面。小龙用尽全力飞行，要来抓住他，现在和约许在同一个高度了。约许闭上眼睛，屏住呼吸，等着感觉小龙的爪子抓紧他的骨头，救他的命，也许他可以不摔死，但可能会给捏死。

七百五十公斤的聪明与智慧。

一阵拉力使约许往上，艾尔伯洛抓住了他的两只手腕，把他抱在两只后腿中间。小龙的抓力很实在，有力而……温柔，艾尔伯洛的脚还很柔软，像任何小兽的脚，甚至没有用爪子碰到约许。小龙的头脑成熟了！约许的学飞计划成功了！

小龙转身向上，对准黑山之外的小山，飞过一片很美的风景，那里种着葡萄和苹果。约许用尽力气，收紧腹部肌肉，像翻跟斗似的把两腿蜷了起来。艾尔伯洛明白他的意思，放低右边的肩膀，同时选好恰当的时机，松开双手，约许就翻到了小龙的背上，好像两个训练有素的特技演员。而底下葡萄园里有很多小小的人，正在四散奔逃。

“我们离开这里吧。”约许叫道。

艾尔伯洛又转了个身，向海飞去，越过刚才飞过的黑山，愈飞愈高，飞到云上，然后飞到云下，掠过树梢。约许发现他的图书馆现在完全孤立了，之前曾经发生两次山崩，大约是前年春天，雨下得特别大又碰上融雪，一次山崩封住了他和蒙瑟还有莎琴娜爬过的阶梯，另一次则毁了那两人离开时所走的小路。他的图书馆现在只有那些有翅膀能飞的才到得了了。然后，他终于看到地平线在眼前伸展开来，在山谷之外，在云层之下，其间只有海鸥飞过。他感到风在头发里，海的声音和风声混在海鸥群中。

龙的背似乎是特别为单一乘客打造的，两只内翼柔软而温暖，就在大翅膀之间。小龙发现约许在发抖，就用两只小翼将他裹住，这真是无法想象的、全世界最舒服不过的地方。

在他们的下方，山谷整个展现出壮丽的景观。艾尔伯洛低飞下去，触碰到那些落叶松，然后又飞上来，绕个圈圈，飞到草地，然后又飞回天上。

在空中听得到龙的叫声，比平常低沉得多，在他们面前喷出一道火焰。艾尔伯洛从火焰中穿过，速度快到约许还来不及觉得热。

随着每一次叫声，天空变成火红和金色，但又立刻恢复成蓝色和白色。小龙低飞过海面，越过海浪，约许感觉到咸咸的泡沫飞溅到脸和头发上，四周波浪起伏，海鸥飞翔，地平线绵延不断。

艾尔伯洛的两只小内翼将约许包得更紧了，然后冲进海里。约许想象自己变成鱼，四周咸咸的海水就变得很舒服。他们遇到一群好奇的海豚，一只母海豚带着一只小海豚在旁边盯着他们，一时间约许对他从未有过的童年充满了渴望，但紧接着艾尔伯洛转身飞向天，从一群海鸥中间穿过，约许的渴望随着海水泡沫滴落在身后与下方。

龙又叫了一声，那低沉有力的叫声仿佛狩猎的号角，这次并没有火焰喷出。

约许开始大笑起来，他找到了，要扑灭龙的火焰，有比山金车花、洋地黄和乌头还简单的方法，只要用海水就行了。

他一直笑个不停，因为向天空飞上去，向地平线飞下来，又回头向天上飞，有风在头发里，有海鸥在旁边，有小海豚在水里望着，这一切就是构成快乐的要素啊。而且在他身边，或者说得更精准点，在他的下面，有一个大而有力、真正的兄弟。

他和艾尔伯洛一起飞行，打破地平线的循环、伤感的循环，还有孤寂的循环。

他俯身向前抱住小龙，把脸埋进艾尔伯洛翠绿的皮肤，并且停靠在那里。小龙发出快乐的叫声，这一次，一道金色的火焰像把长长的光剑划破了整个天空。太阳落在地平线上，然后消失了，天上满是星星，眼前所能看到的只有一个长了一棵巨大野樱桃树的小岛。除此之外，整个地平线形成完美无缺的弧线，海天相连。

第二十章

萝碧伸直了身子躺在阳光下，时间流过身上，就像溪水流过石头。自从那条龙的翅膀把天空遮绿了之后，孩子们连一天的工也没再做过。没人去找艾欧蜜，大家吃得也比从前好一些。居然发生这种令人难以置信的事，其实也才过了几天，但究竟真相如何，大家的记忆却扭曲成无数的说法。

最后，普遍认同的说法是，有条龙出现在天上，把可怜的艾欧蜜抓走了，其他孤儿能得救是因为史隆的奋战，他英勇地把龙赶走了。最滑稽的是，在说过三遍之后，大家居然都相信了。真相如同压扁了的葡萄流出的汁液，消失在地底。萝碧也没有受到处罚，事实上，在不断重复的不同故事中，最早发出警报的就是她——就算不是个英雄，她至少也扮演了重要的角色。

离她不远的地方，费莉西靠在篱笆上，把这个故事说给大利加城来的使者听："……然后那个叫萝碧的孩子发出警报，她的父母是最可怕的人，实在是最坏的人，"她叹了口气，"幸好，公理正义处置了他们，也多亏了她在这里受到的道德教诲，萝碧做了最正确的事。我承认，热爱公理并不是唯一的原因，当然还有对龙的恐惧。"她轻笑了一声，"可是多亏了我们的影响，她做了正确的事，而你应该看看他，我是说史隆，"一时的情绪激动使她两眼茫然，带着一抹浅笑，"他跳了起来，抓起一个装满葡萄的大篮子，用来当作盾牌……"

结果萝碧没有受到处罚，也没人放狗去追艾欧蜜，官方说法是艾欧蜜已经死了，史隆得到四个勋章——勇敢面对敌人、慷慨对待孩子（尽管他们都不值得，还是把他们从怪兽口中救了下来）、置身危险而不顾、为大利加城增添光荣（因为在追击怪兽的时候，把一大篮葡萄当武器丢过去）。

"……史隆大叫道'为了大利加城和大利加城的法官兼行政长官'，然后自己向龙扑了上去。我的丈夫抱着大篮子向前扑过去，像个英雄似的发出叫喊。"费莉西情绪激动地哽咽了一下，落下几滴眼泪，"怪物吓得赶紧逃走，伸开好大的翅膀，嘴里咬着艾欧蜜的尸体……"

萝碧很庆幸艾欧蜜能重获自由，和家人团聚，但也因此深切地感到自己的失落，她比平常更想找个人说说话，好记住实际发生的情形。

一条真正的龙出现在天上，绿色的，就和她的梦境一样，龙并没有灭绝，她的梦并非幻想，就在阳光下显现了。但是，即使阳光刺眼，萝碧还是看到有个人影挂在龙的脚下，很危险地在空中摆荡，看起来可能是龙的猎物，是龙在地上抓的。可是正当萝碧看着的时候，那个吊挂着的人却翻了个跟斗，到了龙背上，在那里停了好久，在耀眼的阳光下成为一个黑影，他伸开双臂好像要拥抱整个世界。这就是最后一幕清楚的影像，然后龙转向黑山，很快地消失在山里。

原来真的有龙，而且龙背上还载着人。

是王子吗？如果不是王子，那么是谁呢？萝碧的心思一分为二，一部分相信梦境是真的，有龙会来救她；另外一部分则相信这件事不合逻辑——她又不是公主什么的，只是龙确实存在，如此而已。

龙仍然存在，身上还有一个人，这是机缘巧合？正好在她绝望而深陷危险的那刻出现，而且也碰巧长得像她家庭被毁之后每晚梦到的龙。这，只是纯属巧合吗？

可是她脑海里还盘旋着第三种想法，像一条小虫，毛毛虫，满身是毛，还有毒，像六月里在樱桃树上发现的虫，看来可爱其实不然。说不定费莉西和史隆说的都是真的，说不定那些话并非谎言，也许她并非普通人，也许她的家人真的很……坏，她的家人……萝碧发现单想到这些字眼就很恶心……她的家人帮助过精灵，那真是太可怕了，不可能是真的……她的父母亲都是好人，他们不可能做过保护精灵这种肮脏事，而且还说是为了钱，这就是他们的罪名——保护精灵换取金币，以便用来购买房屋、农场、牛、马、羊、鸡，还有果园。任何保护精灵的人都可能和龙有关系，而且他们保护的还不是随便哪个精灵，而是那个精灵……是在她出生前一年来到这里、引起大利加城恐慌的那个精灵。当时是法官兼行政长官救了整个城市，逃过了那可怕的家伙。那个嗜血的野兽会杀害所有的士兵、妇孺、狗，甚至连一只鸡也不放过。还好法官兼行政长官以无比的勇气阻挡了那个怪物。

那件事的详细经过从来没人说明，而萝碧也对那是否属实有点怀疑。如果那个精灵真的法力无边，单是他的名字说出来就能使军队溃败，那法官兼行政长官又怎么能对付他？说不定和史隆英勇对抗龙的情形一样。萝碧笑了起来，她又觉得高兴起来了。也许龙是坏的、精灵是邪恶的说法不是真的，就和在山上葡萄园里的那场英勇战斗一样虚假。

“一场英勇的战斗，英——勇，”费莉西说道，“血从他的背上流下来……”

也许龙真的是好的，龙会来救她，萝碧闭上了眼睛，饥饿和悲伤都消失了。在她眼皮下，那个影像又在形成，龙在很近的地方，翅膀遮住一切，萝碧看得很清楚，旋涡状的金色皮肤和翠绿色的鳞片。

即使闭着眼睛，她也感觉到有人。萝碧睁开眼睛，发现卡拉站在面前，法可和佛佩斯叉着手站在后面不远处，卡拉以混杂着嫌恶和恐怖的表情望着她，好像望着一窝红蚂蚁。

萝碧知道自己又有麻烦了，她站起身来看着他们三个。

“艾欧蜜去哪里了？”卡拉咬牙切齿地问，她的个子很小，金色的头发垂在脸上，更加强了她那阴沉的外表。要是没这两个大个子撑腰，她绝不敢来找萝碧。

“龙把她吃掉了，你不记得了吗？”萝碧很认真地回答。

“才不是。”卡拉很小声地说着，“你知道发生了什么事，那条龙来得正是时候。”她上下打量着萝碧，“你们家和精灵是朋友。”她恶毒地继续说，“那么为什么不可以也和龙做朋友呢？”

“好吧，那我们去问费莉西，问清楚到底她说的是真的还是骗人的。”萝碧一脸天真地建议，一面转过身去，好像真的要叫费莉西。法可和佛佩斯看看她，噘起嘴巴，耸了下肩膀，最后再愤怒地瞪了她一眼，就走开了，只剩下卡拉。

费莉西还在说：“……那条龙害怕地哼叫着，爪子还抓着那个可怜小女孩的手……”

“才不是这样。”卡拉低声地说，仍然充满了憎恨和愤怒。她的两眼充满了泪水，充满了对全世界的怨恨，有人冒着生命危险来把他们的孩子带回去，却从来没有人来找自己。

萝碧看了她好久，然后说出很荒谬的话来：“迟早也会有人来把你带走的。”这话好像自己就从嘴里蹦了出来，她一面说，一面自己听了也后怕。这话毫无道理，也很残忍，因为一无所有还是比有了幻想又幻灭要好太多了。她盯着卡拉的脸，半藏在肮脏的金发底下，两眼充满愤怒和绝望，又有话自动从萝碧的嘴里吐了出来。

“迟早一定会有什么人来把你带走的。”她确认道。

卡拉被灰土蒙盖的脸变得苍白，双眼圆睁，用手捂住嘴好像要止住惊叫或呻吟，左手少了那最重要的拇指。突然间，萝碧的脑子里出现卡拉小手五指俱全的画面，她咬着舌头，咬到出血，以免自己说出她的手会恢复正常的话，因为那就真的太荒谬也太残忍了。

“你是个真正的女巫吧？”卡拉小声地问，“你是不是巫师家庭里出来的，所以你们才会是精灵的朋友？可是……我说你真的知道很多事，对不对？对不对？”

萝碧没有回答。

“史隆浑身是血和烂泥，你应该看看的，好多血和烂泥……”费莉西说。然后她的故事中断了，发出像被掐住喉咙般的叫声。一条巨大、壮丽而可怕的龙伸开翠绿的翅膀，飞在他们头上，龙的背上还可以看到一个小小的白色身影。恐怖的尖叫声此起彼落，所有的人四散奔逃，史隆忘记他应有的战斗精神，突然从酣睡中惊醒，尽其所能地快跑到最近的仓库躲了起来，由大利加城来授勋的使者也忙着朝另一个方向逃跑。费莉西也躲进了仓库，不过在她跑到那里之前，她被一个小孩绊了一跤，使她那件绣有银线的灰蓝袍子沾满烂泥和稻草。

法可和佛佩斯跑到远处，萝碧留在原地，望着那条龙，嘴边露出浅浅的微笑。那条龙又绕了一圈，转身飞向黑山，飞过高高的峰顶，消失在群山后面，显然他住的地方不会太远。卡拉站在萝碧的身边，一直注意地看着，一动也不动，她也没有逃开。最后，她放大胆子问道："现在艾欧蜜不在了，我可以睡在你旁边吗？"

萝碧想也不想就说："当然可以。"

第二十一章

问题是该怎么办呢?

小龙的尾巴绕了两圈，把自己裹起来睡着了，像只鸟巢里的小鸟。外面的风呼啸着，事实上，也在房子里呼啸，因为小艾尔伯洛的尖叫声震碎了一扇又一扇的琥珀窗户，而约许不知道如何修复。不过里面的风声不如外面的大，火山口冒出来的热气让洞穴还能保持温暖，当然离真正的暖和还差得远，但整体说来，足够让半裸的精灵存活。

约许一面望着睡觉的龙，一面想把情况弄清楚。他要怎样才能弄到点衣服呢？不可能半裸着身子到处走动，况且冬天马上就要来了，目前还只下在峰顶的雪，很快就会把整个世界笼罩。此外，人类并不喜欢精灵，很可能更不喜欢半裸的精灵，最重要的是，他会更容易被认出来，如果有个帽兜，还能遮住头发和耳朵，还能让他不着凉，万一有人朝他丢石头也可以起点保护作用。

还有，他该怎么教小龙读书写字？他尽量回想外婆是怎么教的，可是他的记忆无法回到那么久远。真的有过不会读书写字的时光吗？还是一生下来就已经认得字了？大概不可能吧，生下来应该什么也不知道，然后先学说话，学会说话后，再学会认字。没错，应该是按照这样的顺序：先说话，再认字。蒙瑟和莎琴娜其实都不识字，可是他们能说话，他们的话也许很粗陋，更不用说他们不讲理的思路了，但他们会说话是毫无疑问的。

怎样才能走到人类世界而不被石头砸死、被剥皮、被吊死，或者被活活烧死，或者先被用以上所说的几种方法杀死，再把尸体烧掉？答案很简单，他必须先找到蒙瑟和莎琴娜，他们会收留他，保护他，给他忠告。接下来的问题则是：怎么找蒙瑟和莎琴娜呢？

他可以出去打听。不知有多少年了，他没跟龙以外的人说过话，所以得先练习一下。

“对不起，大人……”还是“笨蛋”？究竟哪个才是礼貌用语？他还是搞不清楚。

不行不行，他一定得准备得非常完善，只要犯了一个错，可能就有石头丢过来，这可不是他想要的。

“对不起，高贵的先生（高贵的女士），你可知道莎琴娜和蒙瑟这两个人的住处？两个都是人类。”

嗯，最好不要说什么是人类的话，否则听他说话的人就会怀疑他不是个人类，结果又落得被石头砸的下场。

“对不起，高贵的先生（夫人），你是不是知道一位名叫莎琴娜的女人，和一位名叫蒙瑟的男人住在什么地方？”

这样大概可以吧，只要运气够好，又有个几年的时间，说不定花上几十年，迟早找得到他们。

可是，小龙怎么办呢？把艾尔伯洛丢下来是不可能的事，带着龙一起去吗？

你怎么藏得住一条现在想必已经有一千多公斤，到这个月底又会再大一倍的龙呢？绝无可能，他得丢下小龙，可是不能像现在这样，不能把现在这样的龙丢下，让他迷失在无知的沙漠中。必须先教他说话和认字，一旦学会这两样，龙就可以自习，就算没有那些已经烧成灰烬或给咬得稀巴烂的书本，剩下的也还够他打发时间，也就不会觉得被抛弃或很寂寞。这样约许就可以把龙留在图书馆里，时间可以久到让他找到蒙瑟和莎琴娜；再给自己找个老婆，不让自己被石头砸死、吊死，或绑在柱子上烧死；然后再回来。

最多一二十年吧。

他那人类的妻子一定会在这个别人到不了的，还有一条龙的山顶上生活得很快乐，因为龙可不是每天都碰得到的。而且要生火或煮豆子，龙都很管用，因为人类一向在这方面相当困难。而且，还有什么生活比一辈子住在收藏所有知识（或剩下的知识）的图书馆里更完美的呢？他可以教他们的孩子读书写字，学习星象学、地理学、动物学，还有跳舞；可以喂他们吃金豆子和粉红葡萄柚，而且因为从来不吃死兔子，将来长大就不会像他们的妈妈一样粗野，说不定味道闻起来要比一般的人类更好些。

这个计划太完美了。问题是要怎么开始呢？

约许想从坐着的石笋上下来，但这可不容易，因为艾尔伯洛把他那双用野橘树的软核编成的鞋子吃掉了，那是他刚从蛋里孵出来两天的事。两周前，小龙后面的牙齿开始长出来，那些牙想必让艾尔伯洛很难受。而且好像这样还不够惨，原先地板上那层黄色和金色的蝴蝶，现在全都变成一层厚厚的鸟粪了。

会觉得屋子里比外面的森林暖和的不止约许一个，谁都能从破了的窗子进来避寒，几乎所有的石笋都被鸟窝占据，鹪鹩、掠鸟，数量最多的还是喜鹊。约许没办法忽视他们，因为他们最聒噪，最会吵闹，排泄物也最多。

约许踮着脚，从一块干净的地方跳到另一块干净的地方，终于到了金豆藤边。在一个角落里，有一只喜鹊正在追着一只吓坏了的蝴蝶。这些蝴蝶都在尽力奋斗，以免绝种。那只小鸟满足地叫着，却有一只很大的猫头鹰扑了下来，把他抓走了。

小喜鹊甚至来不及发出叫声，羽毛和鲜血飞溅得到处都是，还溅到豆子上、地板上以及约许的胸口上。

这阵骚动惊醒了龙，他睁开眼睛，把头从尾巴上抬了起来。约许和龙不约而同地一起从一堆堆鸟粪、羽毛、许多被猫头鹰啃光了的骨头中间冲出洞穴。

经历前一天飞过海洋的壮举之后，他们回到图书馆里。现在只剩中间那个房间，因为和其他一切隔绝，关闭着又堆满了书，所以还能保持干净。但那里除了书本，连只小金丝雀也进不去，更不用说他们两个了。

约许力保镇定，龙则睡眼惺忪但有点紧张地看着他。

约许读过的书里，没有一本谈到养育婴儿，但有不少书提到幼儿的教育问题，大约有三分之二主张打手心有助于加强学习，但剩下的三分之一却以玩游戏来集中精神。龙没有手心，而且要打一只重量超过一千公斤的生物，恐怕有碍自己的生存。所以约许决定用温和一点的方法，即寓教于乐。

他把几粒豆子放在地上，一粒放这边，两粒放那边，然后三粒放在一起，这样排下去，一直排到六粒，说不定可以同时教授语文和数学两科。

“豆子。”他一边说一边指着那边单独放着的豆子，他微微一笑拍拍手，“豆子，豆——子。”又笑一笑，跳一下，一个字拍一下手。

龙抬起头来，看着约许，不明白怎么回事。虽然很迷惘，但很感兴趣——这种教法显然很有效！

“豆子,”约许再说一遍,“豆——子;一颗豆子,两颗豆子,豆子,豆子,一颗豆子,两颗豆子,好多豆子。”跳一下,跳两下,跳好多下,又拍手,又大笑。

龙两眼瞪着他,愈来愈纳闷,但也显得愈来愈觉得有趣,这显然是正确的教法!

“豆子,豆子,一,二,一颗豆子,两颗豆子,豆、子!”约许笑着继续说。

“你一夜之间变傻了吗?啊,约许,还是说你一直都不太灵光,而我始终没有发现?”龙很有礼貌地问,“请原谅我的挑剔,可是这里除了金豆子和粉红葡萄柚之外,就没有别的东西可以果腹了吗?如果再让我看到这两样不像话的食物,恐怕我会把胃给吐出来。还有啊,你看看这里的地板,着实肮脏无比,似乎像个茅厕了。”

第二十二章

《龙学》那本不完整的书籍漏写了好多事，约许对龙的了解实在很有限，又少又不完整，挂一漏万，就像冬天里的树叶或饥荒时的苹果般稀少。龙以无比的耐心把所有的事情从头到尾仔细地解说了一遍。

“透过那个蛋学习？”约许问道。

“透过厚厚的蛋壳。”龙证实道。年轻精灵的心智似乎小得像放扫把的柜子，龙觉得很惊讶。他似乎记得有些书本说什么精灵都很伶俐聪明的。“如果不是这样，那以你的看法，龙为什么要在蛋上坐那么多年呢？”

“为了保持温暖，像鸟一样。”约许说道。

这样的比喻让龙好像兜头兜脑被淋了一盆冰冷的积雪，尾巴上的鳞片都竖了起来。像鸟一样？好大的胆子，艾尔伯洛的祖先一定会用火让精灵为这种侮辱付出血的代价。一点火，再加上一点迷迭香，火、盐巴和一点迷迭香，他看起来似乎是很好吃的年轻精灵。不行，哦，绝对不行，无论他胡说些什么，毕竟是他把我从蛋壳里拖出来，还教我飞行，还在父亲孵蛋时帮过忙的，绝对不能把他烤来吃。龙叹了口气，努力用很镇静而平稳的口气重新开始解释，还真是用尽了最后的一点耐性。艾尔伯洛解释说，鸟只是鸟而已，也就是说，鸟类的脑袋和小鸡一样大，鸟之所以坐在蛋上，是因为他只是一只鸟，所以非常愚蠢，不懂其他的保暖方法。如果是龙，就会计算所需的时间及所需的热量，而用燃烧、光的折射、地热开采或其他科学方法取得。

龙之所以选择坐着孵蛋，而不去探索宇宙、改善世界，那是因为孵蛋期间，思想会直接由老龙传递给小龙。事实上，龙的复制系统非常优异，大概仅次于凤凰，却大大优于精灵、人类、狗、猫、金丝雀、海豚、企鹅和鲨鱼，哦，当然还有蝴蝶——如果约许能够不打断他的话就好了。龙很讨厌说话被打断，真的很讨厌、很讨厌。艾尔伯洛有没有提到龙是很壮丽的，是大自然的杰作，也是最重要的生物？他不想忘记强调这一点，因为有个无知又无礼的精灵一直毫无道理地打断他的话。是谁教龙说话的？当然是龙的爸爸，不然还有谁？如果艾尔伯洛要正确地称呼，应该说“壮丽的父亲”，从记忆中教他说话，父亲的记忆集中进入小龙的脑袋，把自己原有的知识、记忆全都灌输进去，因此新生的小龙，刚从蛋壳里出来、学会飞行之后，就已经是，呃，其实只有一个词可以形容——完美。

“再回到开头的地方，”龙口沫横飞地继续说，“龙的复制能力介于凤凰与精灵之间。你有没有见过凤凰？没有？显然没有，最后一只凤凰大概存在于卢立第三王朝和中纪之间。而你们精灵，你们这些可怜的家伙就无法从你们父母那里直接吸收知识。凤凰则是从火里再生，永远是同一只。你知道火是他们的长生不老药，他们的永恒青春之道，除非有人把他们的脖子扭断，拿去炖着吃，否则凤凰是永远不死的。幸好炖起来很好吃，撒上大把迷迭香还挺可口的。我们把他们全吃光了。”

“你们把凤凰全吃光了？你们把凤凰消灭了？他们是永远不死的，而你们……你们……你们……把他们吃……吃……”

年轻精灵怎么了？他忘记怎么说话了吗？约许完全说不出话来，好像掉进冰窖里，他往后退了一步，光脚踩到被猫头鹰啃了一半的骨头上，滑了一跤，一屁股坐在各种鸟拉了一地的鸟粪上。

也许精灵要再长大些才会变聪明。

“你还好吧？”艾尔伯洛问他。

“你们吃光了凤凰……”他又结结巴巴地说了一遍，“你们怎么能？”

“哎呀，那并不难啊，”龙情绪激动地回答，但那并非艾尔伯洛自己的回忆，而是透过父亲（母亲）吸收而来的回忆。但龙的嘴里照样淌着口水，“几片干月桂叶，加一点点海盐，只要煮一下下，像鱼一样。”

“可是凤凰想必也是很漂亮的鸟啊！”

“一点也没错，草莓也很漂亮，我们也吃啊，凤凰是最愚蠢、最自鸣得意、最无趣而且完全没脑子的可怜生物。如果生下来就完全没有智慧，那会绝种也就不奇怪了。凤凰的脑袋里唯一想到的只有羽毛美不美，还有眼睛下面有没有皱纹，碰到凤凰你只有一个感想——无聊透顶！

“和凤凰谈话就像发现自己站在一块全是干草和从来没开过花的土地上。这种无聊的感觉还留在我的脑子里。吃掉他们也算做好事吧，因为他们的存在就是纯然的受苦。为了不老要活活地跳进火里，你知道吧，又生不出新的凤凰，重生的还是同一只小鸡，一再重复，满脑袋装的全是荒唐。”

龙叹了口气。

“关于猫、狗、金丝雀、鸡、精灵、熊，还有，我现在想起来了，还有蝴蝶等来说，整个做法是不一样的。有一个爸爸，个妈妈，结合之后，生一个、两个或五个孩子。就兔子来说甚至还有十一或十五个。这些孩子既非他们的爸爸，也非他们的妈妈，他们是全新的生物，也许有爸爸的鼻子、奶奶的眼睛、妈妈的大脚趾和外婆的牙齿。孩子是个新的、独一无二的、不会重复的生物，要教育他们得从零开始，从最基本的文字和口头沟通，教他尿在罐子里，拉屎要离家远一点，这全是教养的问题，你听得懂吗？既然我们现在谈到排泄问题，孩子，你有没有注意到你坐在什么上面？”龙看着约许，摇摇头。这个精灵想必小时候撞到了头，而且是撞到很硬很硬的东西。瞧瞧这个年轻的精灵，想想看，居然还有人在书本上写着精灵是世界上最聪明的生物呢。龙边摇头边叹了口气。

约许点了点头，他很清楚自己坐在什么上面。

他挣扎着站起来，走出山洞。不远处有个小水潭，可以洗个澡，龙跟着他走过去。

约许一方面觉得非常放心，另一方面却又希望那个会哭会闹的龙宝宝能够回来，继续用崇拜的目光看着他。现在这条龙不会哭，也不会烧坏东西，可是也不会对他有什么崇拜了。

雾包围了整个世界，地平线消失在一片朦胧之中，水潭里的水冰凉，但很干净。约许脱下了肮脏发臭的破衣服，咬咬牙，跳进水里。

“龙也不是他自己的父亲，却是个很类似的复制品，透过蛋壳吸收了科学、知识，还有烤凤凰的记忆，他的天才令大自然也为之惊奇。”龙用情感丰富的语气做了结论，“因为龙是最完美的生物，不必再更改什么了，而你们那套办法会产生不同的子女，希望……可能……”龙很亲切地望着精灵，想找出一个合适的字眼，“有所进步。”他终于带着宠溺的笑容把话说完了。

显然约许当初应该好好享受小龙对他的崇拜；现在回想起来才觉得这真是他的宿命，总要等到失去后才注意到那些美好。

水真的很冷，他梦想自己是条鱼，冰冷也变成舒服，水像抚摩似的滑过他的身子。

龙踱来踱去继续讲："生蛋和孵蛋都是在龙生命将尽的时候，正好让龙把所有的知识、所有的经验、所有的记忆全送进小生命里。"他以激昂的语气说，"在孵蛋的时候，龙只用到脑子里的一小部分，是最后面的那一部分，那也是最……该怎么说呢……"

"最蠢的？"约许说，他真的开始觉得受不了了。

"你知道我可以把你像烧一只麻雀般烧死，吐口痰就可以把你当肉烤，让你在火焰的光荣中燃烧吗？"

"你绝对不会这样做的。"

"你怎么能那么肯定？你当然不能看穿我的心思，反正在那么远的距离是办不到的。"

"因为你往这边看的时候，摇着尾巴。"约许回嘴。

龙的表情看起来有点受伤，立刻坐在自己的尾巴上，不让尾巴动。

"我觉得你喜欢用这种粗鲁字眼的习惯很差劲。"龙傲慢地说，"脑子最后面的部分是比较……比较原始的，其他部分比较高级，前面的、顶上的、里面的，还有边缘的部分，放的是勇气、知识、智慧、壮丽，还有……我该怎么说呢？"

“令人难以忍受的自以为是。”约许又说。

“是自傲。”龙纠正道，“自傲，高人一等，和了解自己的优越。”这回龙真的有点恼火了，“我说的是，当父母的龙只用比较差的脑子来思想、进食、睡觉和活着，因为比较优秀的部分一直在跟小龙的脑子沟通灌输，传递所有的知识，所以龙生下来的时候就已经拥有父母的记忆。到第一次飞行时，把脑的各个部分连接起来，龙就准备好成为……”

“成为？”

“完美，绝对的完美！哎哟，真是失礼了，可是谈到我们的完美，我实在没办法不感动！”感动的泪水流下龙的脸颊，流到嘴边，泪珠跃入空中，噗的一声掉进水塘，激起一圈圈涟漪。

现在约许已经洗干净了，就从水里出来，冰冷的风吹过湿透的皮肤，他颤抖着打了个喷嚏。龙原先迷失在赞扬自己的壮丽之中，此时才将眼光移下来看着精灵。

“你在冰冷的风里抖得像一片秋叶，”他说，“我的意思是你好像很冷。”他对自己的才华着实得意扬扬。

“我早知道是瞒不过你的。”约许同意道，他实在很讨厌龙这种优越的语气。

“我只能靠直觉来想象和判断，你知道，我们龙根本不知道什么叫冷。”龙继续说，仍然非常得意而高傲，“鳞片有极好的保暖作用，更不用说里面还有两只藏在肩胛骨、皮毛包覆着的小翅膀……”

“我简直羡慕得无以复加。”约许冷冷地回答。他愈来愈冷，事实上，他都快冻僵了，只想赶快离开空旷的地方，到那个冰冷而满地鸟粪的山洞里去想办法暖暖身子，说不定他可以烧鸟粪来取暖，但那似乎不是个好主意。如果牙齿别再抖得直响就好了……

龙看了他好久，然后把翅膀伸开来，将两个巨大的内袋打开，温暖而柔软得像一对育儿袋。

“爬上来，”龙建议道，“我们去飞吧。”

“飞？”一时间约许感到迷惘极了，他气得甚至忘了飞行有多棒。棒？应该是壮丽吧。

“飞！”龙确认道，他将翅膀展得更开些，“你在这里面会比较暖和。”他提醒约许。

约许同意。“飞吧！”他跳进那温暖柔软的皮毛之间，“这回往山那边飞。”

龙突然从一个令人难以忍受的小弟弟变成一个令人难以忍受的大哥哥。可是不管怎么说，能够飞行至少证明他不再是只小兽了。

约许爬上了龙宽阔的背时，脑子里想到很多问题。“哎，我想问你，你说狗、猫、金丝雀、鸡、精灵和蝴蝶一样地生出下一代，这意思是说，我也是由蛋里孵出来的吗？在你看来，我是我妈还是外婆孵出来的？当然是我外婆吧，因为我妈很早就……

将来我太太也会孵我们的蛋，我是说我们的孩子，还是说我也能孵呢？精灵会像龙和鸡一样孵蛋，还是把蛋留在什么地方让它自己孵化，像蝴蝶那样？还有蜘蛛！我有一次看到一只蜘蛛生了……”

龙大吃一惊。“对不起，孩子，可是你所见过的人、所看过的书，都没有提到有关生命延续的事吗？”

约许发现这世界上他最讨厌的事情之一就是被人叫作“孩子”。“当然有！”他不高兴地回答，“外婆向我说过精灵保护守则，还有精灵特别法，更不用说还有十二本法律的书和二十六本历史书。”

龙爆发出了叫人受不了的长笑，还一再强忍住，又一再大笑，然后看看约许，又开始狂笑，真叫人受不了。

“舒服地坐好了，孩子，”龙最后终于笑完了，“我在路上再向你慢慢解说吧。”

绝对错不了，约许深深觉得，龙真的就像个大哥哥。

第二十三章

天色苍白，迷雾笼罩下的世界朦胧神秘，犹如巨松树影与苍茫山巅交错排列。艾尔伯洛直往上飞冲而去，他问约许在盘算什么计划。这个问题很有意思，换言之，龙认为约许必须提出个计划来。

他们要去找蒙瑟和莎琴娜，那两个当初收容小精灵，救了他、保护他、安慰他的人类，还要帮约许找点衣服穿……不对，最好是反过来做——先找衣服再找人。一旦他找到了蒙瑟和莎琴娜，在他们的帮助之下，约许就可以给自己找个太太，当然是人类喽，而她会很乐意跟着约许，一辈子住在一个有风吹进来的山洞，和一条龙一起吃金豆子。

为了要弄到衣服，他想到山那边的阿士垂德。村子里的人很仁厚，也不讨厌精灵，说不定蒙瑟和莎琴娜就定居在那里，这是很有可能的事，那是一个定居的好地方。问题是怎样才找得到衣服。他得拿东西去换，可是他什么也没有，而且光着身子也很难谈生意。

在他们飞向阿士垂德的时候，已经是青年的精灵约许想着有什么可以交易的，也许可以用卢立第三王朝的第四位国王，也就是星象学家季法斯著的各种星象学论文集。不对，不识字的人类会觉得书籍一文不值……他们总可以看上面的插图吧？论文里有不少木刻图，也许品质不是那么好……不行，当人冷得发抖、没有玉米粒或栗子可吃的时候，美感也不会好到哪里去。

最后雾终于散了，他们发现正飞在阿士垂德上空，约许很担心别人会看到他赤身裸体像个婴儿坐在龙背上飞行。可是他很快就发现这个担心是多余的，阿士垂德没剩下多少了，现在只有乌鸦住在那里。

那里的房子比他记忆中多得多，可是全被火烧毁了。屋顶坍塌，破门在铰链上来回地摇着。原先是葡萄园的地方，现在只剩一些野藤缠绕在烧焦的架子上。苹果树都被砍倒了，小河滩边有艘船，朝天的船底上有个大洞，还有已经腐烂完的牛尸，以及一些啃掉了肉的骨头，都是些较小的动物，也许是羊或狗吧。原先小村子的广场中央，丢着那个和谐与富足之锅，打凹了，变黑了，不能再用了。

龙降落在地上。

约许觉得好像朋友死去般难受。洞中那段漫长时光里，他曾幻想回到人类世界；因为精灵世界已经没了，只存在于历史里。他的幻想也总是从阿士垂德开始，他想象来到这里，用一本古书和一些金豆子来换一些衣服，打听蒙瑟和莎琴娜的下落，阿士垂德的居民会告诉他，而他们不可能住得离这里太远。这里是他们见过的最美的地方，也离大利加城那些凶恶的士兵最远。他的朋友一定定居在这里，他会找到蒙瑟和莎琴娜，他们会说："噢！你长得好俊，你长得好大了，看到你真高兴。"他会说："见到你们真好！我好高兴哦，我到这里是要谢谢你们，谢谢你们在我小时候救了我的命。"然后他会打开包，让他们看他的金豆子，他们会说那些豆子好漂亮，然后他们会互相拥抱……

龙的声音让他吃了一惊，精灵又在做白日梦了。

艾尔伯洛这辈子除了山洞、几座山、一个树林和大海外，没看过什么别的地方，但也够让他看出这地方是个废墟，是个可怕的地方。好多又肥又白的蛆虫和恶臭味从母牛的身体里流溢出来，乌鸦在头上盘旋，呱呱叫着。

约许非常愤怒，孤寂咬啮着他，就像死了亲人一样。龙在他得自父母和先人的记忆中搜寻有无安慰人的相关行为，可是他找不到这方面的资讯，于是他试着想象有什么可以安慰精灵。"住在这里的人没有死。"龙用很坚定的语气说，他指着那些残骸，"这些都是牛、羊和狗的骨头，没有人的骨头，不管是大人或小孩都没有，他们都离开了或被赶走了，否则就是被迫搬到别处去了……我记得这种事——人类从一个地方搬到另一个地方去的习惯。要是有谁说：‘不用，谢谢，我喜欢这里。’他们就会用一条绳子绕住他的脖子把他吊在一棵树上，那对他的呼吸可不太好。”

这话起了作用，约许马上从一动也不动的绝望之中惊跳起来，“你说得一点也没错。”他在那些烧剩的房子中间跑了一圈，“不管是死的还是活的一个人也没有，他们想必是到别的地方去了，也许他们逃走了，要不就是……他们用的那个词是怎么说来着……对了，驱逐！没错，你知道，人类有驱逐别人的习惯，他们对我们精灵族就是这样做的，把我们全部放在一个好可怕的地方，叫作精灵集中营，我们就在那里一个接着一个死掉。”

“为什么会死掉？”龙问。

“我想是饿死或被狮子活活吃掉的。”

“可是精灵不是有法力吗？”

“嗯，有一些有，可是，又能怎样呢？”约许被龙的问题弄得不耐烦起来。

“你们不能做点什么吗？”龙追问，“烧那些坏人，让他们死掉？让他们得流行病？让他们全身发痒？”

“事情没那么简单，不是所有的精灵都有法力，我爸爸就完全没有。我们大部分也只会生个小火或让小动物复活。”

“让小动物复活？这算什么法力？”

“那要视你的立场而定，对小动物来说那可是很重要的事。可是精灵不会让人生病，也不愿意这样做，我们只有极少数拥有可以用在战争上的法力。可是人类却怕所有的精灵都能办到，所以他们痛恨所有的精灵。精灵无法避免被驱逐，等到发现精灵集中营里等着我们的只有饥饿时，已经什么都来不及了。没有多少精灵活下来，而且都很伤心憔悴。你知道，法力是会被悲伤淹没的，儿子死了之后，做母亲的就永远失去法力了。”

“你们可以用旧的武器呀，刀剑、弓箭，还有戟，精灵应该是很厉害的战士，很棒的弓箭手。”

约许不知如何回答，他们以前的确是战士，可是那是很久以前的事了，是他们学会读取人类思想、感受人类快乐与痛苦之前的事。小动物在复活时的感觉有那么美好，试想就知道被杀的人的感觉会如何了。想必这个本领开始让精灵很困惑，加上精灵数量很少，又被分隔。过去数百年来，应该就有过迫害精灵的行动，致命的行动。可是精灵相信只是要他们从一个地方搬到另一个地方，况且还能带着书籍，事情应该不会太严重，等到发现事实真相，已经来不及反抗了，否则只会增加他们所受的苦……还有一件事，他愈想愈明白那才是最根本的原因——所有的人都希望精灵死掉。

“所以你们只是为了对人类有礼貌而送了命？为了不让他们失望？好客气哦，说真的。”龙的语气又变得尖酸刻薄，可是这回约许并没有生气。

说起这件事，约许就开始明白了。“法力会淹没在恨意里，不对，等一下，恨意会淹没思想，会淹没想看、想反抗的欲望。每个人都在大声命令你的时候，很容易就让你随便挑一条最容易的路走，随波逐流最容易了，不对，不是最方便的路，而是唯一能走的路。例如蒙瑟和莎琴娜冒着生命危险救我……意思是说，呃，不错，他们爱我，也许他们虽然明知道我是个精灵，还是爱我，也不是因为我是个精灵所以才爱我。不过这些都没有关系，在他们看来，能让我活下去就值得他们冒生命的危险。所以……不错，每个人都在对你呵斥的时候，有人为你战斗那就够了，你就能得到你的力量，战斗的力量……如果你不反抗你就会死，你的族人也会和你一起死……”

约许摇着头，非常愤怒。风大了起来，有半扇门像发脾气似的乒乓作响，约许打了个寒战。

龙温柔地提醒，“也许你可以四处找找，看看有没有合身的衣服。”

“那不是偷窃吗？”

“不是，”龙的声音现在充满了同情，“当然不是，只不过是拿别人再也用不到的东西而已。”

约许又绕着整个村子走了一圈，所有的一切都被摧毁或烧掉了，在最大的破屋里，他找到一艘玩具船和一个破布娃娃，就带在身上；这些东西马上像把悲伤的大刀插进他的心里。屋外有个什么白白的东西从雾霭里现身，是一只很大、很老、很憔悴的狗，在这之前，他一直躲在芦苇丛里，也许是怕那条龙吧。可是等约许去拿那两个玩具时，他就勉强站了起来，很费力地走向他，尾巴无力地摇着。

“志忠，”约许叫道，“士心志，中心忠，志忠，这是他们的狗：蒙瑟和莎琴娜的狗，志忠、志忠、志忠！”

狗也记得他，约许跪在地上，用手抱住那又硬又脏的灰毛脖子，狗舔着他的脸。当约许的双手摸到狗的额头时，混乱的记忆传入他的脑海——哭喊、难闻的味道、火焰、恐慌，狗还记得村子起火时他被马踢了一脚，害他受重伤，然后还有其他的记忆，其他的气味——饥饿、孤独、想念、和蛆虫争食尸体、希望有什么人能够回来……现在有人回来了，他守护的责任尽完了，他的任务完成了。约许回来了。他找到了这栋房子，一切问题都解决了，以前的味道会再回来，那些往日时光的气味——苹果干、烤玉米，彼此相爱的人的好味道。约许在狗的记忆中看到一眼蒙瑟和莎琴娜的身影，还有一个小小的模糊影子，是玩过娃娃和玩具船的什么人。

约许把狗抱得更紧些，开始感觉到无限的疲惫，以及守望任务完成后的唯一愿望——安息。他感到狗的呼吸愈来愈慢，最后完全停止。狗的心脏跳了一下，再一下，愈来愈微弱，然后隔了好久，又是一下，终于跳了最后一下，然后就再也没有了。

约许两手抱着狗过了很久，感到狗的体温渐失，肌肉开始变硬。再没什么可怀疑的了，蒙瑟和莎琴娜在这里住过，在这个村子里，在找到玩具的那栋房子里，他们想必碰到了什么可怕的事，约许一定要找到他们。

他放开了志忠，用手拂过他的眼睛，然后把他埋入由艾尔伯洛用尾巴快速一扫就挖出的洞里。

接着约许继续找衣服，都快放弃的时候，竟然意外交了好运。在一间最远的破屋子里，有个藏在楼梯底下的旧箱子，因为被石阶挡住而没烧毁。那是个用上好胡桃木做成的小箱子，用一把刻了花的铁锁锁住，但龙吐了一口气就把这个问题解决了。里面有件很长的白袍，用亚麻布和薄纱做成，上面绣满了小花，想必花了好多年的工夫才完成。袖口和下摆有一种由很多小洞组成花样的料子，龙说那叫蕾丝。胸口还绣了一个字母“T”。

约许被好几层纱缠住，好容易才穿上身，解决了一个问题。

可是，龙隐约记得，人类男性无论如何绝对不会穿着全身都是蕾丝、绣花和薄纱的衣服到处走，女人一辈子也只穿一次这种衣服，就是出嫁的那一天。但这件事现在看起来并不重要，龙决定还是不说了。龙生下来就光着身子，到死也都光着身子，人类和精灵那种和穿着有关的习俗，不知怎么会藏在他的各种记忆里面。可是就像衣服上面没用的蕾丝一样，那种古怪而值得商榷的传统，实在不值得现在拿出来和约许争辩。

第二十四章

萝碧不算真的能认字；读书也不是真的被禁止。

费莉西和史隆认得字，所以非常自满，事实上，是非常自大地像火鸡一样挺起了胸膛，大声朗诵大利加城难得来的通告。对任何与行政当局没有关系的人来说，认字可以说是件并不受鼓励的事，更正确的说法是，相当受反对的事。在阿士垂德也就是萝碧出生的地方，只有很少很少的人认得字，甚至还有过一个像学校的地方。那个可爱的小村子正坐落在各种好吃的东西中间——一边是河里的鳟鱼，另一边是果园里的苹果，中间有鸡在啄虫子的菜园，后面是放牛的山坡，所以会有牛奶也会有奶油。

一年有两回，村主任会大声叫孩子们集合，没有什么教学法，只是用一种混乱而不完整的方式，试着教他们认认字母，因为他自己也只懂得这些。课程在学生的嬉笑、村主任滑稽的愁眉苦脸中进行，最后结束在做母亲的来叫孩子去放牛，或摘苹果，或熏鳟鱼，或晒葡萄干以便加入面包中准备冬天过节用。

村主任关于字母的知识来自一个神秘而充满传奇的人物，那人有个念不出来的长名字，在萝碧出生的好多年之前到过阿士垂德，带来了那个神秘的烟熏锅。

从那些荒唐的课程中，萝碧还记得拼出她名字的四个字母，跟ROBI很像的ROSE是玫瑰，而玫瑰花瓣可以泡在蜂蜜里变成好吃的甜点。

O是ORANGE，是橘子，如果配上烤鸭，美味极了。那天，当他们吃完最后一个橘子，大利加城的士兵就像饿狼似的出现了，要他们交出所有的东西，甚至他们根本就没有的东西。理由很含糊，说是欠税什么的。那是去年夏天的事了，接着到了冬天，村子就被烧毁了，而她父母也被抓了起来。事实上是她父母先被抓，然后村子才被烧毁的。但那是后来的事，那时她已经在孤儿之家了，是费莉西告诉她的。夏天那些士兵来的时候，要很多的东西，例如他们并没有的麦子，还有大量的熏鳟鱼，比他们一年能抓到的量还要多，说要送给法官兼行政长官。那时候，村主任已经不在了，他在前一年冬天女儿出嫁之后不久就去世了，所以萝碧的父亲代表全村站出来对士兵说，大利加城从来没有给过他们任何东西，所以他们也不欠任何东西。而且你们也只能问人家要一部分东西，不能要全部，当然更不能多过他们所拥有的。那些士兵里有一个又高又胖，长了一张傻瓜脸，还留了一把浓密白胡子的家伙，一直瞪着她父母，终于认出他们就是把精灵带来的人，就是他们保护了大闹大利加城的可怕精灵。萝碧不相信，她的父母不可能保护一个那么邪恶的东西，一定是那个士兵弄错了。

B是BEAUTIFUL，美好的，例如食物，美好的饮料，例如牛奶和冷的葡萄酒。

I是INDIGESTION，消化不良。村主任的女儿泰丝雅穿上用一层又一层的纱做成，胸口绣了名字缩写T，还加了蕾丝花边领子的可爱礼服时，他们吃了好多东西，多到萝碧都消化不良了。当时她不得不拒绝第三块胡桃派，就连今天回想起来，她两眼还会充满后悔的泪水。

不认得这些字的话，今天就会像平常的任何一个早晨，除了一点不同，大利加城来了一辆马车，里面照例载着即将加入孤儿之家的可爱客人。这次的可爱客人是两个脸色苍白的金发小男孩，显然是两兄弟，都长了招风耳与满脸雀斑。两个男孩蹲在一大堆东西中间，包括一个大铜锅，又脏又有凹痕，可是没用过，显然是用来取代他们煮最后晚餐的锅子。在锅子四周挤放有很多盖住的小柳条篮子，每个上面都写了字。

萝碧的心猛跳起来，最小的一个篮子上写的字母她认得，其中一个字母还用了两次。

毫无疑问是BUTTER，奶油！

奶油绝对是最珍贵的东西，白得像牛奶，柔软得像轻柔的抚摩，妈妈总在节庆的日子里把奶油涂在玉米上面。

奶油的味道最棒了，日子好过的时候，很多好吃的东西都是用奶油做成的，例如冬至那天为了迎接变长的夜晚而吃的饼干。

萝碧甚至不敢想象偷奶油会受到什么处罚，谁要胆敢偷吃一粒可怜的黑莓，都会被追打，哪有人胆敢碰这么宝贝的东西。如果是你，你会怎么做呢？如果抓到哪个人敢用手去碰碰这么珍贵的奶油，那会怎么样呢？

比较小的那个男孩哭了起来，萝碧接到命令去把他从车上带下来。因为她就像费莉西长久以来一直认定的，又愚蠢又粗手笨脚，结果她就撞在铜锅上，锅子发出可怕的声音，从车上掉下来。等到所有的东西都归位时，奶油不见了。费莉西搜查了所有的地方和所有的人，尤其是萝碧，可是那一篮子奶油就凭空消失了。最后的解释是一定哪里弄错了，也许根本没从大利加城送过来。萝碧又给搜了身，还挨了打。到这时候，这个案子就算了结了，因为也没别的办法，所以只好算了。

两个新来的男孩叫曼弟和孟弟，天黑的时候，他们发现自己必须住在那个既脏又臭的羊舍里，两个人把眼泪都哭干了。法可和佛佩斯分发了苹果和玉米粒，孩子们都裹在斗篷里，尽量吃得久一点。萝碧对着所有的孩子看了好久，那两个新来的、法可、佛佩斯、卡拉，还有其他的人，然后再看看自己的淤青，今天下午新获得的，然后又看了看其他人，再看看身上的伤。曼弟和孟弟又哭了起来，卡拉想劝他们，却没什么效果，法可和佛佩斯叫他们闭嘴，也没有用，反而更糟。最后萝碧受够了，她站了起来，在法可和佛佩斯阻止之前就走了出去，等她回来的时候，手里拿着那一小篮奶油。

“该死，”她宣布道，“我本来打算留给自己的，这也是我应得的！看看这些打伤的地方……花招就是转移注意力——锅子掉下去的时候，所有的人都往那边看，我就把奶油藏在车子底下。只要你能让人分心一下子，什么事都可以办到。只要动作够快，我连国王的皇冠都偷得到……等没人的时候，我再把奶油拿出来……可是……别哭了……一人用一根手指刮一点奶油吧……涂在玉米上……像在家里一样……要是我一个人吃，能吃上好久好久，可是迟早会被逮到……”

大家一起欢呼。

大家一起庆祝。

其实一点也不像在家里，可是至少能有一个晚上没有悲伤，没有饥饿，就连法可和佛佩斯也太过吃惊、太过佩服、太过高兴而没有出言威胁或找麻烦，也没有像平常一样凶狠地把东西没收。

哭声停止了，就连那两个彼此紧紧依靠的新来男孩也平静下来。

萝碧一再解释怎样偷东西，甚至还示范了好几次，然后大家问她怎么知道奶油在那里。她也加以解释，B是从美好的食物来的，R是从她的名字里来的，在中间的那两个T是绣在泰丝雅的结婚礼服上的，这件事恐怕比她说明偷窃的艺术更加美好。事实上，每个人或多或少都觉得能认识字是一种，该怎么说呢？是一种魔法，一种莫测高深、难以解释也无法获得的能力，而能做到的人是更优秀的，会跟他们这些做不到，甚至永远不可能做到的人区分开来。现在萝碧蹲在睡觉的硬土地上，把那四个字母写下来，那种魔法就更厉害了。两个新来的暂时止住了哭声，也用手指画出两座小山，那是他们名字的第一个字母。萝碧还记得阿士垂德最开头的字母是A，如此就把她认得的字母追加到了七个。

所有的人在上床前都花了好长的时间去画字母。萝碧觉得这七个字母可能会非常重要，甚至比奶油还重要——好像就在这瞬间，他们都变得富有许多。

然后大家吹熄蜡烛睡了，萝碧一闭上眼睛，眼皮下的一切都变成绿色，还有复杂的金色花纹。

第二十五章

为了不弄脏下摆，约许撩起衣服，在腰间绑了个结，这真是他穿过的最难受的衣服，就算从小穿的可怕黄色粗布“精灵装”既重又冷，也还比这云似的白纱要舒服得多。可是他还是尽力避免把衣服弄脏或撕破，躺到一扇琥珀还很完整的窗台上之前，还用喜鹊毛做成的羽毛掸子把那里先掸干净。

早上醒来时，约许非常焦虑，因为做了一夜的噩梦，梦中见到村子起火，听到黑暗中传来得不到回应的呼救声。约许走到外面去找龙，说明决心要尽快去找莎琴娜和蒙瑟，然后在他们的帮助下，冷静沉着地找个妻子。他承认自己还太年轻，不过依照精灵的习俗，很早就会开始寻找未来的妻子，哪怕得等到很多年之后才结婚。而且精灵一辈子只爱一个人，他们认为爱情太重要了，不能不献上一辈子。通常在精灵的历史中，家里会有一样父母从小玩的玩具，未来再传给他们生的孩子玩。约许家的就是那个蓝色的陀螺，当初是爸爸给了约许的妈妈，现在是约许的玩具了。

约许不太知道下一步该怎么做，他问龙身上这件衣服是不是适合穿着去找老婆，龙很平静地向他保证，一个女人要是会爱上穿这种衣服的男人，那她绝对是最有耐心、思想最开通、最难得的宝贝。

然后，龙就垂下眼睛，继续专心把烤好的鸟肉从骨头上撕下来。

“你在做什么？”约许问。

“吃早餐。”龙开心地回答，展示一个用整棵小松树做成的烤肉架，上面放着十来只烤好的喜鹊、猫头鹰和松鸡，“我给你未来的婚礼帮了大忙，房子的清扫工作我做完了一半呢，你找到的另一半在这里会住得舒服多了。我把里面的鸟全部清理掉了，你只要清洗地板就行了，我已经减轻你一半的工作了。”

约许觉得恐怖又难过地看着龙，他竟吃掉了喜鹊！还有猫头鹰——那些漂亮的、笨拙的，看起来很凶的小猫头鹰。那些可爱的喜鹊的确很聒噪，更不用说那些可观的排泄量。说实话，他们的确让人难以忍受，可是，也不能就这样把他们当成豆子狼吞虎咽地吃掉啊。

“你怎么能这样做？”约许用他最大的声音质问。

“撒点迷迭香啊，”龙一本正经地回答，“门后面就有一篮子呢。”

龙打了个哈欠，然后用一根松鸡的腿骨当牙签开始剔牙。

“那，现在，”龙说，“我们打算什么时候动身？”

“我们？”约许困惑地问。

“对啊，我们。”龙确认。

约许没想过这一点，和龙一起到人类的世界去？怎么去呢？“让人类看到你不大好吧。”约许结结巴巴地说，“你很漂亮，我甚至可以进一步说你很壮丽，可是，我得在不引起任何人注意的情况下混到人群里，知道我是个精灵已经够把他们吓坏了，怎么还能再加上一条龙呢？”他不想冒犯那条龙，所以露出一个开心的笑脸，“你现在已经会飞了，你可以去……你以前怎么说的？对了，你可以去探索宇宙、改造世界。”

“自己一个人去探索宇宙、改造世界才不好玩。”艾尔伯洛反驳，“我们小心一点就行了，我们晚上再飞，白天我会躲在洞里或森林的空地上。不用担心，我们一定不会被发现的，要是被发现了，我们就飞到天上的云里。通到图书馆的两条路都已经坍塌了，记得吗？我们看见它们坍塌的。还有，你看，我是龙，相信我，有我在，真的不会有多少人能割了你的喉咙、吊死你，或用别的方法伤害你。”

最后决定一起动身去大利加城，约许想起他曾在那里发现的奇怪预言，心想那里应该是个开始行动的好地方。那则预言就是他的命运，刻在石头上，指示他的方向，他既没有母亲也没有父亲，只有一个遥远的记忆——他的外婆叫他离开，永远不要再回去。可是数百年前就有一个人知道他，那个人在遥远的星座轨迹间追寻未来的时候，梦到了小精灵，在大理石上刻下预言，说他是最后的……应该不会是最后的精灵，因为他会有个妻子，这点他似乎还记得。他现在拼命想弄清楚那则预言，前面那几行他很确定：

大水覆盖大地，
太阳消失，
黑暗与寒冰降临。
最后的龙与最后的精灵打破循环，
过去与未来相遇，
新夏的太阳闪耀天空。

可是接下去，他就不那么有把握了，好像是写着他会娶一个名字有晨光的妻子，那个女子有预知能力……

她的父母……精灵……

他们……

还有那本谈龙的怪书里提过人类和精灵所生的孩子，就是写下公主在生下来就被换走等故事的那些作家。也许精灵和人类真的可以结婚，显然很久以前就发生过了，而他们生的孩子创作了龙孵蛋时最爱听的故事；也许成为最后的精灵并不表示要永远孤独；也许，约许面前是充满美丽花朵的康庄大道，而非黑暗的羊肠小径。

他的道路，约许很清楚，就写在大利加城的石墙上。

该走哪条路，他们商量了好一会儿。艾尔伯洛的父亲或祖先都到过大利加城，因为龙能够谈论那些当年建筑城墙的工人叫什么名字，有什么绰号，祖宗三代，何时出生，可他就是不知道大利加城到底在哪里。约许有张地图，可是地图又太简略，唯一能确定的是大利加城在南方。

他们决定沿着河往上游飞，应该迟早能够到达那个城市。

河水在月光下闪亮，成为一条即使在夜晚也相当清楚的路，只要碰到像房子的长方形灯光，他们就飞到树梢上。黑暗有好多种——暗暗的天，天空下面更黑的树林，还有再黑一点的大地。那条水汪汪缎带似的河，默默地发出珍珠色的光。

要是艾尔伯洛飞得够高，就不必沿着弯弯曲曲的河水，可以直接飞过去，旅程就缩短了。他们在天亮前到了大利加城，城市的墙上竖满了尖头的木桩，像只巨大的豪猪，阴沉地耸立着，将黑影投射到河水上，晨光使河水亮得发出金光。那座城里，高塔、城堡和射箭孔，都比小精灵记忆中多得多。

艾尔伯洛轻轻滑翔到栗子林中长满青草和苜蓿的一片空地

上。预言写在南边的墙上，正好与大门和吊桥所在位置相反，他们的计划很简单，龙蹲在阴影里，在清晨的微光中难以分辨，约许则溜进城去，藏身人群当中，躲开吊桥前面、吊桥上面、吊桥后面的卫兵，等他到了法院的南墙，就会看到那则预言。

约许一副开心的样子走向吊桥，那件很复杂的白袍有块薄纱盖在脸上，像个帽兜，遮住了他的尖耳朵和不寻常的银白色头发。约许的心跳得很快，见到这么多人类产生的压力使他非常不安。更重要的是害怕受到攻击，又渴望找出自己的宿命，还有思念蒙瑟和莎琴娜。就在离城门不远的地方，约许吸引了所有人的目光，每个人都停下手边正在做的事，嘴巴张开话说了一半，桥过了一半腿就停了，两个卖苹果和包心菜的街头小贩也住口不再叫卖，转过身来盯着他看，可是并没有听到有人惊叫“精灵”。所有的人突然爆笑起来，一群衣衫褴褛的孩子，由一个长了一对大招风耳的男孩领头，突然跑出来，开始嘲笑约许。所有的人一起同时说话，所以约许一句也听不清楚。可是他倒没有听到“精灵”这两个字，那他们为什么要找他麻烦呢？

几颗石头丢了过来，但都没打中。约许留意每块石头的抛物线，一一躲开。起先还有点害怕，后来觉得不难应付，于是渐渐觉得有趣起来。终于有个守城的士兵觉得受不了了，用沙哑的声音向众人吼了几句，就没人再丢石头了，大家甚至安静了下来。士兵长得又高又瘦，留了一大把灰色的胡子，他转身叫约许跟着他进城，以免再受到攻击。

大利加城在约许眼中非常巨大，他像当年小时候进城时一样吃惊，城里盖满了大房子，有古老的柱子和交叉的大拱门将天空分割成很奇特的几何图形。很多拱门破了，拱顶也坍塌了，还有股可怕的臭味，大丛的茉莉花掉落在残破的墙上，花香和恶臭混在一起。约许不知道为什么秋天都快过完了，花还会开。

他认出那个城市的鹅卵石路，那些浅粉色的房子和尖屋顶，所有的窗板都漆成深红深绿相间的斜纹，关上的时候就形成菱形的花纹。不过现在所有的一切都剥落了，窗口也不再种着天竺葵，像他小时候看到的那样。他们经过一个喷水池，里面有只立着的大熊木刻，熊头却不见了，水池也成了只剩一点点发臭的水的小水洼。对面有个高墙，用方石和木块交错砌成，上面长了小小的蕨类植物和小小的粉红花朵，那原是法官兼行政长官的住处，和审讯犯人的法院连在一起。看来约许想要询问人类家人的消息倒是来对了地方。

官府高踞在城市上方，基座是不对称的多边形，确切的形状看不太出来，有一部分比较高，使得整个建筑看起来不太平衡，很像临时拼凑成的。

这里不像他记得的大利加城，街上没有鸡，只有一只，突然由一扇破门走了出来。那只非常老的鸡费力地迈开爪子向约许走来。他马上认出正是十三年前救活的那只鸡，死而复生使得那只鸡没有被人宰来吃。而鸡与精灵之间的关联让鸡感受到约许的到来。约许俯身把鸡抱起，彼此看了最后一眼，鸡终于甘心死去。约许感受到鸡的心里充满了平静，心跳停止。他抬起头，注意到一群人围着他，不是只有他知道这只鸡的故事，也不是只有他认出了这只鸡。“精灵”两个字开始响起，又有人开始丢石头，这次严重多了，不可能躲得了所有的石头。

约许不知道该往哪里跑，所有能逃的路都给堵住了——只剩那堵墙。他想象自己是只蚱蜢，就已经站上墙头，裹在身上的衣服好像云朵。墙的另一边是个花园，种着大树，还有好多喷水池，以及一个里面游着天鹅的池塘，巨大的紫藤靠墙种着，长着瘤节的树干让约许很容易爬下去，盛开的花朵让他宛如置身天堂。但那是个奇怪得近乎过分的天堂，约许再次觉得很纳闷，冬天即将来临，怎么还能开这么多的花？他对紫藤一无所知，但连紫藤的花香也让他觉得好闻得太过分了。在不远的地方，一个也穿着白衣的女孩正在荡秋千，唱着一首男孩女孩恋爱的老歌。约许藏身紫藤的阴影下，悄悄往那边移动。女孩高而苗条，非常美丽，皮肤很白，有一对绿眼睛，白衣上有金色的花纹，金发编成很多辫子，在她高高的硬领子后面纵横交错，用一个金环圈着。除了这一切，约许觉得这女孩长这么大了似乎不该再把时间花在荡秋千和自得其乐地歌唱上。最后，这个迷人的场景被打破了。秋千上的女孩身旁，有个黑头发的小女孩，在金发女孩唱完之后，鼓起勇气问了一个问题，一下子似乎天下大乱了。约许勉强听到一段对话，主题是轮流荡秋千，或者该说，那是一段独白，主题是“不可能轮流荡秋千”，显然那是金发女孩永久独占、不可分享的权利。

“……你知道，因为我呢，是法官兼行政长官的女儿，你怎么能……你这个叫人难以启齿的……平凡而渺小的……”

黑发女孩绝望地哭了起来。

“你又胖，又丑，又笨，而且你很平凡，非常平凡。我爸爸，你知道，我爸爸可是那个伟大的……”

真是个教人受不了、神气、专门欺负人的家伙，约许很想去帮黑发小女孩的忙，可是他已经惹了够多的麻烦，实在不是再增加问题的时候。

这是法官兼行政长官的女儿吗？不能在花园里被逮到的理由又多了一个，墙那边仍然在叫着“精灵、有精灵”，约许估算了一下，如果他刚刚爬的北墙对着大街，那另外一边的南墙想必对着河。来不及了，花园门开了，几十个士兵冲了过来，金发女孩害怕地尖叫着，跑向花园尽头一栋爬满玫瑰花的木头房子。玫瑰花也盛开着，约许心想，不知道另外那个小女孩现在是不是能荡一次秋千？

现在的问题是怎么到达花园另一头。约许爬回墙上想要移动，可是脚绊在紫藤枝丫上，于是跌回原先的大马路。士兵都已经散开了，正在花园里，可是街上衣衫褴褛的孩童却比先前要多，丢来的石头多如雨水，打中的概率也愈来愈高。约许的额头开始流血，白衣也染了血，他想象自己是只翱翔的老鹰，应该就能轻易甩开那些追打的人，可是他被那件蓬松的衣服绊了一下，害得他重重地往下跌。他勉强爬起来，朝城市的高处逃去。那里的小房子一栋叠着一栋，像巨大的白蚁窝，上面长满灌木和东倒西歪的葡萄藤，很少几串干干的葡萄挂在上面。那些房子都是用泥土和树皮盖成的，街上满是烂泥，肮脏的水洼和交叉的溪流形成纵横交错的污水网络，映照出白云和蓝天。

在烂泥的街上，弃儿和流浪狗滚在一起，争抢垃圾和苹果核。没人停下来嘲笑或追赶约许，他跑过窄得只容一人的小巷，爬上复杂不平的阶梯，他碰到驼背的老妇人、跛脚的年轻男子，还有牵着小男孩的女人，没人拦他，事实上他们还都贴靠在墙上，免得挡了他的路，却绊倒追上来的士兵。他想这大概是这一带居民同仇敌忾的表现。他们显然赞同任何与法官大人的正义有不同看法的人。约许终于摆脱了追兵，逃到可以俯视河流的平地，在那里他可以看见艾尔伯洛，龙也看到他了。整个世界变绿了，得意的叫声变成恐怖的哀号。小艾尔伯洛来救他了，一声怒吼，一道火舌穿过天空，那块空地大得可以让艾尔伯洛毫无困难地降落。约许爬到龙背上，一起飞过那群被吓坏了的人，一直飞到南门。约许认出了那道门廊和阶梯，龙把约许放下去，再回到空中慢慢盘旋，让约许有时间慢慢看那则预言。可是，那则预言不见了，整个被挖掉了！凿痕像还没有愈合的伤疤一样，清晰地留在石头上。

有一名弓箭手突然从恐慌中回过神，射出一支箭，艾尔伯洛中箭，血从胸口流了下来。约许终于知道为什么龙会灭绝了，他们的胸腹，也就是在飞行时袒露给世人的那一部分，是完全没有防护的！艾尔伯洛立刻拔高飞行。

他们飞向黑山，越过丘陵和第一次飞行时经过的葡萄园和果园，因为没有太阳照耀，约许看到很多小小的身影在绿地中奔跑，在靠近篱笆的地方，有两个小小的人影却没有动弹，似乎想尽力仔细地看着他们。接着转了个身，龙带着约许扑进黑山后，图书馆出现了，放眼望去就是大海了。

第二十六章

艾尔伯洛的伤并不严重，伤口不深，约许只花了一点点时间就治好了。龙才飞到大利加城上空时，箭就已经拔掉了，血也止了，等他们回到图书馆，伤口已经结痂，不久，疤痕也消失了。艾尔伯洛精神倒是很好，快乐得像只小鸟，在积雪的山顶上滑雪，追着黄色的松鸡，抓来用松枝和迷迭香烤着吃。

约许躺在山洞里的地上，全身气力尽失，觉得好像生病了，一直抖个不停。拔箭和医治艾尔伯洛的伤口用掉的体力，似乎使他精疲力竭，胸口也真的十分疼痛，好像是他自己中了箭一样，更糟糕的是极端的失望，因为没能找到蒙瑟和莎琴娜，也不知他俩是生是死。

到了晚上，约许还是感到不舒服。他从冷水池里爬出来，又喝了点水，衣服上沾满了烂泥，额头上流下来一些血，有艾尔伯洛的血，更多的是各种鸟类排在地上的粪便；只剩脖子附近一小块蕾丝还保持着洁白。

第二天，约许终于好多了，他们飞回阿士垂德，重新开始寻人。

他们在日落时动身，免得被人看见。夜色并不清朗，但也没有太多云，他们飞过落叶松林，那些松树在渐暗的天光中像雕像般一动也不动地站着。他们又飞过了栗子林，黄叶像小雨般慢慢落下，在微弱的星光中闪亮。

龙的翅膀懒懒地挥动，慢慢降低了高度，开始绕着大圈子盘旋在阿士垂德的平原上。小小的月亮照着弯弯的河流，村子里灰黑色的废墟在天空与溪水的反射光中显得特别荒凉。一朵云遮没了月亮，整个世界都暗了。

龙降落下去，他们讨论着该怎么办，却一点头绪也没有。

云散了，月光又照射下来，约许低头看去，在他脚边有什么东西半藏在草堆闪了一下。他弯腰捡了起来，那是一块被月光照亮的小白石头。他用手在草丛里摸索，在离第一颗小石头大约一尺的地方，又找到第二颗小石头，然后是第三颗，接下来又有一颗，从上面看不到，但若是趴在地上，小石子在月光下会发亮。

约许拿给龙看。

“看，他们为我们留下了一行石头。”他得意地说。

“我们？他们根本不知道在这个世界上有我们俩呢！”

“呃，也许不是为我们留的，可是他们的确留下了一行石头。”约许固执地说。

“可是有谁会笨到留下一行石头，却不知道要留给谁呢？这又有什么用呢？”

“好找路回家啊，一定是个孩子留的。当年我离开外婆时，就留下了一行石头，以便将来找到回家的路。可是雨把石头冲走了，不到半天就都不见了。这是小孩子在不得不离开某个地方时会做的事——留下一行石头好找到回家的路。这样做让人有安全感，或者在梦里会再找到那一行石头。当一切都变得很可怕的时候，梦想会比食物还重要。可是现在这些石头正好为我们指示了一条路，我们得跟着走过去。石头太小了，在天上看不见。”

“真的吗？我讨厌走路，龙是不走路的。当然我们有能力走路，可是我们的膝盖和脚掌的构造……”龙虽然抱怨，却还是跟着约许走。

月光照耀，小路在他们面前变宽，成了一条骡马路。小石头躺在草丛里，就在路边，不会和路中间的石头弄混，而且很清楚，全都一样，全都是圆的，全都很白。放这行石头的孩子想必搜集了好多年，应该是从河岸捡来当宝贝的，一路丢着，换取一个回家的梦。

那条骡马路起先往黑山相反的方向，伸向大利加城，然后又转回东方，石头愈来愈少，好像丢石头的人决定要多保留一些。石头愈来愈少，距离愈来愈大，龙一刻不停地抱怨后脚疼痛，更不用说他的背了，而且还嘀咕这正好可以证明飞行比走路高明太多了。

月亮下山了，黎明来临，石头出现在岔路口，就在那条骡马路分岔的地方指引了一个方向。初升的太阳照见最后一颗石头，指向一条狭窄，嗯，半被荆棘丛遮没的小径。再走一阵子，小径变成了沼泽地，路没了，小石头也没了，面前是一大片沼泽，还被一大群蚊蚋包围。太阳直往上升，崭新一天的日光降临，苍蝇也醒了过来，精灵和龙继续挣扎着前进。

最后来到一处山谷，最底端有一间畜栏，用树枝、泥土还有牛羊的粪便（闻出来的）建成，没有窗子，门只是一个洞，前面挂着一块羊皮。

“石头没了。”约许说，“而我们也到了某个地方。”

“唉，”龙答道，“这倒是个好消息，我的两只后脚就像两根受了伤的香肠，膝盖都快要断了，更甭提我可怜的背了。我肚子里咕咕叫得像是风吹过了树梢。我们可以扎营、休息、睡觉、喘口气，或者更好的是，我来扎营、休息、睡觉、喘口气，而你四处去瞧瞧，看看到底怎么回事。”

约许已经疲累到极点，可是再累也无法拦阻他。龙蹲在小山谷的前端，两棵大橡树底下，勉强让自己看起来像景观的一部分。走了一夜长路，他弄得满身尘土，等到躺下时，又沾了一身烂泥，再加上背部花纹复杂的鳞片，呈现深深浅浅的各种绿色，更让龙融入四周的灌木和林地。

年轻的精灵走向那栋房子，不时停下来回头看看龙是不是还躺在那里。等他走到尽头就看到，除了畜栏还有一间用粉红色和白色石头建造的可爱小屋，有一条花岗石的横梁，上面刻着一长排小鹅，每只鹅的脖子都戴着领结，嘴里都叼着花。有扇木门漆满各种颜色的爱心，还有冒着一缕轻烟的烟囱，一道篱笆里有一小群鹅和鸡在地上啄食。篱笆过去是一片空地，用看起来很可怕的木桩、生锈的长矛、削尖的木头、刺和荆棘围着，其间还有两座岗哨亭。在那片空地里，约许看到一幕奇怪的景象：一群肮脏的小孩子，穿着一模一样破烂的衣服，在烂泥里挖着壕沟。

第二十七章

全世界都害怕极了，每个人都快疯了！一条龙背上背了一个精灵，再度降临在大利加城，杀死所有家禽，成千上万只死鸡堆成小山，在大群苍蝇的笼罩下，发出腐烂的恶臭。至少谣言是这么说的。

萝碧从来没去过大利加城，因为爸妈都尽量避免到那里去。最大的孩子之一，那个又高又瘦、黑色长发垂到脸上的葛拉摩，就是从城里来的。他说大利加城根本就没有鸡；那个法官兼行政长官说鸡会弄脏街道，所以不准饲养。只有在城市的高处还有少数几只，那里是全城最没人要去的地方，连士兵都很少见。只不过即使在那里，也只有少数几只鸡，少到一只手的手指头就数得完，多多少少是这样而已，反正绝不够堆成一座山，全部堆在一起也装不满一个袋子。问题是葛拉摩是孩子们见过最会说谎的人，他的父母是居无定所的流动摊贩，在他们因为某一年冬天奇冷以致咳嗽着病死之前，一直在各个城镇往来，卖些不值钱的小东西。就和所有流浪汉一样，葛拉摩一副见多识广的傲慢表情。他也的确见过很多事情，正因为如此，有些人真的蠢到相信他所说的每句话。

也是他说的，在大利加城中心只有一只鸡活着，没有人敢去拧断他的脖子，因为那是一只很特别的鸡，一只有魔法的鸡，曾经死而复活。

葛拉摩因为胡说八道惹恼别人而被打了不知多少次，尤其是法可和佛佩斯最会揍他。可是他很坚持大利加城那只还阳鸡确有其事，他也编过许多童话故事。比方说，在大利加城里有些植物一年四季都会开花，或是他见过一个巨人和两个大汉在黑山里当樵夫，他们还帮他父亲修车子，他父亲给了他们半截火腿当报酬，在他们吃火腿之前会先把火腿埋进地里，然后再挖出来吃。这些故事都让葛拉摩狠狠地挨了揍。

就算你认为葛拉摩很不可靠，死鸡堆积如山的说法也很不合理，要是龙真的杀了一大堆鸡，难道不会把鸡吃掉吗？为什么让鸡留下来烂掉？还不如把鸡给孩子们吃好。在孤儿之家，就算那些鸡长满了蛆，他们还是会全部吃掉。一大堆死鸡腐烂，弄得空气里充满恶臭的故事，简直可以和艾欧蜜的神秘失踪相提并论。

不过根据谣言，那条龙碰上了法官兼行政长官的守卫队，经过一场恶斗之后，败退的龙浑身是血，几乎已踏进鬼门关。可是显然龙的疗伤能力要比手上起泡的孩子强得多，因为居然还能飞过孤儿之家上空，既快又有力，而且几乎跟云一样高。

各种故事飞快传开，而且愈来愈奇怪，唯一确定的是，孩子的工作愈来愈多，吃的玉米粒却愈来愈少，不是去摘准备送到大利加城的苹果，就是在烂泥地里挖壕沟。自从可怜的艾欧蜜被龙绑架后，就规定所有的孤儿要两两一组一起工作，每个人要负责另一个人的安全，而且要能随时回应费莉西或史隆的问话。幸好萝碧和卡拉同一组，在萝碧做过的可怕工作中，挖壕沟是最糟的，烂泥很软，萝碧一而再，再而三地滑倒，烂泥里有毛毛虫，看起来像在睡觉，可是被惊醒后，咬你一口就会让你痛上好几个小时。

想出挖壕沟这个主意的是史隆，他对军事战略和星象学了解得一样多，也就是说，一无所知。可是几十年来，他已经养成什么都不多想的习惯，他就是觉得你可以站在深到膝盖的烂泥里，在毫无保护的情况下，和一只有翅膀的龙打仗。

龙第二次出现后，原先的胜利荣耀变成最强烈的恐惧。史隆这个已经面对过巨龙，拿一篮葡萄当武器对抗过，就这方面有些经验的人，立刻受指派担任营区指挥官，负责守卫“周边地区”，也就是大利加城城墙外的所有地方。结果造成一连串的歇斯底里和惊恐，以及无数次重播“史隆与巨龙恶斗”的英勇故事。首先他们必须在野地四周挖壕沟，然后中途又受命放弃，改到葡萄园下面去挖，然后又开始建立壁垒，可是始终没有完成，开始不久就放弃，然后又回到最初的构想——在野地四周挖壕沟。

萝碧停了一下，她无法再挖下去了，胳膊很痛，两手都起了泡，而且她也饿了，在挖壕沟的时候没东西可以偷吃，她很累，真的没办法再继续。

据说龙受了伤，也许不会再回来了，也许所有的一切都永远失去了，也许他们看过两次的龙只不过是一场疯狂的梦，也许根本不会有人前来，没人会来救她，也没人来救其他任何一个孩子，一切都会维持原状。

突然间，烂泥地里出现宛如天堂的美景。希望重新燃起，精神为之一振，萝碧见过的一只最大的田鼠出现了，而且不只是她，卡拉也看见了，两个女孩对望了一眼。肉啊，而且好多肉，一整只田鼠，一只又肥又大的田鼠。

萝碧到孤儿之家来的时候，他们拿走她所有的衣服、鞋子，还有妈妈帮她围上的粗羊毛大围巾。可是萝碧却藏起了投石器，那是爸爸做给她的，那是一条皮绳，中间有一段比较宽，可以包住一块石头。萝碧想办法藏了起来，经过好几次搜查，还一直藏在肮脏的外衣里、用稻草搓成的线缝成的口袋中。

费莉西和史隆在长长的壕沟的另一头，萝碧和卡拉还没获得一天一次的“上厕所许可”；两个小女孩偷偷追着那只田鼠，田鼠躲进了空地之间的山楂和黑莓树丛。萝碧取出了投石器，挑了块石头，在没人看见的情形下，把石头射了出去，砰！准确地击中目标，田鼠倒了下来，两个女孩再匆忙地溜回挖壕沟的地方。

那天过得很慢，终于到了午餐时间，所有挖壕沟的孩子都排好队，去领大利加城慷慨赐予的六颗栗子和半个苹果。

田鼠是必须跟大伙儿分享的东西；葡萄、黑莓、坚果、蛋和苹果等，你都可以一个人狼吞虎咽，不必跟任何人提起。可是田鼠，如果要吃，得先剥了皮，之后还要烤熟，是必须由孤儿之家全体“可爱的客人”一起完成的工作。萝碧假装沿着壕沟在工作，最后走到法可和佛佩斯身边，把猎到的东西告诉他们。说这话时她的心都碎了，这两个家伙将分掉大半只，另外一半才由所有其他人均分，因为剥皮和烧烤都必须在宿舍里进行，用那个火盆来烤。也就是说，一人只能吃到小小一块。不过，小小的一块肉也总比没有好，更不用说那简直就像派对了。

分配食物的时候，由佛佩斯一个人做，法可跟着萝碧和卡拉溜到黑莓丛，去拿猎到的田鼠。他们带着原先装栗子的空袋，可以把田鼠放进去，晚上再带回宿舍。田鼠可不是“赃物”，也没有定下罚则。不过同样也可能因为延误工作而遭到没收，还会招来不知感恩或行为野蛮的各种指责。

“你们怎么可以这样？”费莉西一定会这样骂着说，“在孤儿之家有那么多好东西吃，又烹调得那么美味，量又那么多。”

“他们是野蛮人！”史隆会从通常昏睡的状态中醒来，不屑地说，“蛮子的子女，蛮子的行为！还好有我俩在这里，也幸好我俩这么聪明，可以好好教育他们……”

那只田鼠不见了！说得更准确点，是那只田鼠还在，但不在原来的地方，没有死在地上，却被一个怪人捡了起来。那个人看起来像是长了两条毛毛腿的一朵云，因为他穿了一件脏得不得了的新娘婚纱，下摆还撩了起来，在腰间打了个结……那个家伙很年轻，是个男孩，比这几个孩子稍微大一点。萝碧想着，要是那件结婚礼服不那么脏的话，看起来会不会比较没那么荒谬？问题倒不是上面沾了多少灰尘，而是衣服上传来绝不会有错的难闻得要命的鸟粪味。就连这几个原先住在羊舍，除了在大雨中工作就没机会洗澡的孩子，都觉得臭得要命。陌生男孩把田鼠放在膝盖上，一面摸着，一面说话，好像田鼠是他的亲戚或好朋友。田鼠开心地望着他，尾巴轻轻摇摆。显然萝碧只把猎物打昏了而已，而且很明显，鸟粪的臭味对田鼠的苏醒也大有帮助。那个陌生男孩和田鼠坐在那里，温柔地对望了好久，然后田鼠溜到地上，慢慢地经过山楂树丛就消失了。就连和史隆在一起过的这两年里，萝碧也没见过比这还蠢的事：一个男人穿得像个肮脏的新娘子，浑身鸟粪味，还把一只大田鼠当儿子抱在怀里！

卡拉向后退了一步，萝碧轻轻碰她的手臂，让她安心。

陌生人注意到她的动作，微微一笑。

首先回过神来的是法可。“蠢蛋啊！你这笨蛋，根本没打死他还不知道！”

“可是我真的打死他了呀。”萝碧抗议道，丢脸和吃惊的程度不相上下。

“现在没死了。”陌生人说。

卡拉开始哭了起来，几个小时以来她一直想着那只烤田鼠，幻想牙齿咬进那块肉的感觉，还有每个人都会赞美她和萝碧多么厉害，是两个真正的猎人。每个人都会很快乐，而烤田鼠的肉会被她咬得吱吱响……

“萝碧真的把田鼠杀死了，”卡拉坚持，“我们本来都可以吃到的。”她加了一句。

“不要吃能够思想的东西。”陌生人温柔地指责。

这话怪异得让卡拉愣住了，接着就痛哭失声。

陌生人站了起来，脸上仍带着微笑，他是萝碧见过的最英俊的男孩，要是他不那么蠢，也没那么臭就好了！

“田鼠有思想吗？”法可惊讶地问道。

萝碧微耸了一下肩膀，要是史隆有思想的话，也许田鼠……

“这话是什么意思？”法可又问了一遍。

萝碧还是只能轻轻耸耸肩膀。

“你想他是个精灵吗？”法可放低声音问道。薄纱从陌生人头上掉了下来，露出银白色的头发和尖尖的耳朵。

“不是。”萝碧很肯定。

“你怎能确定？”

“精灵是侏儒，不过，应该也很聪明。”萝碧轻声回答。

陌生人望着他们，笑得更开心了，然后鞠了一躬说：“约许克仑斯凯乌尔科卓尔奈尔斯群克。”

“老天保佑你。”萝碧很有礼貌地回应，因为母亲曾经教她，如果有人打喷嚏，就要这样说。

“也保佑你们，”那陌生人说，“你们愿意的话可以叫我约许，我正在找从阿士垂德村来的人。”

卡拉和法可一起指着萝碧，手臂伸得直直的，手指伸得长长的。

约许的双眼盯着卡拉那只缺了大拇指的小手，他看了好久，说出一句很蠢的话来：“你的大拇指没了！”

卡拉立刻放下手臂，垂下眼睛，下唇开始发抖，身体因为无声的啜泣而震动。萝碧恨恨地瞪着约许，真希望自己能变得高大强壮些，就可以给他一顿好打。

约许走到卡拉面前，用两手握住卡拉的左手，握了好久好久，两眼睁得大大的。卡拉吓坏了，可是她没有动，也没有把手抽回来，只站在那里，两眼迷失在陌生人的蓝眼睛里，而那双蓝眼睛仿佛掉进了遥远的虚无之中。约许开始变得苍白，脸色如死灰一般，身体开始轻微颤抖，萝碧担心这会不会是种传染病，就过去把卡拉拖开。其实也不需要这么做了，约许已经松开双手，卡拉那只肮脏伤残的手被拖了出来。约许跪倒在烂泥里，无法站立，然后又说了第二句蠢话："你知道吗？你的手会好的，成年人没办法治好，可是孩子可以。"

卡拉迷惑地望着他，萝碧则愈来愈气愤。

约许再度转向萝碧。

"我知道有个从阿士垂德的孩子到了这里，"他说，"有人留下了一串石头，这是小孩才会做的事！"

小孩？法可看了萝碧一眼，用着一般人看白痴的眼神。萝碧真是恨死了那个叫什么约许的陌生人。

"我佩服你，亲爱的女士，请你告诉我，你那充满欢乐的村子出了什么事？你又为什么到这里来？还有你在做什么？"

听到"亲爱的女士"这几个字，萝碧连忙转身以为费莉西到了身后，后来才确定这个陌生人是在跟她说话。真是令人难以忍受的小丑：他说他的名字叫约许，这个不但夺走她的晚餐，还害她成为笑柄的人，她的愤怒已经远远超过有限的耐心。她弯下身去，抓起一根棍子，朝着约许挥舞。"我个子比你小，可是我打人比你厉害，"她语带威胁地对他说，"如果你胆敢再碰她。"她说着朝卡拉那边抬抬下巴，两眼始终盯着他。

约许看起来非常难受，发着抖，大口喘气。"原谅我，亲爱的女士，要是我冒犯了你们的习惯，那绝对是无心的！嗯，大人，不对，女人笨蛋，不对，也不是用这个——"

萝碧的表情变得更凶恶了，两手把棍子抓得更紧。约许突然想起一件事，打开了挂在脖子上的蓝色天鹅绒袋子，取出了小木船和破布娃娃。娃娃的头发是羊皮做的，用胡桃汁染色，又亮又黑，很像萝碧的头发。

“这些是你的，对不对？”约许说着把那两样东西递过来，“我在阿士垂德找到的，带过来给你。”

萝碧真希望那男孩就此消失，沉入沼泽，消失在烂泥里，或是有条龙来把他抓走也好。然而同时，她看着她的小船和布娃娃，心里涌起再摸一次的强烈欲望，她的心充满了回忆，爸爸用一块木头刻出了船身，妈妈把自己的斗篷剪下一小块做了娃娃的衣服。这些是爸妈唯一留下的东西。

她伸出手，默默地拿了过来。

“阿士垂德出了什么事？”约许再次温柔地问了一遍。

萝碧噘着嘴看着他，然后慢慢放下棍子。

“毁了。”她喃喃地说。

“什么？”

萝碧没有出声，她不愿回想这些，她不想谈。

“为什么？”约许又问了一遍。

“因——为——自——私——”萝碧疲倦地一个字一个字地说出口。

“那是什么意思？”

萝碧没有回答。

“他们没有缴税，”法可插嘴解释道，“他们不想。”他又加了一句，语气很傲慢，还学费莉西加重语气在“想”那个字上。

“我们缴不起，”萝碧拼命地反驳，“我们根本缴不起。”

约许沉吟地点了点头。“村子里的居民还活着吗？”

萝碧点了点头。

“他们在哪里？”约许继续追问。

“他们逃到黑山的另一边去了，瀑布再过去那边，他们现在住在海边。”这不是秘密，连士兵都知道，但是他们从不去搜索这些叛逃的人，因为太怕那一道大瀑布了。

“你知道有个叫蒙瑟的男人和一个叫莎琴娜的女人吗？”约许问道。

一片沉默。

“你知道有个叫蒙瑟的男人和一个叫莎琴娜的女人吗？”约许又问了一遍。

萝碧的双眼充满泪水，抓紧了小船和破布娃娃。“他们是我往生了的爸妈。”她轻轻地说。

“往生？”约许追问道。

“他们被吊死了。”法可说。

约许脸色变得苍白。“为什么？”他用沙哑的声音问道，然后又清楚地再问一遍，“为什么？”

“因为自私，”萝碧哽咽，“还有……”她说不下去。

“还有？”约许催促她继续往下说。

“还有他们说我爸妈保护了一个精灵，可是我知道那不是真的，那是不可能的……”萝碧又说不下去了。

“不！”约许尖叫起来，“不，不，不，不，他们救了别人的命自己却死了，他们为了救我却让你变成孤儿！”

约许两只手捂住脸，跪在地上，缩成一团，抖得像冬日寒风中最后的一片树叶。

法可得意地笑了。“看吧，他真的是一个精灵。”

萝碧停止了哭泣，抬起头来，然后低头看着在她脚下那正在哭泣的家伙。他真的是个精灵吗？而且就是那个精灵？就因为他，她的爸妈难道真的因为他才被吊死？害自己变成孤儿的就是他？就为了这家伙？因为他才让她没了爸爸妈妈，没了苹果干和烤玉米、一张温暖的床，还有早上吃的牛奶和蜂蜜？就为了这个坏东西？他什么也不会，只会嘲笑一群饥饿的孤儿，还取笑别人残缺的手。这不是真的，不可能。现在萝碧认出他身上穿的衣服了，那是村主任女儿的结婚礼服！胸前那个“T”字还是她妈妈帮忙绣的。愤怒掩盖了她的悲伤，她一脚踢中了因为难过而没有注意的约许。

“滚开！”萝碧大叫，“你们说的全不是真的！滚开！”她朝他吐口水，可是约许一动也不动，他昏过去了。

萝碧还没想到别的可以骂的话或可以做的事，身后就传来费莉西的叫声，休息时间已经过了。

“他是个精灵！”法可叫道，一面用手指着脚边那个不省人事的身影。

这话一路传到了士兵那里，几支箭马上射了过来。萝碧、卡拉和法可只能扑倒在地，用手抱着头，约许仍然一动也不动，似乎没了呼吸。孤儿之家后面的一座小山突然动了起来，原来是蹲在草地上的龙。他靠得很近，非常巨大，所有的人都吓得四散逃逸，只剩下那三个扑在地上的孩子，因为一直平躺在地上，用手抱着头，搞不清楚怎么回事。一阵又热又臭的风在头上掠过，他们才抬起头来，眼前正对着龙的大嘴巴，嘴里的尖牙长得跟手臂一样长！

幸好那条龙没有注意到他们，他正在想办法把精灵含进嘴里又不至于咬伤他。

“萝碧。”卡拉叫道。

“嘘，现在不要出声。”

“萝碧，我尿在身上了。”

“没关系，其实这还真是个好主意呢，”萝碧让她安心地轻轻说，“这样你就不会那么好吃了，现在别说话。”

可是龙对他们根本一点兴趣也没有，径自忙着想办法怎么把精灵带走。在用尖牙试了几次之后，他决定改用爪子，用左脚的爪子抓住精灵男孩的脚踝，右脚的爪子抓住男孩的手腕，然后展开翠绿色的大翅膀，龙就开始慢慢地向上飞去。

等他到了高高的天上，非常高的地方，几支箭毫无作用地射了过去。

萝碧躺在地上，不知道该怎么办，最后费莉西的两手抓住她的肩膀，把她拉了起来。

“你……”费莉西开口说道，她的声音因为怒气而哽住，“你……你这个讨厌的……爱精灵的人……对，就是这个，爱精灵的人……跟你父母一样，幸好大利加城把他们处死了……讨厌的坏蛋……可是我早就在注意你了，你知道吗？我早就知道……就是你把他们引到我们这里来的……是你的错，都是你的错！”

萝碧甚至懒得反驳，她知道那只会增加费莉西的怒气及打她的力气，她得尽量保护自己。但是费莉西打她耳光根本不算什么，更可怕的是她的爸妈走上绝路，让她这么悲惨，真的就是为了那个讨厌的呆子吗？自从她的生活和家庭都遭到摧毁以来，一直做的那个梦，有条龙和一位白衣王子来救她的梦，果然成真了，可是，竟然变成一个精灵恶棍，是穿着白衣没错，却是沾满了鸟粪和各种脏东西，原来也真的是白色的新娘礼服！结果竟然只是让她悲惨的生活添加更多的麻烦。

等费莉西终于平静下来，萝碧已经浑身是伤。史隆也来了，决定亲自去大利加城要求必要的增援，以便把这个可怕的女巫送进城去。

“对，女巫，”他说着转向萝碧，“一个真正的女巫，我们就是这样叫爱精灵的人……”

那一趟路要走上半天，他可不愿意为了萝碧拿自己宝贵的生命开玩笑，龙和精灵会再来攻击，他们显然是为了来救她而攻击这里。

好极了，萝碧冷冷地想着，她正想离开这里呢！到大利加城去坐牢，接下来大概就是上绞刑台了。只要等她长得够大，即使在其他方面都还不算成人，也可以接受死刑。她梦境的第二个部分也会成真了，多亏了那条龙和那个王子，她这下可以永远离开孤儿之家了。

她丝毫不反抗，就让人给带进了一个笼子里，拴上铁链，两名弓箭手守着她，等其他部队赶来。萝碧把头埋在两肘之间蹲着，小船和布娃娃抓在手里。她的思绪在脑中打转，宛如一群发狂的乌鸦。

时间溜走了，萝碧的双眼偶尔因为疲累而闭上，但没有任何画面形成，只有偶尔出现的一只五指伸开的小小左手。史隆回来了，带来了整个守卫队。他们解开萝碧原来的铁链，换上比较轻的好上路，然后让她骑在一匹驴子上。萝碧从来没骑过驴子，可是她已经绝望到不再多想什么了。那是一个悲惨还起雾的日子，秋色朦胧。

其他的孤儿默默围在旧羊舍前的空地上，有一只手伸出来向她挥别，五根手指张开，伸向空中。费莉西叫骂了几句，可是那只小手始终固执地高举着，最后萝碧终于发现那只手不是在挥动。卡拉举着小小的左手，上面有五根完整的手指，包括那根大拇指——两年前被斧头砍掉了的那根大拇指。

萝碧望着卡拉的手，现在两只手都举了起来，她喘不过气来，一时之间，眼前发黑。最后，她终于明白了：一个仁慈又有能力、让人想象不到的家伙，飞来与她相会，她却狠狠地踢了对方，还吐他口水。她一直盯着卡拉，直到那个小女孩最后消失在视线外。驴子继续往前走，她被整个守卫队的士兵押着，人数多到足够和一个巨人开战。

第二十八章

约许非常沮丧，他真是个大白痴、大笨蛋，想到自己有多笨就让他想吐。他的愚蠢实在是巨大、无限大、无与伦比、史无前例、无可救药……

“好啦，你是有点笨，但也不至于完全绝望，只有死了才会绝望嘛，昨天可没有人死掉——”

龙的话消失在海上吹来的狂风之中。

约许病得什么事也不能做，只能躺在地上，紧缩成一团，抖得像强风中的一片树叶。痛苦像一把红热的刀刺穿了双手的拇指，他浑身烧烫，冷风对他火热的皮肤倒是有好处。他躺在潮湿的草地上，两手伸进洞外岩石间形成的一个冰凉水潭，雨一直下个不停。

那个小女孩显然是他们的孩子，是蒙瑟和莎琴娜的女儿，她有母亲的五官和父亲的黑皮肤，自己早该看出来的，她也有父母的慷慨与勇气，始终都在保护和安慰那个比较小的女孩。可惜她也和她父母一样，会突然因为一些难以解释的原因而大发脾气！约许早该注意到那女孩很绝望、营养不良、很痛苦，而且已经疲惫不堪。他该做的第一件事是应该保护她，把她带到一个安全的地方，而不是让她陷入险境后还丢下她。

问题是，另外那个女孩，那个手有残缺的小女孩，她的痛苦像石头一样打击了他，他才会乱了思绪，没有安排合理的先后顺序：首先应该把那两个孩子送到一个更好的地方，然后再治疗伤口，消除她们的苦难，抚平她们的忧伤……

龙一面点头表示同意，一面吃着用松枝生的小火烤的、撒上很多迷迭香的第三只金黄色松鸡，松枝燃烧的气味和烤肉的香味混合在一起。

“你怎么能吃这种东西？”精灵伤心地问。

“很简单啊，我用前面的牙齿咬，再用后面的牙齿嚼。”龙很有礼貌地说明，“再回头讲讲那件事吧，你为什么会昏倒？”

“重建那个小女孩的拇指真是可怕的工作，我早该想到的，我应该记得帮你疗伤时有多累人，何况还要再乘上无限大的倍数。我早该预见那样会让我失去行动能力，我早该知道不该在那个时候做那件事的。可是现在，最坏的情况已经发生了，蒙瑟和莎琴娜死了，而且是我害的，都是我的错、我的错……”约许的两眼一片空茫，“这一切都那么……那么地……”他找不出合适的字眼。

“愚蠢、荒谬，还有可笑。”艾尔伯洛帮他讲完，接着又开始吃第四只松鸡，甚至还偷偷笑了起来。

“你怎么可以……你怎么能？”约许试着寻找可以让艾尔伯洛像自己一样受伤的字眼，“愚蠢而盲目的野兽，一只最蠢的野兽的儿子，最麻木不仁、最没脑子、喜欢白痴童话故事的傻瓜龙的笨儿子，你怎么笑得出来？那个了不起的女孩子很绝望，而且是个孤儿，就因为我……都因为我……因为他们……只因为他们救了我！”

“我笑的是你，不是她。就算那了不起的女孩很绝望，又是个孤儿，也不是你的错。错的是那些把绳圈套在她父母脖子上的坏人，那样做还不够，还把她关在一个比蛇坑看起来都像野餐胜地的地方。我们是该为自己的行为负责，但也只需要为自己的行为负责。蒙瑟和莎琴娜，或不管他们叫什么名字，反正他们决定救你，那是他们的权利、他们的选择。何况如果不是你，他们甚至不会相遇，那他们那个了不起的女儿也就不会出生了。可是那不是重点，你记得卢立第二王朝那些侏儒的故事吗？起先他们受到迫害，只是因为他们留了胡子，然后又因为他们没留胡子。那些人其实是为了侏儒的矿藏而迫害他们，那些人想到东边海岸去探险，所以要弄些大钱来买船。”

龙停下来吃第六只松鸡，然后继续说："掌管大利加城的人只想要愚蠢而可怜的子民，而那个女孩子既不笨，又不会向暴力屈服，就算不是因为你，迟早也会有别的原因让她送命，反正她一定会被杀了的。所以要记住，你可是靠着她才保住一条小命，所以好好过日子吧，别像一只掉了尾巴的松鸡一样转来转去。站起来，去救那个——她叫什么名字来着？"

"萝碧，另外那个女孩叫她萝碧。"

"萝碧？人类显然对取没意义的名字很有天分，他们难道不知道名字是非常重要的？你的计划是什么？我们怎么去救她？"

约许开始觉得好过了些。

"我们晚上去，找个没有月亮的夜晚，像今晚这样。"约许发现自己的力量已经恢复了，毫发无损，龙说得对，"我们今晚就去。"他坚决地说。

"先等我把点心吃完吧，唉！"龙叹了口气，他正在吃第七只松鸡，那一整串共有二十一只，"想要安安静静吃点东西都不行。"

约许吃了些金豆子，收拾起他的东西——那把弓和精灵剑。因为正如艾尔伯洛所说的"你怎么晓得会发生什么事"，还有那个绣了神秘花样的天鹅绒袋子，里面放着母亲的诗集，还有小时候就有的那个陀螺，也就是父母小时候玩过的那个。

"在我看来这是基本的行李，要是那些弓箭手攻击我们，你就可以念诗给他们听，还让他们玩玩陀螺。"艾尔伯洛挖苦道。

约许没有回答，袋子里剩下的空间则装满金豆子，这样至少萝碧的饥饿问题可以马上解决。

约许的衣服还有鸟粪味，虽然前一夜的风雨让衣服稍微干净了些。约许已经搞清楚现在穿的这套衣服一定有什么不对劲，可是也没别的衣服可换，只能稍微做点改动。他拆掉衣服最外面那一层，就是绣了字和小洞拼花的叫蕾丝的东西，他还把会妨碍行动的部分统统扯掉，下摆剪短到脚踝边，这样就不必撩起来系在腰间了。结果变得像件罩袍，浅灰色，臭味几乎闻不到了，整个看起来倒有点像书上画的炼金术士或古代贤哲的模样。

龙一天比一天壮，现在差不多和老艾尔伯洛一般大小了，翅膀展开来比那块有岩石和水潭的空地还大。他把约许放在内翼之间，安稳地飞到暴风雨里。漆黑的夜里，大雨像一面面水墙，使他们迷失了方向。为了该往哪边飞，两个又大吵一架，接着又迷路了，因此又为了谁该为迷路负责吵了起来。等到天快亮的时候，微微的亮光使山岳的苍白影子从黑暗中浮现出来，那栋半坍塌的羊舍和看来很凶险的栅栏出现在远方。约许身上干燥又温暖，但艾尔伯洛的两翼却湿透了，几乎很难继续飞行，于是降落到田鼠复活的空地边的小树林。他们都不知道下一步该怎么做。约许读过有关军事行动和军事战略的书，他忍不住开始说明他的两个计划，一个主要的和一个备用的。第一个计划要比第二个隐秘，那就是约许悄悄进入老羊舍，而艾尔伯洛守在后方，准备拦截突然出击的人，守住退路……

就在这时候，鹅开始大叫起来，在那一片灰蒙蒙的烂泥和大雨里，在费莉西和史隆养家禽的院子里，就在那栋有藤蔓围绕、以木头和石头建筑的可爱小房子外面，四只白鹅雪白的翅膀映射在满溢的水塘里。约许才一靠近，他们就开始发出从没听过的响亮噪声。约许读过古代国王会养鹅来当皇宫警卫的记载，现在他才明白那是多么有智慧的安排。费莉西和史隆穿着内衣冲到院子里来，士兵也冲出岗哨亭，穿着盔甲，张弓搭箭，一时间全都站在那里，瞪大了眼睛。这时，龙先动了，他张开大嘴，发出可怕的吼叫，吐出一条长长的火舌，在雨中穿过，造成一条雾带，所有的人都逃了。费莉西跑在最前面，然后是那些士兵，因为盔甲太重了，最后是史隆，他的大屁股包在一条豆绿色的睡裤里。

唯一留下来的就是仍然躲在肮脏宿舍里的孩子。

“接下来的计划是什么？”龙问道。

约许打开孩子们住处的那张“门”，十来个吓坏了的孩子缩在角落里哭，望着约许，说得更正确点，是望着门外艾尔伯洛的影子。

“我尿在身上了。”一个最小的孩子低声说。

“好主意，”卡拉安慰道，“那就是说你不会那么好吃了。”

“我叫约许。”他已经受够了讲完全名就被上天保佑了，决定还是只说简称就好。

孩子们仍然吓得挤成一团，继续哭着，声音更大了些。

“想想办法让他们觉得安心吧。”约许转头对龙说。

艾尔伯洛在他的各种记忆中搜索各种好主意，然后他把嘴张开来笑了，露出前面中间和后面外侧的牙齿，孩子们原先担心的哭声又升高了一度。

“你可以做得更好些吧？”约许不禁呻吟。

笑口张得更大，现在后面那一侧的牙也露了出来，那些牙不但更长，而且很弯，有些孩子立刻扑倒在地上哀求不要吃他们。

“真是胡说八道！龙从来不吃人的！”约许生气地说，这时候他才发现萝碧不见了，他得尽快让孩子们放心，才能问清楚发生了什么事。

哭喊声比先前更响亮了，哭声中还夹着哀求的声音，不但求艾尔伯洛不要吃他们，也求这个可怕的精灵不要杀掉他们。

约许不知道该怎么办，所有他想得到的事，无论是大叫、挥手还是点着挂在门口的火把，都只会让孩子们更加惊慌。

最后，一声巨吼盖过了所有的人声，一道新的火光照亮了黑暗，一股半焦的烤肉味弥漫在空气中，所有的人都突然安静下来。

“谁要吃烤鹅？”龙问道，“一只可爱的肥鹅。哎，你们两个大的，”他说着转向法可和佛佩斯，“一个去找点迷迭香来，另外一个去弄一大把柳树枝或是松树枝来，我们可以把剩下的几只鹅也穿起来烤。”

等不及他把话说完，孩子们都冲了出去，冲向围墙，因为那边有股热气传来，毫无疑问可以让他们大吃一顿，把肚子填得饱饱的。

“这是能同时赶走恐惧和饥饿的唯一办法，”龙匆忙向约许解释着，“这对狗、猫、人类、鲸鱼、龙和巨人都管用，我对精灵在这方面的认识不太够，就不能做出判断了。”

卡拉没有跑出去，她走到约许面前，深吸一口气，吞了口口水，然后就站在那里。约许跪了下来，让自己能和小女孩面对面。

“他们把萝碧带到哪里去了？”他温和地问。

卡拉镇静下来，又吞了口口水，然后勉强开口说：“大利加城。他们把她送去大利加城了，我听到费莉西和史隆说过这件事，他们把她带去一个叫‘老皇宫地牢’的地方。”

“我知道那里，”约许说，“我小时候也到过那里。”

卡拉又吞了口口水。

“他们说……他们说……我想他们会伤害她……费莉西打了她……打得很重！”

“不要担心，我会去救她，不要担心，没问题的。”

约许重复了好几次，不单为了让卡拉安心，也为了安慰自己。

卡拉点了点头，眼中充满了泪水，但她忍住没有哭出来。

约许转身离开，走到门口时，卡拉又含糊地说了些什么。

“你说什么？”他转身问道。

卡拉害羞地举起左手，把左手张开，又深吸了一口气。

“谢谢你治好了我的手。”她说，这次他听清楚了。

在约许和卡拉说话的时候，艾尔伯洛已经将孩子们组织好了。他把最小的孩子安置在那栋装饰着爱心和小鹅的小屋里，费莉西和史隆逃走的时候忘了关门，大一点的孩子在大雨中替龙做了一根巨大的肉叉。孩子们还在费莉西和史隆的家里发现一些用真的麦子做成的真正面包，还有一种气味很特别叫作啤酒的黄色饮料。鹅和鸡的羽毛到处乱飞，约许伤心地看着那些可怜的家禽的脖子一一被扭断。

“有人想吃金豆子吗？”他问道。

根本没人理他。

“你有时候真的会吃人吗？”一个最小的孩子问龙。

“很少吃。”龙很神气地说，“味道实在不怎么样，而且皮鞋又很讨厌……”

“你能不能把史隆吃掉呢？”小家伙满怀希望地问。

“就是那个有豆绿色大屁股的男人吗？”龙问道。

约许急得大叫：“龙不吃人，龙从来不吃人的，从不！从不！”

至少他让所有的人都安静了一下。

“我要去大利加城把萝碧带回来。”他对龙说。

“大利加城就是那个士兵会放箭的好地方吧？你会不会介意我留在这里保护孩子们？这里可能会有危险，我不知道……我不想让鹅攻击他们……”

约许考虑了一下。

“好吧，这个主意很好。你留在这里保护孩子，那些士兵可能会回来，还有那两个可怕的人类，就是……呃……负责照顾他们的那两个。”他转身对孩子们说，“等我回来之后，愿意和我们走的人，都可以一起到黑山那边的海边去。”

他虽然还没真正想过这件事，却知道他该做的是什么——把萝碧救回来，然后把所有的人都带到安全的海边去。

“海边有贝壳，会思想，会写诗，可是你们还是可以吃他们。”他没多想就脱口而出引用了蒙瑟的话。

卡拉笑了起来。“这话萝碧也常讲，是她爸爸跟她说的。”

“真的？”约许低头问卡拉，“从这里到大利加城要多久？要走上一天吗？”

“走路的话大概要吧。”卡拉回答。

“可是有马呀，上次史隆到大利加城去的时候，就是骑马回来的，马就拴在房子后面的马厩里。”

“那我就骑马去，我最好赶快，免得马也像其他动物给烤来吃了。”约许最后又看了龙和狼吞虎咽的孩子一眼，“你去吧……呃……吃你的那份肉……”

“就算那块肉以前也有思想？”卡拉问道。

约许看了看小女孩苍白的脸颊、眼睛下的黑眼圈，还有骨瘦如柴的两条腿，知道那些鹅和鸡会化为力量、血和肉。

“对，就算原先有思想也行。”

卡拉对他微微一笑跑开了。

约许去找那匹马，那是一匹很漂亮的栗色马，有一对深棕色的大眼。约许把手放在马的前额，抚摩柔软的马毛，一连串的感觉流出马的脑海：小时候渴望和妈妈在一起，害怕马鞍和缰绳，讨厌从大利加城回来时骑他的那个人的大屁股和马鞭子，好想踢那家伙一脚……

“没问题，”约许低声说，“不用马鞍也不用缰绳，我们精灵骑马用不着那些。”

马望着约许的眼睛，明白他的意思。约许跳上马背，马立刻飞奔起来。约许觉得除了在小艾尔伯洛背上飞行之外，现在这股力量和速度是他有过的最棒的感觉。

在雨中的晨光里，很不容易找到方向，但是不到中午就看到大利加城那可怕的城墙了。

第二十九章

牢房比起孤儿之家冷得多，那是用石头建造的，也没有孩子们一起呼吸来维持温暖。但这里比较干燥，铺在地上的干草也好得多，吃的东西也多很多，还不用工作，要不是一再听到“吊死”这两个字，这里对萝碧来说简直是天堂。

她从昨天晚上就被关在这里，刚到这里不久就开始刮起冰冷的风，下起大雨，而且一点也没有变小的迹象。萝碧不知道这恶劣的天气会不会耽误王子的到来，也不知道他究竟会不会来。她现在知道王子和龙都不是幻想了，她不知道那个王子会用什么法力来救她，也许他会吹大喇叭把墙震倒，或是乘着龙飞来扔石头把屋顶砸开，或者……

两个狱卒进来，又瘦又小的克劳弗和又大又胖有张红脸、一天到晚找啤酒喝的毕区。他们两个都是中年人，也许都有家、有孩子，对她也不太坏。事实上他们还挺好心的，绝对要比费莉西和史隆好太多了，甚至还让她留着破布娃娃和小木船，晚上还给她找了条毯子盖。

现在他们又害怕又激动，因为法官兼行政长官要到地牢来和萝碧说话，这绝对是件很不寻常的事，有史以来从没发生过的事。这两个狱卒像闪电似的冲来跑去，拼命想把这个多年来又肮脏又乱又没人管的地方弄得稍微像样点。他们花了长得离谱的时间讨论该不该让萝碧留着毯子和玩具，既想表现他们懂得照顾犯人，又不能显得他们宠溺犯人，最后终于决定让她留下所有的东西，但是命令她把玩具藏在毯子底下，放在牢房里最暗的角落。他们又点上火把，因为已经有好多年没点过，有些火把已经潮湿或烂掉了，所以又花了好长的时间才搞定。最后地牢里充满恼人而刺鼻的烟雾，而且还是很古怪的暗黄色。

堆在角落里的那一堆干草，老鼠在上面跑来跑去，在火光下也不见得好看多少。狱卒以为把稻草挪开后，说不定老鼠也就散了，整个地方就会具备皇家气派，看起来比较像个皇宫地牢，而非像个猪圈。接着他们才发现真正紧急的应该是把堆积在狱卒房间外的那些酒瓶移走，因为那足以证明守卫的主要活动就是牛饮啤酒。最后，毕区满手捧着干草，而克劳弗则满怀抱着空瓶子，匆匆忙忙地往出口走。没想到法官偏偏选在这一刻到来，因此大家撞成一团。毕区和法官跌倒在地，克劳弗勉强站稳脚步，可是没法抱紧酒瓶，结果酒瓶就如雨般落在地上的两个人身上。毕区聪明知道闪躲，结果挨砸的就只剩下法官了，最后一个掉在他身上的瓶子里还剩有一些啤酒，所以法官那件上衣就不再雪白得像百合，反而变成怎么也不会看错的黄黄的啤酒色。法官的情绪从“极度愤怒”变成“马上给我找个人来吊死，而且要在晚餐前找到”。

萝碧爆笑起来。她知道自己不该笑的，毕竟三个人撞在一起，有两个跌倒受伤，可是人在情绪紧张又没睡好的情况下，就是会做出看到人摔跤就发出又高又尖的笑声这类愚蠢的事来。等她总算控制住自己的时候，法官正站在她面前，两手紧抓着铁栏杆，他现在真的是“愤怒不堪”了！

“是你干的，对不对？这全都是你弄出来的！我就知道是你！”他咬牙切齿地说。

法官又高又瘦，留了银白色的胡须，而啤酒把他原先卷成小卷的头发弄成气味难闻的一团糟。“是你在他们身上下了咒，让他们摔倒，对不对？我就知道！你到这里来的唯一目的就是要我出丑，是不是这样？你的目的就是要来打击我和我神圣的工作。”

萝碧不知道是不是应该替自己澄清，况且又不是她自己要来见法官的，明明是被抓来的，她要是有法力的话，早就用来打开牢门了。可是法官又开始说了起来，根本不给她回话的机会。“你知道我是谁吧？”

萝碧迟疑了一下，心里有自尊和勇气的那一半想要回答："你是谋杀我爸爸妈妈的凶手，你是个邪恶的罪人，像蜡烛把光散发出去一样，你散发出的是不公与痛苦。"但另外一半，也就是不计一切想让父母留给她的生命继续下去的那一半，想要说出他的官衔。"你是法官……"接着也许再加上一些形容词，"伟大的……高贵的……"

结果她又不必做任何选择，和法官之间的对话根本不是交谈，比较像盘问的独白，根本不需要她出声。

"我是把公理正义带到这里来的人，来根绝贪婪、妄想和骄傲，这是个高级又高贵的工作，不容怜悯来干扰。我知道就像一个外科医生把生了坏疽的肢体切除一样，我要让这个遭到破坏的可爱城市恢复健康。你知道我既然代表了大利加城，为什么还这样降低自己的身份，到这里来和你谈话吗？"

这回萝碧不必费心让自己闭嘴，因为说老实话她根本一点也不明白。

"因为我要你能了解，我知道杀一个小孩子也许看来很残忍，所以你不会在广场上被当众吊死，像你那邪恶又无足轻重的父母那样，而是要在这里被吊死，不让那些不能了解的人看见。我要你能明白这件事，否则我知道在你那颗邪恶而无足轻重的脑袋里，可能会指责我不公正，对不对？这点我绝不能容忍。你可知道你父亲最后说的那句话？他说在整个世界上，他最关心的，远超过大利加城和我，你知道吗？远远超过我！他最关心的，就是他那个邪恶而无足轻重的妻子和他那个更邪恶而更无足轻重的女儿。”

萝碧愈来愈感到迷惑，她常常想到这个法官兼行政长官，一直觉得他是个暴君，对他自己的凶残十分自傲，多少像个食人魔，只是更聪明也更文明一点。显然在聪明和文明这两点上，她全想错了。

“我们逮到了你的精灵！”法官非常得意地告诉她，“他在不久之前自己到我们警卫那里投案了，他知道我们是所向无敌的，所以根本都不敢和我们对抗，我清楚得很！这是我们的光荣时刻！对吧？”

原来王子选来救她的路，就是自己来投案，简单又聪明的计划。萝碧放心地松了一口气，幸好唯一能和法官的凶残相比的就是他的愚蠢，显然他以为一个拥有超级法力，骑的不是别的而是一条龙的精灵，会为了让这个法官兼行政长官高兴，就自动投案，二话不说地让自己给吊死。这还真是一件很普通的事！

在这一刻，萝碧感到从没这样安全过。王子来救她了，他一定知道该做什么，又该怎么做。

第三十章

约许完全不知道该做什么，又该怎么做，他只想到自己向大门口的警卫投案，虽然他知道这不像是个好主意。

他是想提出交换条件，他乖乖投案来换取萝碧的自由，不只因为他欠了蒙瑟和莎琴娜的人情，也因为他看过了萝碧。现在对他来说，萝碧是唯一重要的。既然他不懂得打仗，所以还能怎么办呢?

在老艾尔伯洛孵蛋的时候，约许念给龙听的那些愚蠢的爱情故事里，常有以物易物的情节。我给你半斤葫芦和四分之一公升豆子，将来你生的女儿就归我；或者你给我三根金鹰尾巴上的羽毛，你就可以拥有我半个王国；或者，换成是八分之七的魔毯和十一分之五的丰饶之锅，而且每个人都会遵守约定。结果，约许终于知道实际上根本不是这样！你必须站在有利的位置把一切弄好，之后才能开出你的有利条件。他应该先让萝碧重获自由，再投案的。他现在才明白，当初自己不该觉得怀疑对方的信用而采取必要的预防措施是一件“不礼貌”的事。对方个个全副武装，拿箭对准了独自前来投案的他。这样做实在不聪明，他应该找龙来吓他们才对。可是现在已经来不及了，他被抓起来，拯救计划变成——大家一起被吊死，约许在广场上，萝碧则在地牢深处。

约许身上缠了好几条铁链，让他几乎不能呼吸。周围的士兵多到让他数不清楚，唯一感到安慰的是，他们要把他押往大利加城皇宫的地牢。他知道萝碧会在那里，他得想想办法，他一定得想想办法。如果真有关于他未来的预言，那就表示他还有一个可能的未来，而他一定要带着萝碧一起逃走。

他被带下愈来愈窄的楼梯，经过愈来愈低的走道，愈来愈深入地下，离阳光愈来愈远。最后，两边的墙变宽了，在火把的照耀下，他看见有一个人穿了大部分是白色，闻起来有啤酒味的衣服，他认出那个人正是法官兼行政长官。

在法官的身后，铁栏后面的黑暗中，依稀可见萝碧小小的身影。

法官一点时间也不浪费。

“我一直在等你，精灵。”他说，“你是来找你未来的妻子的，对吧？我就知道。”

约许哑口无言，心想他怎么会知道。当然了，萝碧只是个小女孩，而他也还只是个男孩，可是精灵很小就会选定妻子，而且终生不变。他每次想到萝碧，她的面容，她的温柔，还有保护和安慰另一个小女孩的勇气，他就知道萝碧正是他要找的妻子。“我就知道！”法官继续说道，“我也看得懂古文，我也看到了那则预言，然后才把预言和其他写在这地方墙上的东西一起挖掉。认得字对一般人没什么好处，所以我早就想办法预防了这种不幸。那则预言是艾尔杜因写的，那个伟大的巫师、光明之王、建国的人！大利加城以前是个精灵之城，你知道的，对吧？在食人魔把城毁了之后，艾尔杜因重新夺回来重建。艾尔杜因是个疯子，他爱精灵。当然啦！他也有相当程度的军事头脑，在食人魔权力最大的时候，能收复这个城市，用不到半数的兵力获得胜利，的确是需要某种程度的本事和某种程度的智慧，这我得承认。可是和我比起来，他根本不算什么，我才是真正建立大利加城的人，一个真正的解放者。我把大利加城从热情、自私中解救出来，我把这个城市带回美德和谦逊中，以我的公正和简朴来洗净这个地方，而且我把这里弄得更美！我也是个术士，比艾尔杜因伟大多了。他只会预测未来，摧毁食人魔用来统治世界的黑暗魔咒，我做的可比这厉害得多了，你注意到没有？你有没有看到我伟大的成就、我的胜利？”

一阵沉默，漫长的沉默，约许不知道是不是该说点什么，更准确点讲，恐怕是该回答些什么吧，只是他真的不知道这位法官那么了不起的成就是什么。他唯一想到的只有大利加城是个很凄惨的地方，曾经拥有那样辉煌的历史，现在居然会变成这样也的确有点了不起。令人尴尬的沉默一直持续着，最后法官终于按捺不住。

“是鲜花呀！”他激动地大叫，“永远都会开着鲜花的紫藤，芳香的茉莉！乡下送来的大量蔬果和谷物腐烂之后，可以做成一种特别的肥料，让我们有永远盛开的花朵和浓烈的花香，这岂不是太特别了吗？这真是非常了不起的成就啊！对不对？”

约许很感兴趣地望着法官，他是个疯子，完完全全的疯子！约许对他的疯狂没有丝毫怀疑。但让人不解的是，为什么那么多全副武装站着的人，明明看到他这么疯狂，却仍立正站好，而没有拉起他的手、很有礼貌但很坚决地把他送到可以治疗疯癫病的地方，或者至少也该阻止他去伤害别人。

“我也必须毁掉艾尔杜因的旧皇宫，到处都是可笑的拱门，那些无聊的老拱门和柱子，加上那些无聊的花坛，四周还种着可笑的香柏树。我把所有的一切全砍掉了，只留下门廊，因为一个新的时代来临了，一个和以往完全不同的时代、一个以我的皇宫为象征和代表的时代来临了！”

“艾尔杜因，”法官继续说道，“在他死前写下预言，‘最后的精灵将娶的女孩，为我之后，本人后裔，女孩一如祖先拥有预知能力，名字中有早晨的光，她的父母……’后面少了一个字，因为时间久远而磨损了，‘父母什么精灵’，我知道那个字一定是‘恨’。

卫兵说你到过我的花园，看过我可爱的女儿晨曦，我就知道你会再回来找她，所以我一定而且必须把你杀了。”晨曦？法官的女儿？约许看到的在秋千上的那个可怕女孩？法官的女儿叫晨曦，初升的阳光？！那个恶毒、傲慢而凶狠的女孩名字里有晨光？

“我的女儿晨曦，名字里是有早晨的，我把她培养成一个十全十美的女孩，她是完美的，会弹琴、念诗，荡秋千的时候唱歌，就跟从前的公主一样，至少和羊皮纸的旧书上所描写的公主形象一样。所以等她到了一定的年纪，我就不让她做任何事，我是说晨曦除了弹琴和花时间荡秋千唱歌之外，什么也不做，因为这样完美的女孩……”

从早到晚，日复一日，弹琴、荡秋千唱歌，约许开始对可怜的晨曦感到一丝同情，被迫在生活上模仿荒唐童话中描述的那些根本不曾存在的公主！所以她才会成为那样一个让人无法忍受的笨蛋。完美想必是一种让人难以忍受的负担。

“晨曦是我的女儿，所以也算是艾尔杜因的后人，因为我和他一样是一城之主，我是他的继任人。”

法官把声音提得很高，他的话都说得一清二楚，好像要让每个字都更有分量。“晨曦也有预知能力，你知道吗？她有一次预测说，她会拥有守卫队队长夫人的那条金项链。你猜怎么着？那个队长原来是个叛徒，吊死他之后，所有财产充公，那条金链子就成了晨曦的了！后来她又预测去年夏天的干旱迟早会结束，秋天会下雨。她又说对了。”一时间，法官笑歪了脸。约许的脑子里一片混乱：晨曦！荡秋千的那个可怕又讨厌的蠢女孩？那个会让小孩哭上几个钟头的女孩？他替她感到难过，她其实也有她的难处。事实上，是一种难以忍受的命运。可是，要自己和她营造出一个新的族群是绝不可能的！他宁愿被吊死也不要娶晨曦！他的命运就到此为止吧！他不再相信艾尔杜因和他的预言了，说不定光明之王艾尔杜因也老糊涂了，也许光线让他花了眼，脑袋里进了水，和食人魔打仗可不比吃野餐、围城或其他时候，艾尔杜因想必脑袋撞上了什么很硬的东西，让他以为最后的精灵在任何情况下都会娶晨曦。

眼前的问题是怎么把萝碧救走，如何很快地制造骚动，然后丢下法官和他可爱的女儿，以及他们了不起的预言。

法官拿着约许的弓和三支箭，以及那个蓝色天鹅绒的小袋子。

“我们来看看你带了些什么来摧毁我们。精灵，你的弓箭在我手里，这里还有什么东西呢？”

法官捏了一下那个天鹅绒的袋子，金豆子掉落在地上。

对人类来说，金豆子没什么香味，但对精灵则不然。豆子散落时，约许闻到了豆子的香气，虽然微弱但甜美而沁人心脾，就像刚烤出来的一样。

约许想起了那些老鼠。

地牢里那些又肥又大的老鼠。以前在小时候老鼠帮过他一次。

他们也能闻到豆子的香味。老鼠的思想很容易控制，这里有几千只老鼠，约许能够感受到他们，感受到他们永远不能满足的饥饿、他们的愤怒，因为遭受踢打、石头砸、丢飞镖和毒饵，好几千只老鼠都在地牢里，饥饿、愤怒和捣蛋。

约许吸着气，感到空气充满了整个肺部，感到力量增加了。他知道该怎么做，他要召唤那些老鼠。他增强了金豆子的香气，然后寻求老鼠的思绪，引导他们。

“小孩子的玩具，”法官把陀螺丢在地上，一脚踢烂，“还有……一本书！很有意思，对吧？”

老鼠开始从铁栏杆后面及旁边走廊的黑暗中出现，有些沿着墙边跑过来，利用火把之间的壁缘，现在来得还不多，才几十只。约许消除了他们脑中的恐惧，其他的老鼠也来了，后面还有，然后又来了更多，他们直朝金豆子走去，完全不理那些士兵，一点也不害怕，一波波的肉、毛和小牙齿，像潮水一样涌进来，淹没了那些人的脚，那些士兵想躲，想逃开，结果彼此撞成一团。

法官正拿着原先属于精灵母亲的那本漂亮小书，正用心地看着，没有注意别的事。“这些是什么？咒语吗？还是诗？真是胡说八道！‘跟……着……那……蓝色……苜……蓿……苜蓿叶……’，‘跟着那蓝色苜蓿叶’。你知道吗？精灵，我也懂得你们的文字，你一定要懂得敌人的语言。跟着那蓝色苜蓿叶？苜蓿叶是绿的才对，我就知道，精灵最会撒谎，不是吗？连写诗也不例外。‘跟着那蓝色苜蓿叶，引你到金子闪亮的所在，找到潺潺流水，未来就在……我们的力量……和……’”

老鼠开始咬嚼，不单是咬豆子，而是能咬的都咬，也包括士兵和法官的脚和腿。法官发出一声惊叫，失手掉了那本书，只有约许和萝碧没有受到攻击。他们脚上没有淹没了其他一切的老鼠，那群老鼠像一张长了牙齿、不住挪动前行的地毯。

有些人开始逃跑，把身子贴靠在墙上，以免失去平衡。约许集中精神在锁上，咔嗒，手腕上的锁开了，所有的铁链掉在脚边；咔嗒，脚踝上的锁也开了。大批老鼠爬满一切，法官被自己踢烂的陀螺绊了一跤，几个剩下的士兵跑过去扶他、保护他，把他举在空中，关萝碧的牢房完全没人看守了。咔嗒，牢房的锁也开了。约许抓着萝碧的手，把她拉了出来，然后慢慢地倒退着出去，这样才可以看着法官和那些士兵。像海水一般的老鼠在他们经过时，温驯地分开来。约许从墙上拿下一支火把，最后再看了那群人一眼，法官已经又站回地面，但忙着保护自己而没有注意他俩。楼梯上站满了士兵，他们上面是更多的楼梯，更多的士兵，还有更多、更多。

不过老鼠的脑子里有一个影像，那就是伸展在这个城市和那条河下面的那个广大如迷宫的地下世界。约许看到老鼠所看到的，于是和萝碧一起转身朝和楼梯相反的方向跑去，有道铁栅栏挡住了他们的去路，幸好那个锁很容易打开，而走廊直通到另外一边，约许将走过的门都锁上，以便阻挡追兵。他们一心希望能看到一点光亮、一线阳光来指引他们逃到地面上去，可是这种情形始终没有出现。走道直往下斜，一直往下，经过愈来愈黑的地道，地上的老鼠愈来愈少，又有好多扇门、好多把锁、好多条走廊，愈来愈往下，也愈来愈深、愈来愈黑。当初建这个皇宫的人，很可能就是艾尔杜因，显然决定要研究精灵的地下通道，就移了一部分到地牢里来，用古老而难以开启的门来隔绝。他的老皇宫后来坍塌了，上面盖起了古怪而搞不清形状的正义殿，但原来的地牢却完整地被保留下来。

约许和萝碧上气不接下气地停了下来，约许很害怕，没有把握能逃出去，那些老鼠迟早会分心，只要有人想起来用一支火把就能把老鼠赶走，到时候他们就得和大利加城的军队来讨论有多少活命机会。这种讨论可不会很友善，或者他们将迷失在那半坍塌的地道之中，等着饥饿来替代绞刑台工作。

“我不知道往哪边走。”他能开口时马上说道。

萝碧对他微微一笑，伸手指着地道的顶上，闪动的火把照见一长条壁画，画的是蓝色的苜蓿叶。约许母亲的诗集原来也是一张地图！他们只要跟着走就行了。

问题是到处都画着苜蓿叶，分岔的地道同时通往三四个不同方向的地道；不知通往哪里，却愈来愈小，他们只好往回爬，最后还被一堵画了漂亮喷水池和花园的墙挡住去路。

约许仔细看过之后，发现有些地方的藤蔓组成了精灵文字，碰到有“通行”字样时，那条路就是顺畅的。原来他们是在一个古老的迷宫里，由很多不同的通道组成岔路，但都画了同样的壁画，他们必须靠藏在苜蓿叶之中的文字来认路，有时那里的字是“不通”的，有时是开玩笑的诗句“要是你看得清字在墙上，表示你要走的路还很长”或者“只要你注意小心，就不会迷失方向”。

对不熟悉精灵文字的人来说，这个迷宫根本无法走出去，不过，要是有耐心又有很长的绳子，大概可以找到破解的方法，尽管要花点时间，但法官的士兵迟早还是会追上来。

游戏变得愈来愈复杂，“通行”的字样开始让人走进死胡同，或哪里也去不了的楼梯。有一面墙画着精灵的棋戏：四个白衣仙女和两条黑龙，在戴着蓝色苜蓿叶皇冠的女王身边打斗，解谜的关键就在那本书里。书和谜语并列，幸好约许还记得这段文字：

我们四个

心中有

战士堂堂的勇气

手中执剑

眼神得意

我们保卫女王

仙女！约许非常仔细地看着，仙女手握着剑的地方，有四处小得几乎看不见的裂缝，隐藏在剑柄阴影里。小精灵把手伸进去，摸到了一些杠杆，手指能碰到，却移动不了，不过这没有关系，他知道该怎么做，像开锁一样想就行。咔嗒，那面墙是块板子，滑了开去，可是那些杠杆因为时间太久和湿气的关系，才开始就断掉了，而板子在他们通过之后再也没办法滑回原位，这等于给追兵开了条路，直接引导他们进入古代的地下通道。

另一面墙后面是一道陡得令人头晕的螺旋楼梯，让他们下到地底，深得让约许觉得已经走到河底。墙上画的是海景。

“等我们逃出去之后，我们要去住在海边。”约许对萝碧说，也许只是为了要让自己心安。

“……太阳晒红的小水果，有咸咸的海水溅上来……”约许边回想妈妈写的诗句边仔细地看着那幅图画，发现有个小岛上长着一棵野樱桃树，正是他和艾尔伯洛飞过的那个小岛。难道几百年前就存在了吗？还有一棵野樱桃树长在上面，大概是目前这棵的爷爷吧？或者只是画家的想象，梦到的？在那棵树上，亮红色的樱桃在阴影的部分暗得多，他又在那里发现藏了机关的裂缝。咔嗒，板子又开了，然而也是在他们通过之后无法关上，现在唯一能做的也只有继续往前走了。

他们愈走愈往下，到了城市的最底端，进入了精灵首都皇宫的地下通道。

巨大的蜘蛛网挡住去路，小小的石头滚落，使地道变窄，然后又有水冲下来让地道变宽，他们发现自己渐渐陷入烂泥中，空气变得稀薄，充满了灰尘和土地，还有水和烂叶子的陈年臭味。约许很害怕就此走向死亡，更糟的是，他还带着萝碧。在这之前，他从没真正怕过什么，说起来好像是因为那则预言一直保护着他，因为有人，也就是艾尔杜因，那光明之王，说出了他的命运，表示他至少能活到娶妻生子。可是他现在已经决定从预言中逃脱！要他一辈子和那个叫晨曦的可怕女孩过活？他情愿让巨人吃掉，或是死在大利加城的地道里。要是那则预言只对了一部分，他能否活下去就成了关键：艾尔杜因预言约许会活下去，法官兼行政长官则持反对意见，而法官离约许可比艾尔杜因近得多，而且手下的人也多得多……只要他能救得了萝碧就好了！

地道突然就断了，他们从烂泥里爬出来，发现面对一道栅栏，栅栏的另外一边是更宽广的黑暗，空气清冷干净，地道最后到了一个山洞里。栅栏上的花纹很复杂，像苜蓿叶似的圈圈，叶子是银子，藤蔓是金子，交织成缠绕的拱形，显然是精灵手工打造的，而且无法打开，因为既没有锁也没有铰链，就是一道栅栏，清楚明白，这可不是一道门。

“我有个问题想问你。”萝碧说，在火把闪动的火光中，她的黑眼睛亮得像星星，微笑使她容光焕发。约许无力地微微一笑，希望不是想问他如何逃生，这是他现在绝对不想细谈的问题。

“现在吗？”他问道。

萝碧点了点头，脸上满是羞涩，微笑淡去了，但她还是固执地点了点头。

“那，好吧。你想知道什么？”

“那个法官说的……‘后人’，他说是指做同样工作的人，还是有同样血缘的人呢？是说某人的女儿生的儿子女儿，女儿儿子又生儿子……这一类的吗？你明白吗？”

约许不解，既不解又很感动，这女孩即使在生死关头，求知欲还那么旺盛，面临可能再见到法官和绞刑台，或是在地道里饿死，竟然还想研究语义。

“两者都有可能。”他解释道。

萝碧点了点头。

“他有好多儿女吗？那个有好多光的王？”

“你是说艾尔杜因吗？”

“是的。”

约许想了想。

“嗯……对了，我记起来了，他有一个儿子，叫智慧王季希印，继位为王，死的时候没有子嗣，但至少有六个女儿，两个嫁人之后离开了大利加城。”

“而那些女儿有儿子或女儿，下一代又生了儿子或女儿，再下一代还有更多的儿子跟女儿，所以现在根本不知道谁是艾尔杜因的后人，他很可能有一些自己都不知道的后裔喽？”萝碧很得意地做出结论。

约许把这个问题想了一下，这种交谈其实有点荒谬，可是至少让他们一时间不用承认已经没有脱困的希望了。

“嗯，我想这种说法是对的。”他同意。

“而预……预知什么……”

“预知能力？”

“对，预知能力，是不是指闭起眼睛的时候，各种未来会发生的事就自动出现在眼前的状况？”

“对。”约许坚定地回答，这类对话他觉得已经够了，“这道栅栏没有办法通过。”

“一定有的。”萝碧平静地回答，“一定会有办法的，不可能没有，只是你还没有用心去想。你有没有什么吃的东西？可以的话，什么蠢东西都可以。”

“蠢东西？”

这番对话真的愈来愈荒谬了。

“对呀。”

约许在衣服里缝了两个秘密内袋，多亏了图书馆里的二十六本缝纫和刺绣的书！他翻了一下袋子，发现还有一小把金豆子，拿给了萝碧。在递送的时候，他们的手“碰”在一起，约许感到胃里有一阵很奇怪的感觉——介于饥饿和打嗝之间的感觉，是他生平从没经历过的感觉。

萝碧把豆子塞了满嘴，约许知道金豆子有多好吃，微笑地看着她一面吃，一面在脸上露出狂喜的表情。他的心感受到她的快乐，那就像一场飓风，他当然能救她出去，他已经摆脱了预言，但他毕竟是个精灵，最后的一个，也是最有力量的一个。在一座精灵的皇宫里，精灵一定找得到出路。要想找到就必须先有信心！他很想告诉萝碧自己有多爱她，在他眼中她是这世上唯一的爱。但他没有说出来，萝碧不是精灵而是人类，人类不会这么小就选定配偶，要等长大成人之后。他得等待，希望萝碧最后会选择他。要是再多等个几年，说不定这件事就会发生。再说他是个精灵，大多数的人类都恨精灵，就连蒙瑟和莎琴娜一开始也恨他！如果想要有机会，他一定得等萝碧对他更了解才行。

然后，萝碧向他问起晨曦，问他认不认得她，他觉得她很美吗？约许正要告诉她那个女孩有多讨厌，却突然想到，萝碧会这样毫不害怕是因为她相信那则预言，认为他们绝对能活下去，如果他对她说了实话，恐惧就会像老鹰的爪子一样紧抓住她。所以约许最后决定微微点头，默默表示同意。

第三十一章

精灵约许在警卫重重包围下走来的时候，萝碧的心就开始狂跳起来，他甚至比记忆中还要俊美。

他是为她而来的，他担负起了救她的任务。

萝碧因为爸爸妈妈都不在人世，所以经历过不再属于任何人的痛苦。她的生与死、饥饿、受了伤的膝盖，都没有人关心。现在，突然间，她却成了世界的中心，一个真正的男孩，有着很大的法力，俊美得像太阳，竟然为了她冒着生命的危险。他两手被绑在身后却什么也不怕，因为他确信自己能够救她。

然后那个法官兼行政长官说到了那则预言，萝碧的心充满了光明，那就是她啊，她就是那个能预见未来的人，她的爸妈给她取的名字包含了清晨神奇的那一刻，光开始照遍世界，而美好的一天就要来临的希望，仍然完整无缺的希望之光。那是每天早晨妈妈叫醒她的时候说的。就算外面正在下雨或下雪，没有阳光也一样。萝碧是小名，她的本名是萝莎芭，是每天清晨都会出现，表示有美好一天开始的粉红色晨曦。幸好她很谨慎没有随便说出口，然后法官就开始说起他的女儿晨曦。原先萝碧心中充满的光亮变成大量冰凉的泥水，剩下的只有胃里一阵奇怪的感觉——介于饥饿和打嗝之间的感觉，像费莉西注意到她偷东西时的感觉。

萝碧知道晨曦，她在被大军押进大利加城时见过那个女孩。她们在大门口擦肩而过，萝碧骑在驴背上，晨曦坐在红色和象牙色的轿子里。萝碧当时说不出话来，那女孩真是她见过的最漂亮的女人，有张天使般的面孔，四周是她的金发和绣了金花的衣领，她的头发编成好多辫子，和衣服上绣的花样相呼应。萝碧张着嘴呆坐在那里看着，而那个女孩看她的眼神就像在看一只蟑螂，萝碧也觉得自己真的就像只蟑螂。呃，一点也没错，她还真有点蟑螂的味道呢。她已经有两年没梳过头，从夏天倒数第二场雨之后，也没再洗过澡。夏天最后一场雨下在晚上，所以她错过了，秋天的雨只会让她的脚潮湿受冻……不只她整个人是脏的，晨曦还至少比她高上十厘米。

爸妈还活着的时候，妈妈说她的眼睛像父亲，而爸爸说她的笑容像母亲，他们看着她的时候，两个人都笑得好灿烂。可是现在她的爸爸妈妈都不在了，再不会说这些了。

不久之前，她只想活下去，现在，单单只是精灵来救她还不够，她希望精灵成为她的。可是，另外那个女孩比自己美太多了……

可是，不对，应该是她，萝莎芭，粉红晨光，她才是预言里提到的精灵的妻子，她很确定。法官所谓“晨曦的预知能力”根本都是愚蠢的、胡说八道的，她才是真正能见到未来事物的人。对，那才是“预知能力”的意思，在还没发生之前就先看到的能力。还有那个不见了的字，“恨”精灵的男女？怎么可能有这种预言？这个世界大半的人都恨精灵，每个人都恨精灵，只有蒙瑟和莎琴娜不会，所以那个少掉的字应该是“救”，不是“恨”。

那对救精灵的男女的女儿，蒙瑟和莎琴娜生下来的女儿，取的名字中有晨光的那个。

她显然是光明之王孙女的孙女，那个王者想必是她爷爷的爷爷那一辈，或者是她的太爷爷，也可能是她太爷爷的太爷爷，反正谁知道自己的爷爷和太爷爷呢？谁都有可能，那为什么不能是光明之王？萝碧听精灵证实过“后人”可能指拥有同样血缘的人，而预……预知……唉，反正就是那东西，意思是说未来会在脑子里形成，而你能在事情发生之前就看到。现在那个年轻的精灵和她谈到海，她终于明白每次闭上眼睛，脑子里就看到的一大片蓝色是什么东西了。

在他们通过愈来愈窄、愈来愈矮的地道，看着墙上那些华丽的精灵花纹时，萝碧感觉到从一条地道到另一条地道，从一片苜蓿叶的叶子到另一片苜蓿叶的叶子，她的快乐和平静不断地增长，那个人，艾斯……艾尔……就是有光的那个，不可能梦到他们被吊死在绞刑台上，或是像两只老鼠一样死在地底下。她正要把自己的全名和预知能力告诉约许的时候，她的快乐突然又在心里变淡了，转化成一块冰冷的石头，卡在肚子的上半部。他会成为她的，是因为她想要他，还是只因为那件事已经被写在墙上了呢？也就是说，那个光明之王艾什么的……反正，就是那个人啦，他所预言的是你会做的事，还是你应该做的事？万一他，那个精灵，一辈子边和她在一起，却边想着晨曦的话，该怎么办？晨曦那张面孔又掠过她的眼前，几乎美得像个天使！而且那个女孩也不会粗手笨脚，更没长虎牙。费莉西有回眼神上下瞄了萝碧好久，然后用甜美而失望的声音告诉她，她的皮肤很黑，其实很像蟑螂，还是只牙齿像老鼠的蟑螂。接着她叹了长长一口气说，果然不是每个人都能生下来就很美的。何况晨曦说不定懂得怎么写字，吃起豆子来也会像个淑女，不像自己那样狼吞虎咽。约许把豆子给她的时候，他们的手碰到了，他那修长、苍白、十分完美的手碰到了她又小又脏的手，还有咬过而黑掉的指甲。萝碧看看自己瘦小、满是污泥、又擦伤了的膝盖，更觉得自己像只蟑螂。她向约许问起晨曦，而他的点头默认更让她陷入沮丧。她又闭起了眼睛，她不要告诉他自己注定是他未来的妻子，绝不可以说。她情愿不做他的妻子，也不要知道他之所以选择自己只是为了“符合”预言。

在仔细地看了很久之后，约许明白这道栅栏的结构了，中央和其余的部分是用四条细长的金线绕在一根铜线上连接的，他向萝碧解释，他们得提高温度，把金线熔掉，要像春天里最后的融雪。他用头去加热，并不是用脑袋去撞栅栏，而是用脑想着热力，给那些夹住栅栏的小棍子加热，最后熔掉，像太阳下的雪一样，一旦拉掉几个栏杆，世界就宽广了。在另外一边，是一个巨大的山洞，有粗大的石柱子，有些从地面长出来，有些从上面垂下来，还有很大的水声，所有的一切外面都包着金子，在火把的照射下闪亮，好像天上的星星。约许跟萝碧说，那些石柱叫钟乳什么的，从下面长出来的名字也很像，这个洞是在杜冈河底下，水把一切都挖空了，因为杜冈河是一条含有金沙的河，所以一点一点地，这个洞也被金子铺满了。萝碧不太懂水怎么能够挖什么，如果要挖地就需要有把铲子，还要用两只手来挖，而水这两样都没有。但她没有要求更多的解释，约许的声音和说明事情的笑容非常美，何况说不定“另外那个女孩”会听得懂，萝碧不想让自己显出很笨的样子。

不会听错的士兵盔甲声在他们身后响起，原来是毕区卡在栅栏中，而克劳弗正用尽全力去推他。

卡在金银苜蓿叶中间的毕区笑了笑。

“我们一步一步跟着你们，”他得意地告诉他们说，“我们是跟着你们的声音来的。”

“否则我们就会迷失在迷宫里了。”克劳弗接着下半句话。

“那个疯子要吊死我们！”毕区继续说道，满脸因为用力而涨红，“就为了不小心把半瓶啤酒倒在他头上。”

“你们不介意我们跟着一起逃吧？”克劳弗问道，“只要能逃出去，之后我们就会走开，去做我们自己的事。”

“而且他们追过来的话，我们也能拖延他们的时间！”毕区说得很开心，还把一大串钥匙拿给他们看，“我们拿到了钥匙，他们得找锁匠来才行，可是那件事可不容易办到，因为最后一个锁匠在两天前给吊死了。”

“我们也把你们的东西带来了。”克劳弗说着拿出小船、破布娃娃、弓箭，还有那本诗集，“你们也会把我们带到安全的地方吧？”

约许和萝碧说不出话来，默默地看着这两个人，就像看到会说话的鱼，或是长了翅膀的驴子一样。克劳弗还在用尽全力地推，却没法让毕区往前动弹，就用有点不耐烦的口气问，他们能不能不要像两尊漂亮的雕像似的瞪着他们，是不是可以麻烦他们去帮帮忙。

“你们为什么要跟着我们呢？”约许一等到能说得出话来，就马上问道。

两个人开始争先恐后说了起来：“我告诉过你了，他要吊死我们。半瓶啤酒洒在他头上……你不知道他这个人……唉，不对，想起来了，你还真的知道他这个人……我们不想死……”

“何况……”他们最后齐声说，“你是有法力的，就连艾尔杜因也知道你命中注定能活着，要是我们跟着你，我们也能活着，而且能活着离开这里。”他们很得意地加上最后一句。

不知什么缘故，约许的表情很古怪，看起来好像不太高兴，可是多多少少像某个人发现唯一能吃的东西却又活转过来，或是听说又有壕沟要挖，也就是不单因为不满足，还生了病的表情。约许走到栅栏前，开始找其他可以帮忙的办法。原先的精灵工匠没想到会有胖士兵想挤出去。最后，这个问题终于解决了。约许用尽全力拉，克劳弗用尽全力推，而毕区则用尽全力臭骂，所有的人一起用尽全力，毕区终于挣脱而跌在地上，发出砰然大响，不过他并没有受伤。

“好极了，”毕区挣扎着站了起来，“现在我们可以走了吗？我们一到外面就会去做我们自己的事，也就是去接我们的家人。”

“我有四个孩子，他有五个。”克劳弗解释道，“我们得回家去接他们出来，否则法官那疯子一旦发现我们逃掉了，就会把气出在我们老婆和孩子身上。”

约许的表情更加愁苦了，看起来像是发了高烧或是得了败血症，而且快要吐出来似的。

第三十二章

洞穴很大，有形容这里的句子藏在诗句中：

在黑暗而坚硬的木头中，
受诅咒的鸽子平静地沉睡着。

果然在右边，由金子和水形成的钟乳石像四只鸽子的形状，他们得走到那边，从那里找出下一步：

梦由天上降临……

梦？什么梦？在精灵的文字里，“梦”和“纱”是同一个字，梦的纱幕是左下方一片薄而透明的石笋，然后再回到右边，找到：

少女的镜子如此美好，

老年的镜子却弯了腰。

上面滴下来的水形成小水潭，映照出像少女和拄着拐杖的老人的两根钟乳石。约许一直不知道母亲留给他的诗集中那些诗句的意思，说实话，他还一直觉得那些句子都很无聊，现在却很清楚地指示着出路。一时间，他的心里充满了恐惧，使他的胃揪成一团。因为他想到自己该为多少人的生命负责，还有他如果失败了，会带来无法计算的痛苦。他不仅仅是拿如今已成为他生命中唯一的光亮——萝碧的生命来冒险，还有那两个不幸的人和他们的妻子及一大堆儿女。

约许走过杜冈河水在过去几千年来挖出的大洞穴时，恢复了一些精神。那些古老诗句指引出钟乳石之间的路，那是一条很安全的路，他绝对可以到达某个地方。他现在所在之处以前属于精灵，而约许又是这个族群的最后一个，也可能是最有力量的一个，如果不是他，还能是谁?

水潭把约许和克劳弗的火把反射出一百倍的光亮，因此他没有马上发现光线愈来愈强，终于有道阳光出现在包金的钟乳石之间，把飞舞的灰尘照亮得像一大群星星。

在那道光里，出现一个黄金宝座，上面有蓝色的苜蓿叶缠绕，夹杂着精灵的文字。

宝座上坐着一位古代的国王，骷髅上满是金饰，头上是一顶有蓝色苜蓿叶的闪亮金冠，手里握着一把宝剑，金色的剑柄上同样镶着蓝色苜蓿叶，剑身刺进石头地里，脖子上的项链和每个手指上的戒指，也都是蓝色苜蓿叶形状的金子。约许走了过去，日光也照在他身上，让他的头发亮出一道光环。他拉开蜘蛛网，尘土如雨般落下，约许念道：

长眠此处者
头戴白王冠
手执宝剑

四根金柱子在钟乳石之间，上面也缠绕着蓝色的苜蓿叶，形成的浮雕相当深，可以充当螺旋楼梯。约许向上看去，一时被阳光照花了眼睛，他瞥见一个周围长着蕨类植物的开口。柱子的最上端、接近洞口的地方，长满了苔藓和几株蕨类植物，在阳光中闪亮。

“雨停了。”克劳弗说。

“我们可以走了吧，这些柱子是很棒的楼梯。”毕区说。

萝碧也走到宝座前，那里的光照着她的眼睛，而她的眼睛亮得像星星。

有萝碧在身边，约许觉得力量增长而恐惧尽退，不过也许力量来自那个古代的国王。约许望着那两个结有蜘蛛网的空眼窝，感到一阵强烈的归属感。他伸手握住剑柄，但抽不出来，剑深陷在岩石里，似乎已成为岩石的一部分。约许想了一阵子，笑了起来，没问题，这本来就是给精灵的，只是为了确定让该拿的人拿到而设下的花招。只是一个简单的热力学问题——热胀冷缩，只要降低温度，就能使体积变小，一旦冷却，剑身就会变得稍微小一点点，小得足够像几百年前插进岩石里一样，那就可以轻松地抽出来。幸好约许不时需要扑灭新生小龙所引起的火灾，所以已经是个降温高手。他把两手放在剑柄上，闭起了眼睛，让剑身结冻，然后就拔了出来。那支宝剑在他手里闪闪发光，有苜蓿叶缠绕的剑柄和他的手很相称，简直就像特别为他打造的。说不定即使是精灵，也不是每个都会用降温这一招，所以不是任何精灵都能取得，而是最有力量、最后的精灵才能取得精灵宝剑。

他所有的恐惧都消失了，却感到一阵疲累，他在宝座的脚下坐了下来，等额头不再烧烫。和扑灭艾尔伯洛的火比起来，这虽然没那么痛苦，但还是需要一点时间来恢复。等他再度站起身，竟发现国王的皇冠、项链和所有的戒指都不见了。约许惊讶地瞪着那两个偷偷斜眼看他的士兵。

“我有四个小孩，他有五个……”他们畏畏缩缩地开始辩解。

“那些珠宝对死人来说没什么用，他又不必买面包给家人吃……”

“他不知道空手回家没有东西吃、全家都在哭是什么景象……”

“就算我们不拿，别人也会拿的！”

“就连那个法官也一样，法官也会来拿走这些……”

约许愤怒地看了他们一眼，可是他也没什么办法，尽管攻进来要花点时间，迷宫里的路也很难走，但法官手下的士兵还是追来了，他们虽然没有办法走正确的路，但因为人多，可以在每个分岔路口站上一个，去试每一条路，最后找到了出路。

士兵开始拥进洞穴的下层，只是现在还看不见他们。约许带头，克劳弗殿后，大家开始爬上那个柱子上螺旋楼梯般的浮雕。

毕区脱掉了盔甲，所以没再被卡住，他们爬了出来，出现在河边的蕨类植物当中。在城市的南端，杜冈河的水涨得很高，河岸那边就是法官的宫殿。警卫看到他们，就用弓箭向他们瞄准，但克劳弗和毕区让那些警卫误以为他们抓到了这两个小逃犯，远远看起来真的很像两个士兵押解着囚犯。

他们爬上河岸朝皇宫走去，男孩和女孩夹在中间，两个人的手放在背后，假装被铁链绑着，两名士兵走在他们的两侧。萝碧假装跌倒，趁机捡了一些石头，约许则把宝剑和弓箭藏在长长的衣服皱褶中，在大批士兵接近之前，一切都没问题。

等到第一个追兵爬出时，骗局就拆穿了。箭还没开始射来，克劳弗和毕区就跑了，速度非比寻常，就连那么胖的毕区也跑得飞快。约许并不觉得他们飞奔而去是种背叛，反倒觉得解脱了，他不用再担心这两个逃兵和他们的家人了，他们会自己想办法。约许只要应付前面八个士兵，还有皇宫屋顶上的六个，以及后面不知多少个，再加上挡住他们去路的四个骑兵，然后还得冲出大门，找到那匹还没有取名字的马，希望自己能在当初下马的地方找到他。这回他不能再利用河流来逃生，因为萝碧不会游泳，而且又太弱小，无法忍受河水的冰冷。可是约许知道一定有办法脱逃，他不害怕，因为手里有宝剑。他靠过去对萝碧说别害怕，看见她手里拿着投石器，正要瞄准，她很坚定地点了一下头，两眼直视前方。

一支箭险些射中了她，约许抓紧了宝剑。看到那么多士兵全副武装用弓箭对准两个没有伤害任何人，一心只想离开的可怜孩子，约许不禁怒火攻心。怒气突然变成暴风雨，猛烈的狂风吹向士兵，他们的眼睛被沙尘迷住，没办法瞄准，勉强射出的几支箭，半路就被狂风吹落在地。几匹马站了起来，把背上的人摔落，约许想办法和其中一匹马的心思连接上，那是最靠近他们的一匹黑色母马。他向马说着自由和金豆子的事，让马的脑子里出现摆脱缰绳的情景，有好一阵子，那匹马举棋不定，最后终于慢慢地走了过来。三名年轻而高大的士兵围住约许和萝碧，他们都带着精钢打造的军用剑。

约许的宝剑闪闪发光，士兵的剑碰到就断了。约许的脑子里感受到被他砍伤肩膀的那个士兵的疼痛，就是三个人当中最年轻的，可是约许恨透了想要杀萝碧的人，恨意盖过了其他的感觉。更多的士兵冲过来，后面还有更多，一大堆的头盔、盾牌和剑，约许再也看不清楚他们的脸和表情，一个接一个冲来，每个人的剑和精灵宝剑一相交就断裂飞开。约许充满了勇气，一个盔甲上挂了好多勋章的军官准备从后方偷袭，但萝碧掷出的石头正中他的脸。

突然间，那匹母马下定了决心，朝他们这边冲过来，把士兵踢得飞出去。约许拉住母马让萝碧骑上马鞍，几乎把她抱在怀里，这时他不得不先放下宝剑，这让那个留了灰胡子、最近才押解过他的高大士兵有机会逼近，挥剑砍伤了他的腿，血从伤口喷了出来。然后那个人举起剑就往萝碧头上砍去，约许抓起宝剑还击，在他头脑里感受到那个人死去，感受到那个人的童年回忆、对黑暗和虚无的惧怕、没能娶到心爱女人的悲伤。约许的脑子里充满了害怕和痛苦，他勉强爬上马，骑在萝碧的后面，提起缰绳，紧抱住萝碧，催促那匹马向大门奔去。士兵封闭了广场，那里已经竖起了两个绞刑台，大的要给他用，小的是萝碧的。那个法官兼行政长官在盛怒之余，什么都不管了，居然要当众处死一个小女孩！看到为萝碧设计的绞刑台，约许血脉偾张、精神大振，决心不计一切代价和伤亡都要反抗到底，他必须在伤势加重前把萝碧送到安全的地方，他必须打赢这场仗，而且动作要快。马匹飞奔过大利加城的街道，闪亮的精灵宝剑高举着，沾满血迹，单是那耀眼的光芒就够让企图拦阻的人心生恐惧了。

他们冲到了大门口，吊桥正在面前升起，那里一共有两组滑轮，快的一组用的是绳索，慢的那组用的是铁链。约许把缰绳交给萝碧，由肩上卸下弓来，再从连在袖口的箭袋里抽出一支箭，射了出去。

他知道必须用心眼瞄准目标，箭一离弦，他就让箭尖点上了火，拉起吊桥的一根粗绳被箭射中，断了一半，开始燃烧起来，然后是第二支箭，两条绳索都被射中，都烧了起来，两条绳索都烧断了。

吊桥在他们面前轰然落下，旧桥板震动不已，一阵红色的尘土扬起。

那匹马像风一般疾驰过桥，大门附近的士兵忙着闪躲，并没有拦阻，飞扬的尘土也让弓箭手没办法瞄准。

他们自由了！他们做到了！他们自由了！

约许除了腿上有道伤，手上握着精灵宝剑，还拥有一匹马、一张弓和一支箭，更重要的是，他有萝碧在身边。他办到了。

他们穿过空地和栗子林，另外那匹马还等在那里，约许遵守承诺没有拴他，而那匹马也就守在原地。太阳正要落下，天变得冷了些。约许觉得胃里有一种多年不曾有的奇怪感觉，说得更精确一点，是十三年来没有过的、很强烈的饥饿感。他慢慢下了马，靠在马身上，他的伤口并不太痛，而且腿还能站稳。他撕下一条衣服，将腿包扎起来，接着搜集了好多栗子和萝碧分着吃。

约许想说一些话，他想说他们做到了，他们成功了，他们还活着，他们在一起，他们自由了，他想说自己有多快乐，因为她活着，因为她自由了，因为她和他在一起。

可是不知为什么，所有他想要说的这些话，在脑子里像饶舌的喜鹊般吵成一团。最后，他所能想到和说出口的，却是最不重要的话，甚至和他们完全没有关系的话。

“至少应该把皇冠留给他，我是说那位国王。”

“可是他已经死了，”萝碧坚决反驳，“他真的已经死透了。”

约许觉得自己愈来愈尴尬而显得愈来愈愚蠢，他有那么多话要说，怎么会全搞混了呢?

“那是书上写的，”他解释道，“……命中注定是战士的会得到那宝剑，命中注定为王的得到那顶皇冠……”他背诵道，“他是国王，所以我们该把皇冠留给他……”他不十分肯定地说。

“哦，原来是这样。”萝碧说，“那就没那么严重了！你看！”

她把手伸进那又大又脏的帆布袋里，拿出那顶金光闪闪的精灵皇冠。

约许瞠目结舌地望着那顶皇冠。

“你，是你拿的？”

“不是我，是毕区拿的，那个胖子。我们从洞里爬出来的时候，他在我前面，我很容易就能从他的袋子里拿出皇冠来，他还拿了好多戒指可以给他的儿女，可多着呢。你知道我是个很棒的小偷，什么都能偷。”她说起来带着既腼腆又骄傲的笑容，“可是如果你说这很重要，那下回我们经过那里，再把皇冠还给那个国王吧，这样他会快乐点。他会像那只老鼠那样活过来吗？”

“他不会活过来了。”

约许希望自己能说些比较聪明的话，可是又忍住了，将来还会有时间的，很快就会有的。现在他们没有时间，城里想必已经在组织军队来追捕他们了，他们必须继续往前逃。

那匹母马名叫花斑，约许从她的记忆中读到了，但他自己骑来的那匹马还没有名字，想必转了太多次手，名字太多，结果没一个能留在脑子里。

他得给马取个名字，一个最合适不过的名字，就像给狗取名志忠一样，他想找一个可以表现出速度和美的名字来。

“我要叫你闪电！”他大声地说。

萝碧认为能给马取的名字就属这个最怪了，你可以叫马花斑、快脚，或卷毛，或者直接就叫马，这大概是全世界第一匹也是最后一匹叫“闪电”的马了，因为这实在是个很蠢的名字，不过她什么也没说。

那匹马在心里点头表示同意。

约许骑着闪电，萝碧骑着花斑，朝孤儿之家前进，各人吃着自己手里的栗子，吃得很慢，希望能尽量吃得久一点。

旅程开始不久，约许就觉得非常疲倦，后来又变成疼痛，幸好慢慢减轻了些。天上的云散开了，有几颗星星在闪耀。

他和萝碧不时对望一眼。

约许感到杀了一个人、腿上受伤，以及后有追兵的痛苦，但同时也感觉到目前为止，甚至乘龙飞行算在内，现在还是他最快乐的时刻。

天快亮时，他们抵达孤儿之家。一阵冷冷的薄雾由地面升起，他们很累，很快乐，很饿，很自由。就在他们经过一个闪着金色和红色的葡萄园时，两个强盗突然出现，两个人都蒙着脸，手里拿着费莉西和史隆的棍棒当武器，身上穿着孤儿之家的衣服。他们威胁说，如果不马上把那两匹马交给他们，就会有可怕的后果。双方都愣了一下，然后全都认出了彼此，原来攻击他们的是法可和佛佩斯，他们很开心地说，那条龙喝下太多啤酒，在睡着前，特别交代他们要尽量弄到很多匹马，好带所有的人去海边，结果约许和萝碧是最先骑马到这里来的人。

所谓“所有的人”是谁呢？法可和佛佩斯解释道，就是所有前来加入他们的人。雨停之后，烤肉的味道传遍了整个地区，无论是兔子都吃得比人好的村庄还是农场里饿得要死的人、一无所有的人、无亲无故的人都来了。这里简直集合了所有没有家和穷困的人，那些失去了土地、梦想能找到新土地的人——这样的人还真多。

约许和萝碧仍然骑在马背上，到了孤儿之家所在的空地，那里到处还有残余的火堆，有的还在冒烟，冒出来的烟和雾混在一起，地面则有鸡、鸭与鹅的羽毛，和落叶混在一起。龙的四周有三个装啤酒的大篮子，有人睡在里面，其他的人睡在费莉西和史隆的小屋里，还有几个睡在农田里。

孤儿之家不见了，原来的地方多了让人难以置信的石头小山，孤儿之家给整个拆掉了。

萝碧由法可和佛佩斯帮忙，从花斑的背上下来，站在那里看着孤儿之家，然后弯下身去捡起一块石头，丢向拆剩的北墙。就在她睡觉的地方，她一动也不动地站了好久，两眼望着远方。卡拉看到了她，边叫边朝她跑来。卡拉留了一只真正的鸡腿给萝碧，绝对不许任何人碰，鸡没有多少思想，味道也比田鼠好多了。

说真的，龙的脾气不怎么好，加上头痛得要命。约许愤怒地问龙，怎么会想到把两个清白无辜的孩子带上歪路，让他们变成强盗和偷马贼。龙没好气地反驳，所谓的“清白无辜”完全是见仁见智的说法，这两个人早就有了当强盗的天赋，不让他们发挥的话才叫残忍。反正如果约许真的那么聪明，有其他本事把所有的人一起送到阿士垂德，他绝对愿意听从约许的高见。孤儿之家里的孤儿，从幼儿到十来岁的都有，大一点的孩子还可以自己走，可是幼儿就走不动了，也就是说得有人抱着或背着……

还有一个巡回演出的戏班子，也不知从哪里突然冒了出来。呃，其实也不算那么突然啦，他们正赶上烤肉香味开始传出的时候，到了这里就住下了，坚持说孤儿之家里有个孩子是他们的远房亲戚，所以他们也算这里的一分子。这个戏班子里有两个当祖父的，六个当太爷爷的，七个当父母的，父亲和母亲都有，还有二十三个孩子，也一样从幼儿到青少年，中间各种年龄都有。真正说起来，没一个能走上几里路。还有从北方农场逃出来的老人，那里显然跟孤儿之家一样，只是收留的是老人。他们要看还能做多少工，才有多少东西吃。因为那些老人骨头都老了，也很没力气，所以做的工还不够让他们吃得比一只青蛙多……

有个原先看守孤儿之家的卫兵回来了，问他能不能留下来。他是个大块头，长了满脸青春痘，还有一头红头发。他原先是孤儿之家的孤儿，后来获得当卫兵的荣誉。除了因为烤鹅之外，他之所以会回来，是因为想不到还有哪里可以去，也没有任何人可以找，他既没有能力，也没有勇气一个人去流浪，也想不通为什么要离开一直在过的生活。同样的情形还有那些大利加城的“自愿”工作者——两个带了锄头的挖土工人、一个有斧头和锯子的木匠和伐木工人，他们是从北方山后的铁矿场逃出来的。不错，烤肉的味道真的传到了那么远，因为风向的关系，而人对多年没有闻过的味道特别敏感。这三个人说起来都占了有利的地位，因为他们还带了工具来，他们说这些工具一直就是他们的，早在那个法官宣布说在黑山到杜冈河谷之间，太阳下所有的一切都属于大利加城之前，就是他们的了。事实上，伐木工人的那把斧头是他爸爸留给他的，不过这些东西现在都统称为大利加城的财产，所以他不仅犯了偷鹅的罪，也犯了偷工具的罪，也就是得被吊死两次。

最后，好像这些还不够似的，东边长了树莓的壕沟那头，医院里的人也都来了，幸好没有带来会传染的疾病。倒是有些傻子、瘸子和有皮肤病的人，虚弱得站都站不稳，他们却说宁愿死在这里也不愿回到他们来的地方，所以只有让他们统统留了下来……

这些人都没办法逃亡，要是所有的人都很健康倒可以走上一整天，那就不必扮强盗抢马匹了。那些最老的、生病的，还有最小的孩子，都不可能一路走到黑山，不可能一口气走到，即使整个大利加城的大军在背后紧追着。如果抢到几匹马，或许还有点机会逗留在草地上吃点心，或者悠闲地到花间来个野餐也说不定……

不行，龙不能飞，他得从喝完所有啤酒的宿醉中醒过来才行。事实上，如果可以，他早就回黑山去了。因为他是龙，是龙族的最后一个，龙族从来不和非龙族混在一起。况且早就受够了那些流鼻涕的小鬼和充满道德意识的臭精灵。更甭说那可怕的宿醉，好像有人在脑袋里用铁锤乱打一阵，每打一下都会在第四和第五节颅顶骨之间引起可能致命的痛，还有，既然说到这里，后腿的伤也还没好，更别说背痛了。约许记得龙一共只有三节颅顶骨，可是在和孵蛋的老艾尔伯洛相处过那么多年之后，他已经很清楚什么时候最好闭嘴。

雾渐渐散了，露出几个小山的山头，有好几处焦土夹杂在原来整齐平整的葡萄园之间。约许不解地望着，佛佩斯连忙解释说，啤酒会让龙打嗝嘛。

第三十三章

自从爸妈过世后，萝碧就没再吃过鸡腿了，肉的美味融化在齿颊之间，啊，有爸爸猎来、妈妈烹调的味道。他们还撒了迷迭香呢！她不知道是该狼吞虎咽，让饥饿很快消失，还是慢慢吃，一次一小口，尽量吃得更久一点。

到处都是人，全都衣衫褴褛，看起来疲惫不堪，有些人好像还生了病。

约许想赶快把大家集合在一起。迟早，哦，恐怕会早不会迟，骑兵队就会从大利加城赶到。到时候大家恐怕会觉得在农场上当奴隶还算快乐，快乐得像在黄金时代，因为接下来的遭遇一定悲惨千百倍。约许受了伤，跛着脚，想把所有的人集合起来，看起来好像跛脚牧羊犬正在赶羊。等到好像聚在一起、可以动身了的时候，马上又有几个晃了开去，不是去拿什么东西，就是去找最后一串葡萄，或是希望能找到忘在什么地方的最后一块面包，甚至最后一口啤酒。

萝碧很能理解他们长期处在绝望之中，甚至于从没保持脱逃的想法，一旦挨过多年的饥饿和困苦，“明天”就变成不存在的妄想，脑子里能想到的只有这里和现在。现在能少饿一点，留在这里不用多费力气走路就好。如果一直听命行事、遭受鞭打，等到没有人下指令，就会发现什么事都做不来，哪怕是要救自己的命。

其实他们很习惯害怕，所以大利加城的骑兵可能来攻击的威胁，根本吓不到他们。听起来似乎不比现况坏到哪里去，反正他们这辈子都是这样过的，而且他们认为奴隶不会被杀，否则那些人就得自己动手做事了。不过事实并非如此，要是他们不赶快走，他们要面对的命运不是当奴隶，而是当死人，变成一具没有姓名，没有坟墓，丢在烂泥里给蛆虫、秃鹰、乌鸦或老鼠吃掉的尸体。

此外，他们也不相信真有逃亡的希望，而且显然他们做不到，他们只想再多弄到几口吃的，然后就乖乖接受命运的安排。从来没人能习惯饥饿，所以即使是再小的玉米粒，再小的葡萄，对他们来说，都比躲开骑兵的追杀重要得多。

萝碧闭上眼睛，眼皮后是一大片蓝色，现在她可以分辨出波浪，甚至听得到波浪的声音，看到白色的鸟飞向天边。她看到一处海滩，认出了几个人——那个正在和卡拉玩耍的小老太太，那个有点驼背、拄着拐杖的人，那个现在正在葡萄园中的鹰钩鼻男人，她还认出在渔船上的是法可和佛佩斯。他们命中注定可以逃到那里，约许显然能够带领他们，可是他自己并不知道，一定有些事情是他早就能做的，一些他认为并不重要的本事，也许看来没有什么，其实是非常重要的能力。

“你能做些什么？”萝碧走到约许身边，很唐突地问道。

约许迷惘了一阵子，然后开始把他能做的事列下来。他第一件能做的事，就是让小生物复活。萝碧得唤起他所有的信心，他才不会感到灰心。然后这张清单继续加长……不用打火石就能生火……不用钥匙就能开锁……他可以像在大利加城一样刮起大风来扰乱敌人，可是那很费力。他才让风刮了一下下，就有半天毫无力气……他可以治疗伤口……不行，不能治疗自己的伤，只能治别人的……他可以让小东西复活，啊，刚刚已经提过了吗？像老鼠……鸡……还有一次是一只兔子……

过去这十三年来，他大部分的时间都在读书，他很能读书，他认得七种不同的语言，还不包括精灵文字在内……他花了十三年的时间在一座几乎收藏了所有知识的图书馆里……包括军事战略，可是那是两军对垒，现在他们一边是军队，另外一边是一群……唉……还是别谈战略的好。他念过的书里有星象学、炼金术、弹道学、生物学、地图学、语源学、语言学、哲学……怎么做葡萄果酱……还有很多的故事。什么故事啊？就是他念给龙听的故事，喔，不是这条龙，是另外那条，是这条龙的爸爸，在他孵蛋的时候……龙会孵蛋的……是不是母的？他不知道，他始终都搞不清楚龙到底是公的还是母的……可是龙在孵蛋的时候，他的脑筋就不那么好了，因为孵蛋会让龙很疲倦。不，不是因为龙的脑子长在屁股上，他们跟其他生物一样，脑子长在头里面，可是孵蛋的时候，脑子就不那么灵光……那时候你就得陪在旁边，给他们说故事，像是公主和豆子的故事。

“公主和豆子的故事是什么？”萝碧问道。

“呃……从前有一个皇后，她不能生小孩，所以非常悲伤，因为生命一个月又一个月、一季又一季地过去，却没有孩子可以抱在怀里……”

四周一片寂静，就连还在嚼东西的人都停了下来，萝碧忘记所有的一切，忘了继续啃那根鸡骨头，只想继续听下去。她感觉到正在发生的事，包括大利加城的骑兵可能会追来等，在这一刻好像全都不如那不幸皇后的悲伤来得重要，那可怕的悲伤充塞在她的心里。

约许停了下来，奇怪地看着她。

“继续说啊！”萝碧叫道。

“接下来呢？”另外一个人问道。

“说下去，不要停！”

“后来呢？后来怎么了？”

听到开头的那些人，告诉了没听到的人，大家都凑过来听。

约许对他们看了好久，然后从头开始说。

他提高了声音，毫不中断地说下去，他看到四周每个人都围过来听他说故事，他开始数着有多少人，但没有把故事停下来，甚至把数人数也编成故事的一部分。到了皇后在豆田里开始吃豆子的时候，他一个一个地数出来，所有的人都在那里，他们可以出发了。阿士垂德离这里不到一天的路程，路上有小溪和瀑布可供饮水，他们的肚子现在也都吃饱了，说不定可以走得到。

约许一面说着那长长的故事，一面叫醒又开始打鼾的艾尔伯洛，把两个最小的孩子抱到花斑的背上，他自己则骑着闪电，因为腿伤让他无法走路。他倒骑在马上，面对着群众，然后开始动身。龙走在最后，没有一刻不抱怨他的头痛和他后脚的疼痛一样严重，更不用说他的背也痛，不过他倒是一直压低声音，好让大家能听得见约许说的故事。那个故事长得没完没了，每次听起来都好像要结束了，结果又有新的情节、新的发展、另一件可怕的坏事、另一场决斗……太阳出来了，烂泥愈来愈少，腿开始累了，想坐下休息的欲望一步一步地加强，最小的孩子轮流骑在花斑的背上，但其他的人都得走路，约许的声音沙哑了，但他没有停下来。

此时，戏班子的人拿出了笛子，开始在故事的关键处配上不同的音乐，比如豆子公主带着族人逃离食人魔时，音乐就变得又响又尖，约许就可以暂停喝口水。等他再开始说的时候，故事很奇怪地变得和他们的处境很相似，故事里也有一群难民，唯一能自救的方法就是继续走下去。

萝碧听着他们的绝望、他们的希望、他们的恐惧、他们的勇气。在她心里感到不能停止的强烈欲望，要一步一步继续走下去，一直走到他们梦想的最后一层，不能停止地一直走到海边。她四下看了看，疲累也从其他人的脸上消失了，被他们听到的故事带走了，那个故事像火一样让他们从身体里面温暖了起来；唯一筋疲力尽的是约许，声音不但愈来愈沙哑，两手也开始微微颤抖起来。太阳开始西沉，不久就会消失在黑山后面。

就在经过最后一个转弯、看见阿士垂德的废墟时，所有的人终于明白了！为什么大利加城的士兵没有在后面追赶？原来那些追兵都等在眼前，大队人马早已聚集在阿士垂德，挡住了大家的去路！

第三十四章

约许心中充满了恐惧，万万没想到他一步又一步、一个故事又一个故事，竟把所有人带到大祸之中。

他吓得呆立在原处，瞪着最后的夕阳照在士兵的盔甲上。他竟把大伙儿带进大屠杀之中！他现在最大的愿望就是不必选择、不必决定下一步该做什么。

约许默不作声，所有的人都停了下来，龙蹒跚地顺着队伍，带着他的头痛和脚痛前来，一直走到和闪电、花斑并列。太阳照着黑山的山峰，长长的影子落在地上，然后云遮没了一切。

“现在的计划是什么？”龙冷冷地问道。

“你有什么想法呢？”约许满怀希望地问道。

“我往右，你往左，我们把他们包围住。”龙讽刺地建议道。

“在和巨人打仗的时候，有条龙放火烧战场来避免短兵相接，这件事发生在卢立第二王朝的第四纪。”

“是第三王朝的第五纪，”龙纠正道，“而且那是在夏天，一个又热又干的夏天，只要打个喷嚏就够了，可是现在秋天都快过完了。你看到草和草之间的地上那咖啡色的东西了吗？那叫作烂泥，烂——泥，烂泥有好多东西在里面，包括不能燃烧的，也就是可燃物的相反物，既烧不起来，也点不着火。如果你愿意，只要不下雨，我是可以烧几个小圈的野草啦，可是你大概不会觉得那有什么了不起吧？”

约许和艾尔伯洛彼此对瞪着，天黑了下来，开始下起小雨。

萝碧闭上了眼睛，一切都是蓝的，一而再，再而三地，她看见在波光粼粼的海水前，有一串小小的身影，有约许、卡拉、法可和佛佩斯，那个高大的驼背男人，有些跛脚的小个子女人……他们全都在！我们办得到的，所有的人都可以逃出去。

就靠龙和精灵，他们做得到的，只是他们不知道该怎么做，而他们得快点。绝望的情绪已经开始在人群中蔓延，就像一条蛇穿过一群老鼠，也像蛇一样一路吞没所有找得到的一切。哭声夹杂着叫骂声，这些人随时都会往平原四散逃开，正好成为武装骑兵容易得手的可怜猎物，就像一群青蛙逃不过秃鹰一样。

萝碧插了进来。“你可以飞。”萝碧向龙说道，“还会喷火，而约许有一把无敌的宝剑，你们当然可以做得到。”

“他的宝剑并不是无敌的，我不想让人家觉得我卖弄学问，或是只注重那些既小又不重要的细节，可是我们两个都不是刀枪不入的。他已经受了伤，而我下方的鳞片，就是我肚子上的那些，呃，那些……那些小鳞片有点软得挡不住箭，我喷火用的是我的火腺，那迟早会用光，而且现在因为我有……呃……呃……”

“……很糟糕的宿醉。”萝碧很热心地接话。

“不如说我现在不是处在最佳状态。”龙说，“我可以帮你烧焦一两个骑兵，可是他们剩下的还多得足够让我们知道他们可是不太好惹的。”

“你可以吓他们。”萝碧建议，“他们并不知道你……你现在……空了。”

“是累坏了！”

“累坏了，一点也没错，他们并不知道，唉，这件事不见得不可能。你在这边牵制他们，我们往峡谷那边逃，他们之中会有些人来攻击我们，可是不会太多，约许可以对付得了。”

“然后怎么办呢？”龙问道，“我不能永远牵制他们，他们迟早会追进峡谷里。还有，瀑布怎么办？你记得吗？那道峡谷通往一道很大的瀑布，叫作杜冈溪谷，是过不去的。通往图书馆的阶梯已经被山崩堵住了，我们第一次飞行的那天就看过了。”

“瀑布不是不能过的，阿士垂德的居民就过去了，我们也可以过得去。”萝碧坚持。

“很好，”龙说，“那骑兵队也过得去，你们反正不是在这里遭到屠杀，就是在海边遭到屠杀。”

很长一阵沉默。萝碧感到胃里有一种感觉，不是饥饿，而是害怕，她一直相信她预见的景象，可是她知道那些并不完整，也许他们都可以像她想象的那样到达海边，可是如果法官手下的士兵也能通过，那怎么办呢？那样蓝色就会变成鲜红色，或是很深的粉红色了。

“我们过得去，他们过不去。”她固执地叫道，“因为我们很聪明，而他们很笨。我们逃亡是为了救自己的命，是为了求生，他们只是听命行事而已。我们会碰到一些好事，一些他们不知道的事，我们可以成功的，他们全身盔甲，大雨对他们的阻力会比对我们的大，他们的脚在烂泥里会比我们的脚更容易滑倒。但我们必须马上动身！”

“真的吗？”卡拉问道，她已经湿到骨头里了，而且刚刚滑倒，躺在烂泥里，“雨会让他们比我们更麻烦？真的吗？这话的意思是说我们并没有真正完蛋？”

“就是现在，”萝碧对精灵和龙叫道，“我们必须立刻行动！”然后她转身去看那一群在雨中散开来的可怜人。她本想跳上花斑的背，可是三个最小的孩子已经坐在那里，而且紧紧地抓着缰绳，不可能把他们拉下来。她想要把所有人集合起来，因为如果同心协力，他们还有机会，一旦分散开来就会输了。

她跑来跑去找人，在泥地里滑倒。

“很久很久以前，”约许用尽全力大声地说，“很久很久以前，有一群英雄，他们……他们……本来是一群奴隶。很久很久以前，有一群奴隶，他们……决定……要……做……自由人，要获得……自由……我是说……他们就要到海边去……”

约许开始说一个长而精彩的故事，他编了很多名字，仔细描述军队，形容一个个难民，大家都听到了自己的模样，却有不一样的名字、不一样的故事，他们的害怕开始消退，疲累开始离开他们的双腿和心。

雨停了，风刮了起来，吹开了天上的云，月光照亮了阿士垂德的平原和峡谷。在另外一边就是自由和大海，那群衣衫褴褛的人开始集合在一起。

“很久很久以前，有一群奴隶，他们要通过一道大峡谷才能重获自由……跟着萝碧，集合在一起，向峡谷前进，她知道路，她以前住在那里。龙和我会保护这个队伍，你们集合在一起，跟着萝碧走。”

萝碧必须在微弱的月光下尽可能让所有的人看清楚，那里很黑，很多人还分不清她和卡拉。她想起口袋里的那顶皇冠，于是就拿出来戴在头上，月光照到皇冠上，皇冠在黑暗中闪闪发亮。

就在这时候，骑兵队发动了攻击，约许举起宝剑，本来已经很累的闪电现在恢复了气力，直立起来。萝碧看到约许的宝剑在月光中闪亮，像她的皇冠一样，一时之间，月光好像让时间变得透明，现实和梦境在没有动静的那一刻合而为一，然后一切都碎裂开来。

艾尔伯洛终于决定插手了。

一声可怕的巨吼响了起来。

一道可怕的火焰刺穿了黑暗。

骑兵队停了下来，不知所措。难民大军人心振奋，在他们和大利加城的士兵面前，是英勇战士的明亮宝剑和一道巨龙的灼热火焰，在难民心里则是一群奴隶千里迢迢成为自由人的动人故事，这些使他们变成一队英雄。而在他们前面引导的是那小皇后的皇冠，在黑暗中亮得像战士的宝剑。

法可和佛佩斯拿着他们的棍棒，冲到约许身边，保护他的两侧；那两个从铁矿场逃出来的“大利加自愿劳工”也紧握铲子赶上前来，准备战斗；而那个以前是“砍树的”伐木工人，也拿着斧头来了，像其他人一样，在“擅离职守”的罪名外，又加上一条“侵占工具”的罪名，他决定好好利用这个工具。所有的男人、没有孩子的女人，还有大一点的孩子都围在约许身边，约许继续不停地说着，他谈到由大盗变成军官的潘垂五和吴惧两人的英雄行径，还有贾拉米，是从树林里带着魔法斧头来的，而有礼貌的何易曼，刚从魔咒中醒来……

一阵箭雨落下，但龙已经挡在他们和骑兵队之间，箭都由他又厚又硬的鳞甲弹开，难民大军开始陆续向峡谷前进。

“我们能做得到的。”萝碧快乐地叫道。

“又能撑多久呢？”精灵轻声问道。

天整个晴朗了，云已经散开，天气冷了些，明亮的月光照着阿士垂德的废墟。弯弯的河流在黑暗中闪着银光，在河边一侧是陡直的岩壁，另外一边也好不到哪里去，有着土石和巨大古老的橡树林，橡树粗大的黑色树根紧紧抓住大块的白色花岗石，在月光下闪烁。

在约许和那一小群战士，以及像山一般很具威胁性的巨龙的保护下，难民一个个进入峡谷。萝碧经过以前的家，眼中充满泪水，她用手摸过烧焦的墙，想起两年前从这里被抓走的事，她一路留下从河里捡来的小石头，一模一样的白色小圆石，好找路回家。她的狗志忠也想保护她，却因此跛了脚，在她所有的梦境里，回到阿士垂德的时候，志忠都会跛着脚跑来。她四处找着，希望他还会守着屋子等她回来，但显然那是一个不切实际的希望，因为没有哪条狗能够忠诚地等一年又一年。她眼中充满泪水，但没有从脸颊上滚落。她像平常一样把泪忍住了，他们必须继续前进。

萝碧回头看了看，难民大军安全地通过了峡谷，由精灵约许和其他人殿后，龙挡住了峡谷的路口，保护他们不受骑兵队攻击，但能挡得了多久呢？只要他一动，骑兵队就会发动攻击。

那群难民已经累垮了，有些人开始疲倦地跌坐在地上，再也没有什么故事能给他们继续往前走的力量了。小一点的孩子因为饥饿和寒冷而哭泣，甚至连花斑也几乎走不动了，闪电也停了下来。萝碧知道他们不可能再撑多久了，骑兵队很快就会追杀过来。就在这时候，龙飞到了空中。

他的翅膀伸开，那些华美的绿色旋涡，在月光中特别明显。

他真的好壮丽！

壮丽！

壮丽！

壮丽！

壮丽！

壮丽！

龙在一阵箭雨中飞入空中，即使是在晴朗夜空的微弱亮光中，萝碧也看得到红色的鲜血由龙柔软的胸部一个接一个的伤口中流了出来。接着只听见约许哀号一声“不——”，最后一道巨大的火焰充满了天空，照得通亮，一波致命的火焰烧过橡树林。虽然树是湿的却也开始燃烧起来，烧焦的树根碎裂了，松开了原先抓住的花岗石，巨石开始滑落下来，挟带着泥土和仍在燃烧的树干。龙用尽全力攻击支撑整座山壁的最后几块岩石，但他必须在空中才能办到，他脆弱的胸腹对着敌人，有更多的箭射中了他，然后又有更多，还有更多。

泥土、石头和烈火形成巨大的土石流，在可怕的巨响中冲入峡谷，将入口堵了起来，土石和烂泥落下，又有更多的岩石和烂泥，再有更多的岩石、烂泥和断裂的树，整面山都坍塌下来，永远封住了阿士垂德峡谷。

巨大的绿翅膀挥动最后一次，然后，艾尔伯洛跌落下来，永远消失在那一堵由泥土、石头、烂泥和松树组成，保护着大家而不可能越过的高墙的另外一边。

萝碧闭上了眼睛，一切都变成了蓝色，他们站在那里，背后是闪亮的大海。

她以前怎么没有注意到呢？梦境中的大海边从来没有一丁点绿色！

龙从来就不在她预见的影像里，他们之所以能得救，是因为龙得为他们牺牲性命。

她和那条龙只相识半天的时间，还拌了几次嘴，可是如果没有他，他们重获自由的梦就永远只是妄想而已。

两年来，那对巨大的绿色翅膀的影像，给绝望中的她带来了许多安慰。

萝碧哭了起来，和约许的悲鸣交织在一起。

第三十五章

整个世界充满了光，一阵凉风吹来使他神清气爽。

他的头痛消失了，艾尔伯洛又能飞了。

他终于能飞了，直直地飞上去，背对着弓箭手。

再等下去也没用，迟早这群难民都会遭到砍杀，不如早死早超生吧，再等下去也很烦，延迟的处决则更残忍。

他是一条龙，可以回图书馆去，因为他是一条龙，所以可以在那里活上几百年。他可以在天上翱翔，还可以飞下去抓海豚和海鸥来吃。到了要孵蛋的时候，就退居在那个很棒的图书馆里，那里有金豆子、粉红色的葡萄柚，还有看不完的故事书，能让他开心地等到他的下一代诞生。因为他是一条龙，也就会抓海豚和海鸥来吃，活上几百年，诸如此类。

因为他是一条龙，而他们不过是一群臭难民。

可是背对着弓箭手飞走，他得飞过精灵约许、萝碧和其他人，在抛弃他们之前，还得再看他们最后一眼。反正孤独是龙的宿命，而背叛永远是龙族可以忍受的。他是一条龙，不必对任何人忠贞不贰。

艾尔伯洛突然想到将来不会有人照顾他的孩子。

没有人教他飞行。

他的孩子会很绝望孤单，也许会死在一次喷嚏或哭号引起的火灾里，或是被自己的尾巴绊倒。

他回想起约许教他飞行的往事。

他不能这样，他绝不能一走了之，把他们丢下来面对屠杀。在他的脑海里，在那么多世代的记忆里，祖先的反对声浪一一响起，他是一条龙！居然想为了这些卑微平凡的生物、一群臭难民而冒生命危险。

他是一条龙，最后的龙，创造之王，龙应该只为自己战斗，因为再也没有别的生物可以和龙相比拟。他必须走，他必须丢下他们来救自己。

要是他现在就走的话，他可以活下去，孤单地活上好久好久，然后会生一条小龙，那条小龙如果侥幸度过孤单、空虚的童年，也会在孤单寂寞之中活上好久，甚至比凤凰还悲惨。

他想到世界上再不会有龙了，因为孤独将他们杀光了。他想到谁都不可能自己孤单一个活上几百年，喂养着自己的壮丽和自己的孤寂。

他想到重要的不是生命本身的长短，而是生命的意义！每个人迟早都会死，比延迟死亡更重要的，是如何让死亡有意义。

在黑暗中，在月光下，约许的宝剑和萝碧的皇冠闪着银光，艾尔伯洛知道他的传奇故事会被传颂下去，几百年又几百年，关于最后一条龙的歌谣会一直传唱下去，吟诵一条龙如何把一个伟大的精灵战士和一个小难民女王带到他们的宿命去——建立起一个自由人的国度。

这条大龙飞上天空，他的飞行带来救赎，土石流构成一股巨大而无法越过的高墙，封闭了峡谷。但是做这件事的时候，龙露出了肚子——他最脆弱的部分，箭射到那里不会像豆子似的弹开，而是深刺进内里，大量的血流出来，玷污了绿色的鳞片。在月光中，龙展开巨大的翅膀飞着，但箭太多了，再也没有血流出来了。

艾尔伯洛，最后的龙，跌落在地上，在泥泞的草丛里度过了他生命的最后一刻。

一直到最后他都还梦想着不死，能再多活一阵子，即使胸口有万箭穿透，周围的烂泥里满是他的鲜血。

然后他的心里有了一个梦，是有生以来做的第一个梦，他看到自己是只小龙，刚生不久的小兽，头枕在他那精灵兄弟的怀里，四周是一望无际开满雏菊的草原。

他最后一次睁开眼睛，奇迹发生了——周围是成千上万朵小黄花在月光下闪亮。艾尔伯洛望着那些花瓣，心里充满了快乐，然后再次闭上眼睛，这回是永远永远地闭上了。

第三十六章

黎明时分，清冷，起了雾，天色苍白，约许打了个寒战，不单因为受伤、疲倦，还有已经无法承受的彻骨寒冷。

失去艾尔伯洛的事实有如一块巨石压在心上。

那条龙一直是他的家人、他的兄弟。所有爱他的人或他爱的人似乎都注定要死。

只剩下萝碧。

萝碧还活着，他必须让自己的思绪集中在萝碧身上，在她的呼吸和微笑上，然后那份沉重的压力才会稍减，他才能够呼吸。

在山坡坍塌之后，难民们在阿士垂德的广场废墟中倒成一团，挤在一起彼此取暖，也生了火来驱寒。

对约许来说，这一夜是无穷无尽的失望，他一直希望能再听见翅膀挥动的声音，看到喷出的火焰。那一定是假的，是个花招，是在开玩笑，当然是假的，只是个诡计，小龙一定是假装的。也许他们伤了艾尔伯洛，把他抓了起来，他们会用链子将他锁住，送到大利加城去关起来，而约许会带着宝剑将他救出，他们可以击退整个守卫队，然后一起逃脱，艾尔伯洛伸开那对大翅膀，约许就坐在他背上。

可是，约许同时也知道那是真的，一部分的他不断骗自己，但另一部分的自己却知道真相。约许和艾尔伯洛心意相通，就像他的眼睛能看到、鼻子能闻到一样，约许很清楚艾尔伯洛已经死了。原先对龙所有的感知，现在只剩一个什么也没有的黑洞。约许知道世界上再也没有龙了，因为艾尔伯洛已经死了。

然后一个突然的醒悟使他像浇了一桶冷水似的僵住了。他一向习惯把那条龙当成大哥哥，因为复杂的多重记忆使艾尔伯洛能以第一人称的口吻来叙述几年前或几百年前的事，这种习惯让他忘记艾尔伯洛其实只活了不到两个月，就像一颗流星。约许突然记起在古精灵文里，艾尔伯洛的意思就是“彗星”。

萝碧哭了好久，她就像她妈妈一样，伤心的时候水会从眼睛里流下来，鼻子也有水流出来，两眼通红，眼皮浮肿，就像两天没睡觉似的。约许一方面仍然觉得这样很奇怪，很不卫生，又很不舒服，另一方面却也全心希望自己也能像那样大哭一场。

好像这样还不够似的，他又再次感受到杀戮的恐怖。

曙光照亮世界的时候，食物的问题又出现了。每个人都很饿，他们带来的孤儿之家空地上大宴的残羹剩肴早已吃光，阿士垂德的果园不是被砍倒就是烧毁了，除了鳟鱼之外，什么也没有。这时候，杜冈河里游满了鱼，银色的鱼鳞在水里闪动，而约许有一张弓和一把精灵宝剑，可是没人敢去求他。但他还是察觉了，尤其是孩子们，已经没有办法再忍受饥饿了，艾尔伯洛说过了，生和死是连在一起的。

某些事物的死亡能给予其他事物生命。约许再也听不到他说这些了，再也听不到了，再也听不见他的鼾声，再也感觉不到他的呼吸，再也没有了。无论他做什么，脑子里只回响着这句话：再也没有龙了。

约许把箭搭在弓上瞄准：再也听不到他的声音了。他是个精灵，瞄准绝不会有偏差，因为他是用心眼来看的，但每次他都希望射不中，怕他会感受到鱼临死的痛苦。再也看不到艾尔伯洛展翅飞翔了。约许看到箭射中了鳟鱼，在心里感到鳟鱼面对死亡时所有的不安，在那天结束之前，这样的事还得重复五十次，他要让九十九个人吃饱肚子，一条鳟鱼只够一个大人或两个孩子或三个幼儿吃。那个伐木工人跳进河里去把鱼捞上来，只有他和另一个农夫会游泳，他们得轮流跳进那冰冷的河水里去捞射中的鱼，还要取回那支唯一能用的箭。

再也没有龙了，再也没有龙了，再也没有龙了。

约许重新张弓射箭，又打到几条鱼，在所有的人吃饱之后，大家重新起程，走路、打鱼、休息，三者轮流，最后总会到达瀑布那边。约许记起曾坐在艾尔伯洛背上飞过那里：再也没有龙了。再一次，他希望自己能够哭出眼泪来。

他们向前走，他们捕鱼，有人采到一些浆果。日落之前他们扎营，伐木工人砍下棕树和松树的枝丫，搭成简陋的小屋，四堆火上烤着鳟鱼，他们走了一天又一天，很奇怪地，时间和他们的生命似乎都停顿了，都在等着。

精灵又想起第一次走过这里的往事。他当时躺在船上，和两个尽量不当他的面吃熏鳟鱼的好人在一起……这一次的行程要长得多，辛苦得多，也更累人。

但是他们一定得走下去，秋天就要过去了，随时可能下雪，那就更麻烦了。

有些路很好走，他们可以沿着小河滩走，有时却必须爬过很陡又很泥泞的岩石，在青苔上滑倒，碰到过不去的时候，还得往树林里绕远路，而且还要小心不能离水太远，以免迷失方向。

突然间，瀑布出现在他们面前：其实也不那么突然，因为大水倾注的声音老远就可以听见，但真正看到的时候还是令人头晕目眩。水从极高的地方轰然流下，在有光的地方形成彩虹。大海就在下面，水天相连的地平线在远方，只有一个小岛，上面长了一棵野樱桃树，叶子都快掉光了。他们右边的岩石上，有一处必须跨越湍急的河水才能到达的河滩，有一条窄窄的阶梯通往很高的岩石，上面刻着“此处有龙”，部分阶梯已经坍塌，无法修复，而所刻的字再也不对了……与所有事物、所有人隔绝，位于无法到达的峰顶图书馆，守着一无用处的宝藏。再也没有龙了……

约许勉强自己把注意力集中在萝碧身上，强忍住悲痛。

此处有龙

再也没有了，永远不再有了。

可是萝碧还在，约许提醒自己，萝碧还在这个世界上，还有其他人也是，现在他认得所有的人，一个一个地认识了所有的人，在长期的孤独生活之后，这是种很奇怪的感觉。

萝碧还在，和他在一起，他一定要一直想着这一点。

“我们怎么过去呢？”法可问道，这道壮丽而陡直的瀑布把他吓坏了。

“我不知道。”约许回答道。

“我们永远也过不了的。”佛佩斯不安地说。

“我们当然可以过得去，”萝碧很认真地向他保证，“不可能过不去的，阿士垂德的居民已经从这里走过了，所以一定走得通。”

约许觉得勇气大增，艾尔伯洛不会白白送死，他们一定能做到，只要他再用心想一想。他四下看了看，海是蓝的，在他们四周，几近光秃的树枝上剩下几片艳红色和金黄色的叶子，黑山的峰顶积着白雪。一定有什么办法！

他却什么也想不到。

“啊，其实并不难啊，只要挖就行了。”有一个声音、两个声音喃喃地说。

那两个从大利加城来的矿工，在听过约许所说的那个奇怪的英雄故事之后，就自称是有礼貌的挖土人。他们大半辈子只觉得自己不过比野兽好一点，现在却感到拥有尊严和重要性，有生以来第一次当众开口说话，还不敢大声说出来。这两个有礼貌的挖土人爬上峡谷的南边，发现那里不光有岩石，也有泥土，用树枝当支撑的话，他们可以挖出一条路，靠着岩石，由瀑布下面通过。他们需要一组人把挖出来的土运出去，还要有几个人在他们手酸的时候替换一下，另外还要一些木头撑住挖开的地方。

只要每个人都来帮忙，他们就能成功。

第三十七章

半天的时间并不够，整整花了三天，最后每个人看起来都像泥塑雕像。他们先挖通了泥土，再挖通了岩石，用磨尖的石头当十字镐，他们的手臂酸痛，但是看来不可能不成功。

那是一条缓慢、累人，但很了不起的向下通道。大海就在他们面前展开，瀑布在他们身旁轰然作响，喷出水雾，空气中充满了盐和桃金娘的气味，还有固执地长在岩石缝间不怕风吹的野茴香及小小野兰花的芬芳。在他们爬下去的时候，先看到瀑布下形成的小淡水湖。在海边的松树林之间，是一片长长的白色沙滩，一边是海湾伸展成平坦的海岸线，另一边则是屏障般耸立的绿色海岬，不久之后上面将有小小的灯光在夜间闪烁，布满阿士垂德村的新房子。

精灵约许没有力气了，也没有新的故事题材了，于是巡回戏班子拿出了乐器，音乐让正在工作的人重新有了力量，他们咬紧了牙继续挖下去，一小时又一小时、一段又一段地挖出路来。

他们一边挖路，一边注意到有一节节烧断的绳索挂在岩石上，还有朝地平线伸出来的大栗子树下方也有。想必是阿士垂德以前的居民制造的绳梯，在他们安全抵达下面后就把绳梯烧毁。

约许的伤口开始愈合，但还没有全好，所以无法攀在山边参加开路，他留在山上和一些老妇人、小一点的孩子，还有那些工作完毕休息的人在一起。有礼貌的挖土人发现有块大岩石太硬，既挖不烂也移不开，就叫卡拉来找约许下去想办法。约许想起在一本谈机械的书上看过可以使用杠杆，可是这里没有支点可以用来移动岩石。本来可以打楔子进去，将石头裂成两半，可惜也没有缝隙可以插楔子，其实也没有东西可以当楔子。一阵微风吹起，传来现在听得更清楚的海鸥叫声，约许不禁为自己的无能感到生气，于是拔出宝剑用尽全力砍在岩石上，将石头打得粉碎，剑锋非但丝毫没有损伤，反而比以前更加明亮，好像因为这一击更强化了。萝碧安详地看着约许，笑容更加灿烂了，每个人都鼓掌叫好。

往下走的速度很慢，一次一步地，宛如一条长长的巨蛇，大家都牵着手，以免有人不小心掉下去。

终于抵达下面的时候，大家都既疲累又激动，静默了好长一段时间，看着那柔和的海浪扑上沙滩。有的人跪了下来亲吻沙地，有的人则跑过去摸着海水。

约许第一次闻到海的气息，是在艾尔伯洛背上飞的时候。就是当时，他意识到触摸海水将使过去与未来截然划分开来。当你接受海的洗礼后，一切都将改观。寂静延续了好久，首先动起来的是孩子们，他们蜂拥到海滩上，为海水的波动而深深着迷。约许读过六本关于贝壳的论述，就教他们如何在沙子底下找吃的，于是大家开始边吵闹边开心地挖掘。

萝碧也蹲在岸边，将手插进柔软而潮湿的沙子里，沙子哗哗落下，露出手指间握住的一个浅粉红色大双壳贝。

“我父亲以前常说，贝壳里的东西很好吃，就算它会思想，甚至可能会写诗。”她说着就笑了起来，大眼睛闪亮得像星星一样，约许说迟早会告诉她这个笑话是怎么开始的。

他们在靠近瀑布下小淡水湖的松林里建设营地，那是个很好的地点，有很多的水可以饮用，瀑布的声音和海浪的声音混在一起宛如催眠曲。

有面像墙壁的白色岩石竖立在一块空地上。

约许用宝剑在岩石上刻出“艾尔伯洛”的名字，先用精灵文，再用现在通行的文字。一小群人着迷地望着，有些人走得近些，就用手指去摸那些字，他们问那是什么意思，约许向他们解释了一番。

“很好，”伐木工人说，“这是那条龙的名字，对吧？那也将是我们国家的名字，我们就叫它艾尔伯洛国吧！”

然后一个前“大利加”的海关官员说：“再写下‘任何人在土地上努力耕种的收获都应归他所有，没有人能夺走’。”

约许小心而清楚地写了下来，一字也没改。如果你为了发言而奋斗过，就有权利让你说的话照实写下。

在他写完之后，又加上其他人说的话：

不喜欢这里的人可以离开，

如果将来要再回来也没关系。

任何人都不能打人。

你所用的工具以前属于你父亲的，现在就属于你。

不能把人吊死。

你可以读书。

可以写字。

由海里打捞到的都是你的，不必为此付钱给任何人。

父母死后，他们最要好的朋友就做他们子女的父母。

小孩子不必工作。

然后是一阵很长的沉默。

“每个人都有权尽力过得快乐。”一个女人说。

佛佩斯的声音加上一句：“做精灵并不犯法。”

约许也写了下来。萝碧和卡拉讲了好久的悄悄话，还偷笑了一阵子，然后萝碧躲在卡拉身后，满脸涨得通红地宣布了最后一条律法："每个人都可以和他喜欢的、真正喜欢的人结婚，就算另外那个人和别人不一样，谁也不能说什么。"

写完之后，约许把所有的条文又念了一遍，每个人都赞同。

然后大家就散开，各自找地方过他们在"艾尔伯洛国"——属于自由人的国家的第一夜。

卡拉和法可站在原地彼此对望。

"萝碧说会有人来接我，带我离开孤儿之家。"卡拉说。

"不是有个精灵和一条龙来了吗？"法可提醒她。

"对，我知道，可是，他们是来带所有的人离开。我以为会有人只为我而来，那可不一样。"

法可在沙滩上坐了下来。"我也梦想过这件事好多年了。我梦想有人专程为我而来，只为了把我带离孤儿之家。真的，就连我们已经离开了那里，我都还会做这个梦。"

卡拉低头不说话，法可继续说道："对了！我们就这样吧，我来带你走，你来带我走，这样我们两个就都有专程只为我们而来的人了！"

卡拉点了点头，然后也在沙滩上坐了下来，就坐在法可身边。

太阳落进海里，一道粉红和金色的光芒照亮了地平线，整个天空充满光亮，而在东边，夜色初临，最先出现的几颗星星亮起，一只海鸥飞了过去。

萝碧和约许走向浪花扑岸的海边。

“你知道，”萝碧开口说道，“我的名字……”

约许打断了她的话：“你的名字很可爱，我真的很喜欢。”

“你喜欢萝碧？”

“是的，听起来像是小东西掉落的声音，像石头跳过水面，是个很美的名字。”

萝碧还是一副暧昧和沉吟的表情，脸上带着一丝浅笑。“那预言呢？”她又问道，“你的宿命呢？那个名字里有晨光的女孩呢？”

约许耸了下肩膀看着她，满脸涨得通红，微微地摆了一下手。

“我们的命运应该是我们希望要怎么样的，而不是刻在石头上的。我们的命运就是我们的生命，不该是别人的梦想。”

萝碧点了点头，弯下腰把载着破布娃娃的小船放到水面上，看着小船一上一下地漂着。这些是她父母为她做的，是他们的遗物，另外还有投石器，还有，她的名字和她自己。

我的孩子也会玩这两样东西，她很确定地说，她知道，因为她预见过。

她不知道是不是该把自己完整的名字告诉约许，还有她能预见未来这件事……

微笑在她脸上漾开。

他们有一辈子的时间可以慢慢讲。

全文完

媒体书评与读者心得

- 达玛利充满喜感的生花妙笔，使这部预言式的作品令人耳目一新，惊喜交集。

——《出版人周刊》

- 太棒了！我不记得上一次这么感动是何时了。这是一本你想和所有好朋友分享的绝妙好书。

——艾西丽·沃琳

- 这本书美妙得让人完全无法想象。本来我想精灵啦、龙啦、预言什么的，还真是老套，可是这本书完全不是那么回事，可爱、有趣，却又感人、沉痛。书中每个字都透露出慧黠、机智，又有创意，简直像交响乐般丰富动人。

——席拉·茹斯

● 这是一个耐人寻味、令人好奇的故事。乍看以童书姿态呈现，也的确老少咸宜，但内容不只探讨神话、民俗、传奇，还展现深刻的情感底蕴。字里行间有着成熟的心思，有时读来似乎还带着政治寓言的妙趣。

——毕·塔波尔

● 妙趣横生！主题是我们为所爱的人愿意付出的牺牲。当初买这本书要送给超级龙迷的儿子，结果我自己比他更爱看。

——爱伦·麦克迈纳尼斯

● 幽默、纤细、美妙，老少咸宜的好书，我是个祖母，非常喜爱这本书，我的小孙女也是。

——海恩·威辛森

● 这是本写给成人看的美妙童书，出人意料，完全超乎想象。

——金姆·贝希里亚

● 几年前我在慕尼黑看过这本书，从那以后就一直在找它的英译版。这是一本口吻很诚实的书，没有故意设计的戏剧手法。乍看似乎不够深刻，但一回味，很多意在言外的感触暗潮汹涌，令人沉吟不已。

——玛丽亚·史坦格华奈尔

● 我好爱这本书，从约许（他有个很长、很像打喷嚏声的精灵本名哦）到那只多愁善感、神经兮兮、只爱听罗曼史的老龙都爱。整本书充满对荒谬人世妙趣十足的观察而产生的爆笑情节，却又发人深省，令人动容不已，最终还能鼓舞你勇敢面对自己的脆弱与残酷的现世。

——凯·麦克尼尔

● 作者的写作能力很强，遣词造句优秀，描写功力更是一流。更重要的，它让我们深思，包括种族间的歧视、相左意见的暴力对待等。摆脱既有的龙与精灵的窠臼印象，作者重新塑造了这些角色的原型，实在精彩，让人耳目一新。总之，读吧！

——希雅薇哈达

● 本书透过精灵和人类的接触，让彼此更了解自己世界的实质，充满了温暖和幽默。

——小野

● 《最后的精灵》是充满人性描写的精彩故事，全书弥漫史诗般的悲壮，让人不忍停歇，只为分享小精灵的英雄式孤寂。

——尼古拉的书斋

● 书中出人意料的幽默与刻骨铭心的情节，让读者深深体会故事的力量与牺牲的真谛。

——莎拉·克利

● 这本小说借着精灵约许的发现之旅，展现了天真无邪与智慧。

——布伦斯伯里网络书店书评

● 作者在悲伤与幽默间取得微妙的平衡，笑点的背后酝酿深沉的思考。推荐本书给正处人生黑暗时刻、需要希望之光的朋友。

——拉蒂·坦恩斯

● 看完这部小说后，我觉得书中描写的精灵，某部分特质跟我很相似……让我学会找出自己的定位，学习如何做自己，也慢慢了解不应该为变而变。

——王心凌

● 这本书鼓舞每一个读者：无论外面的世界多么残酷，拥有信念与勇气总能走过坎坷的道路，找到光明的未来。

——中年苦闷男

● 不管你是理性还是感性的，只要翻开书，就会像我一样，一点点被吸进去，跌入那荒凉又瑰丽的时空，在奇想的边界翻腾打转。等你出来后，世界忽然就不同了。故事写的是精灵，讲的却是人性。精灵不杀生，不欺瞒，真诚仁慈，热爱知识。作者本是外科医生，有感于医身不能医心，遂改行做心理治疗师。她对人性有着敏锐的观察，“因为懂得，所以慈悲”。此书诙谐幽默，其实更奠基于悲悯同情。

——蔡珠儿

- 这是一本你会想要传给子子孙孙的好书。全书充满想象力，文字极具机智与幽默。作者笔下充满情感、真诚，能触动你心中最真、最根本的部分，而这正是伟大故事的标志。

——布鲁克